CHARACTER

少年小說
中的人物刻劃

林明玉 · 著

· 以紐伯瑞兒童文學獎得獎作品為例 ·

序——

尋夢／築夢踏實

　　人生的旅程是一段一段的因緣匯聚而成的。國中開始就離鄉背景讀書的我，從高雄、臺南、臺東，每一段旅程都留下難忘的足跡。因為喜歡純樸平實的生活步調，所以讀書、教書都離不開南臺灣，尤其是臺東悠閑舒適的風情，還有可愛的人事物，所編織而成的美好時光，深深繫念於我心底。

　　臺東師範學院讀了四年，留下來任教五年後調回高雄，如今又回來讀兩年的研究所，這十一年不算短的光陰，臺東已成了我的第二故鄉。當初是來美麗的東海岸尋夢，到如今完成了「當老師」與「讀研究所」兩大夢想，心中有無限的感恩！

　　有幸成為東大語文教育研究所暑碩班的第一屆學生，要感謝學校進修部和所上教授們的用心擘劃，我才有機會回母校進修。班上二十五位佳麗同學，是來自全省各地的菁英教師，這兩年三個暑假的時間，大家一起學習、互相關懷的情誼，留下深刻的回憶；論文同組的姊妹們，共同走過的奮鬥時光，所激盪出的革命情感更是難忘！

　　讀研究所最重要的成果展現就是「論文」，我很幸運能跟著一位非常好的指導教授周慶華老師作研究，沒有周老師的用心教導，我的論文可能「難產」了。回想寫論文的日子裡，只要與周老師的時間協調好，就從高雄到臺東請老師校閱論文。老師知道我每次回臺

東的時間有限，不惜傾囊相授，盡全力協助我，一定都要討論好、修正完後才回高雄。時間較長的假日討論時，常常挑燈夜戰，修正、討論、釐清觀念，遇到瓶頸快寫不下去時，老師總是非常有愛心、有耐心的幫助我突破難關，繼續奮戰下去。他一步一步費心的指導，讓我紮紮實實的、按部就班的寫完論文，碰到這麼好的指導教授，又能寫自己最感興趣的有關少年小說的論文，真是「幸運」和「福氣」！

　　跟著周老師做理論建構的研究，不無辛苦，但是我們這些子弟兵卻甘之如飴，老師指導學生時諄諄導引的精神，以及對學生關懷備至的師生情，是大家最為感動與津津樂道的。老師還將我們的論文集結成套書，成為「東大學術叢書」，將每個人的心血結晶一一呈現出來，那份用心真的是令人感佩！而我的拙作能成書，心裡是誠惶誠恐、憂喜參半：憂的是有更多人檢視自己的作品，不成熟之處還請讀者多海涵；喜的是有周老師相挺給予信心，自己也有出書的機會，留下珍貴的紀念！本書的「催生」除了感謝周老師以外，還要感謝陳俊榮（孟樊）教授和簡齊儒教授的不吝賜教和指正，有了他們寶貴的意見，使我的拙作有更好的樣貌面世，也要感謝「秀威資訊科技」公司的協助出版，感謝一群幕後工作伙伴的襄助，圓了我的出版夢。

　　謹以此書獻給周慶華老師、我的偉大父母親及親愛的兄姊們、還有一群可愛的朋友和同事，他們是我這段生命歷程中，非常重要的精神支柱。人生的旅程不停地往前走，下一段旅程會在哪裡駐足？交給未來。我會繼續尋夢，並且築夢踏實！

林明玉　2008 年 08 月 14 日　寫於臺東

目次

第一章　緒論

第一節　研究動機與問題

　　從小在臺糖宿舍長大，總會從三姑六婆的口中聽到許多新鮮事兒，回家後便會把聽來的「故事」說給家人聽，還會模仿大人的語氣和表情，手舞足蹈的說出來，把爸媽逗的笑呵呵。我的母親是個非常傳統顧家的女性，不喜歡串門子，每天總有忙不完的家事，也無暇與人東家長西家短，倒是從我的口中知道不少的八卦新聞，成為家人茶餘飯後的餘興。媽媽說我這麼愛講話，長大後就當老師說故事給孩子聽吧！這句話我記住了，所以作文題目只要是寫「我的志願」，就一定會寫「當老師」，因為當老師可以說很多很多的故事給學生聽，這麼好的工作當然最適合我了。

　　記憶中，國中時代每天都要擔心成績差幾分就要被打幾下，過著灰暗驚恐的慘澹年少歲月，當時只能在夜深人靜時偷偷的躲在被窩裡看漫畫，稍稍慰藉了桎梏的心靈，卻也換來近視眼的代價。進入高中後，離家到別的縣市讀書，因為不是在升學班，而且沒有家人的緊迫盯人，所以在壓力銳減下，我的心像飛出籠子的鳥兒般逍遙自在，快樂之心倒是沖淡了幾許思鄉的愁緒。印象最深的是高二、高三的導師，她是中文系畢業的老師，常鼓勵我們大量閱讀課外書，尤其是「世界文學名著」，她認為可以拓展我們的視野，豐富我們的生命，是教科書以外最好的生活良伴。受了老師的鼓舞、啟蒙，當時最喜歡去的地方就是學校的「圖書館」，那裡中西文學名著都有。記得第一次挑的文學名著就是《小婦人》，深為裡面四姐妹的手足之

情所感動，尤其是對老二「喬」的人物刻劃印象最深，覺得自己的個性就像喬的爽朗樂觀又好勝，從此英文小名就取為喬（Joe），希望像喬一樣人見人愛。

除了《小婦人》外，還有印象深刻的《簡愛》，描寫主角簡‧愛，是個嚮往自由，具有叛逆性格、勇於抗爭的新女性，最後終於努力達成理想找到真愛。看完又覺得自己要學習主角簡‧愛一樣的堅強，為自己的人生理想而努力。接著看了《傲慢與偏見》，瞭解到人類性格上的缺失，會帶來多少無謂的誤會與痛苦；尋找幸福的《青鳥》的兩兄妹，最後才知道原來幸福就在身邊，而不必外求；《長腿叔叔》故事裡，對生命充滿熱愛的茱蒂，幽默可愛又善良，換來一個充滿陽光與奇蹟的愛情。還有迷人的《小王子》，小王子認識了許多行星上的人、事、物，從他們富含哲理寓意的言談中，感受到純真無偽的情誼，意境很美像清泉般的滋潤著每個人的心。看這些世界名著就像置身在外國，想像著這些遙遠又可愛的主角們，就好像是遠方的朋友一樣，只要閉上眼睛，他們會在不同的情境中出現，甚至拿出這些人物的優點性格來強化自己，在面臨困境時，也會學習運用智慧來解決問題。

國內的小說最早看的是《蛹之生》，對於小野筆下的人物刻劃──有崇高的理想與抱負，自我奉獻的情操，強烈的尊嚴與對時代的使命感，內心覺得熱血澎湃而感動；朱天心的《擊壤歌》，描寫她的高中生活是多麼的自由自在、有熱忱、有夢想，更有浪漫情懷，當時期待著自己也要過個轟轟烈烈的高中生活；後來還看了三毛的系列作品，才知道臺灣竟然有這麼樣一個奇女子，從她的叛逆憂鬱的青少年期，到毅然決然出國，開始流浪異鄉，跟著心愛的丈夫，過著樸質又幸福、與世無爭的生活，她的真性情，寫出一篇篇在撒哈拉沙漠的真情故事，還有阿拉伯世界裡的奇風異俗，讓年少的我真

的是心嚮往之。現在想起當時的青澀歲月，在這些精采鮮明的故事人物間遊走，品嚐著人生的喜怒哀樂，純摯的心靈，因為有這些少年小說的洗禮而變得早熟，心中還存著一份「人不輕狂枉少年」的傲氣呢！

　　如今我真的如願成為一個「小學老師」了。這幾年教書生涯，低、中、高年級的學生都教過，中低年級的孩子，除了帶領他們閱讀故事書以外，還喜歡講故事給他們聽，每當講到精采處，總是連講帶演的給他們看，他們常常是聽得很入神。有時安排即興表演活動讓他們上來演戲，請他們好好揣摩故事中的人物，大膽有創意的表演出來，經過幾次的訓練，很多孩子演的有模有樣，甚是可愛，所以他們對故事中的人物刻劃印象最深刻。高年級的孩子則鼓勵他們多閱讀世界名著「少年小說」，因為閱讀少年小說可以瞭解外國的風俗民情，可以接觸到多元文化、開闊自己的心胸，還有慢慢培養解決問題與衝突的能力。在潛移默化中，已傳承著當時高中老師的啟蒙教育，希望學生也能受到好的少年小說的洗禮，不但能豐富他們的心靈，還能感受到生命歷程的高潮迭起，人生的悲歡離合，這無異是教科書外的更深更廣的教育。

　　身為少年小說的喜愛者，深刻感受到少年小說對成長中的孩子有莫大的影響力，尤其是小說裡的人物更是他們仿效的對象，這使我興起了研究「少年小說中的人物刻劃」的想法。一部好的少年小說，讓人留下最深刻印象的就是「人物刻劃」，腦海縈繞的就是故事裡的人物形象、人物的言語動作，就像看漫畫、卡通、連續劇、看電影，或是許多的故事文本，其中最吸引人的就是「人物」了，他們會影響著我們的想法，甚至改變我們的生活。像《哈利波特第七集》一推出，Yahoo！奇摩新聞便有以下的報導：「哈利波特 7『大開殺戒』恐影響兒童　英加強兒童諮商──風靡全球的奇幻小

說哈利波特完結篇,在全球再次造成轟動。由於哈利波特的結局有許多重要的人物死亡,這樣的結局,恐怕會讓許多小書迷一下子沒辦法接受。因此英國的兒童專線特地加派人手接聽 24 小時專線電話,專門為傷心的小讀者提供心理諮詢服務。」(陳廣先編譯,http://tw.news.yahoo.com/article/url/d/a/070722/17/hn2n.html,)可見小說人物影響孩童甚鉅,身為成人的我們,怎能不慎重的對此一問題加以探討?這則新聞更強烈的促使我想進一步研究的動機,深感少年小說對全世界青少年的影響力太大了。馬景賢在《認識少年小說》一書中所說的話,令人贊同:

> 一本傑出的少年小說,不能像成人作品那樣「為所欲為」,要寫什麼就寫什麼。有時雖然是同樣的主題,但是在處理寫作技巧方面是不同的。少年小說除了要說出少年心裡的話,並且能擦亮他們的眼睛,要他們看清事物,要能啟發他們獨立思考,透過書中他們認同的角色認識自己、認識別人,讓他們踏上人生快樂的旅程,而不能傷害他們的身心,或是讓他們走上不歸路。(馬景賢主編,1986:1)

基於此動機和信念,我從許多的專書資料中,擷取出有關少年小說中對於人物刻劃的研究。在蒐集的過程中發現:許多對於少年小說人物刻劃的專書或研究報告裡,大多著重在生理、心理、社會面向的討論。生理上討論的大體是外在的描寫,如人物的出場、外貌的描寫、人物的對話、行動的描繪;心理上大都探討內在的刻劃,如直接描寫或間接描寫人物的心理狀態;而在社會方面,討論人物的貧富貴賤、族群、階級、信仰及爭鬥……等,學術論著大概以此三個面向在討論。除了以上三個常被處理的面向外,我發現少了「文化性格」這一重要的面向的探討。

　　國內外有許多的少年小說家在為青少年寫作，無非是為了幫助他們在成長階段能建立正確的人生觀、價值觀，以及面對無數挑戰後的領悟，擁有健全的人格來進入成人的世界。因為故事背景跨越了許多國度，其中必有其「文化系統」上的差異，進而瞭解到不同種族的風土民情、國家社會的背景、不同文化產物下的人格特質，開展了民族性的包容度，期能達到「真正」地球村的境地。

　　林立樹《現代思潮──西方文化研究之通路》一書對「文化」的闡述：

> 文化是現實與理想的通路，是人與自然、社會溝通的媒介。透過文化，人超越了生物的存在，進入人的存在……據瞭解，目前對文化的定義有一百六十種左右，研究方向有二：各地區、民族、時代的特點以及各階級的屬性。研究的主要內容為文化的累積與變遷，繼承與創新，傳統文化與現代文化，文化的多樣性與統一性。（林立樹，2007：2-3）

　　現在世界少年文學蓬勃發展，我們已經可以閱讀到各種不同文化的少年小說，例如：《納梭河上的女孩》是發生在 1899 年十九世紀末的華盛頓州，芬蘭籍移民美國危險蠻荒地帶的真實故事；《碎瓷片》是十二世紀中期到晚期，韓國西海岸的一座小鎮，古韓國陶匠的故事；《六十個父親》寫出八年抗戰日本入侵中國大陸，戰爭中的真人實事；《十三歲新娘》描述印度低下階層百姓的生活情景。以上這些作品中的人物刻劃，就有著許多可以考察的「文化性格」，這是非常值得研究的課題。

　　周慶華《語用符號學》書中，對於不同文化的系統有以下的論述：大體上，世界現存的創造觀型文化、氣化觀型文化和緣起觀型文化等三大文化系統，都可以依文化本身的創發表現細分為「終極

信仰」、「觀念系統」、「規範系統」、「表現系統」、和「行動系統」等五個次系統（周慶華，2006：46），而表列各自的特徵如下圖：

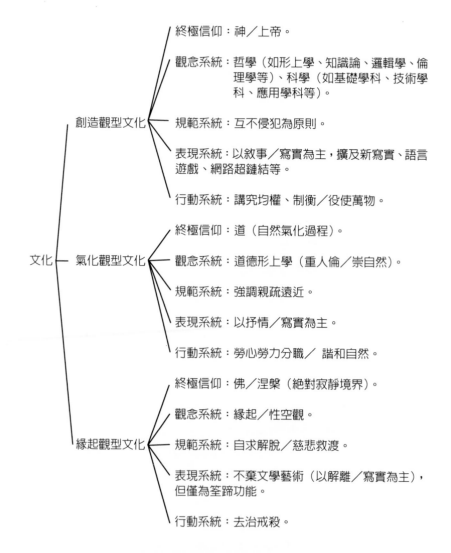

圖 1-1-1　文化的五個次系統圖（資料來源：周慶華，2006：47）

　　這三大文化系統約略是這樣的：創造觀型文化中的相關知識的建構，都根源於建構者相信宇宙萬物受造於某一主宰（神／上帝）；如一神教教義的構設和古希臘時代的形上學的推演以及近幾世紀西方擅長的科學研究等等，都是同一範疇。氣化觀型文化中的相關知識的建構，都根源於建構者相信宇宙萬物為自然氣化而成；如中國傳統儒道義理的構設和演化（儒家／儒教著重在集體秩序的經營；道家／道教著重在個體生命的安頓，彼此略有進路上的差別）。緣起觀型文化中的相關知識的建構，都根源於建構者相信宇宙萬物為因緣和合所致（洞悉因緣和合的道理而不為所縛，就是佛）；如古印度佛教（甚至婆羅門教／印度教）教義的構設和增飾（如今已經傳布至世界五大洲）（周慶華，2005：228）。

　　不同文化系統的作品可以為讀者們帶來更豐富的精神食糧，也讓我們的作家在接受外來文化的刺激下，激盪出更多好的少年小說，以饗成長中的青少年。段淑芝在〈臺灣少年小說之發展〉一文中提出：「臺灣之兒童文學在過去五十年間（1945-1995），深受複雜的現實社會因素影響。少年文學既為兒童文學之一部分，其發展自然亦受上述因素之左右……1964 年，林鍾隆在小學生雜誌開始發表『阿輝的心』此為臺灣少年小說之先聲。」（馬景賢主編，1996：196）可見臺灣少年小說的發展是近四十幾年才漸趨成熟，相較於歷史悠久的西洋兒童文學（少年小說是近兩百年出現的文學類型）（黃莉娟，2003：12），我們的發展時間非常短，可以提出來討論的作品有限，所以把目標放在紐伯瑞兒童文學獎得獎作品，挑選其中代表性的作品，輔以國內外一些著名的少年小說，一起探討其中的人物刻劃對少年讀者的影響力，期能回饋給創作者、傳播者、接受者、研究者和教學者去思考更多面向的可能性，期待我們的少年小說能有更好的發展。至於本研究所探討的問題，具體說明如下：

周慶華《語文研究法》一書，對於「理論建構撰寫體例」有提出見解：

> 理論建構，講究創新。大致上從概念的設定開始，經由命題的建立到命題的演繹及其相關條件的配置等程式而完成一套具體系且有創意的論說。（周慶華，2004a：329）

據此論點，將研究中所涉及的概念及問題整理出來，少年小說人物刻劃的內容意涵應涉及到生理、心理、社會、文化之間的關係，這樣形成概念一：

> 少年小說、人物刻劃、少年小說中的人物刻劃、（生理、心理、社會、文化）紐伯瑞兒童文學獎的探究

此概念一形成後，少年小說還會涉及到有關創作、傳播、接受、研究與教學等各層面的問題，希望藉由此研究能產生新知，昇華道德及深化美感，這是概念二：

> 少年小說創作、少年小說傳播、少年小說接受、少年小說研究、少年小說教學、產生新知、昇華道德、深化美感

概念一與概念二設定清楚後，接著要建立命題以確認所要研究的問題。我發現只要是少年小說，就會有人物刻劃的問題（命題一）；人物刻劃的探討層面──生理、心理、社會等三方面（命題二）；人物刻劃所涉及文化系統的差異，將探討創造觀型文化、氣化觀型文化、緣起觀型文化，這三種文化系統下的人物性格特質（命題三）。希望本研究可以回饋給少年小說創作者、少年小說傳播者、少年小說接受者、少年小說研究者和少年小說教學者（演繹）。

　　「概念設定」、「命題建立」及「命題演繹」的發展進程圖示如下：

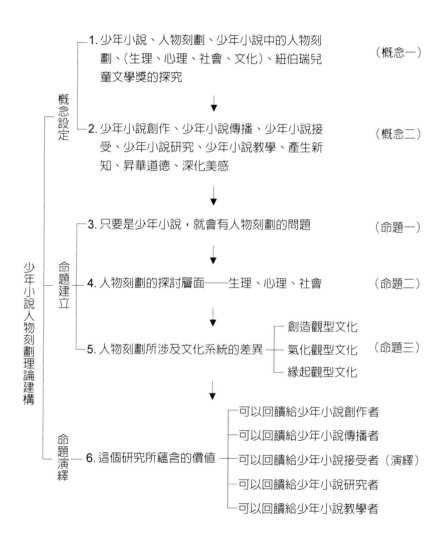

圖 1-1-2　少年小說人物刻劃理論建構圖

　　理論建構清楚明白的揭示，在後面的章節中將會逐步析理出來。研究的成果期能回饋給創作者，在創作之初就能掌握人物刻劃的精髓，加深拓廣創作的靈感。也希望回饋給大眾傳播業者更大的可能性，讓臺灣的少年小說更蓬勃發展、更有前途。最後是要回饋給接受者、研究者及教學者，期望能提升少年的優良品格，有益於社會的穩定發展；對於相關研究品質的精緻化，有正面的促進作用；而對於站在第一線的教學者，也能促其提高教學品質，深化美感教育，讓我們的下一代有更多元文化的學習。

第二節　研究目的與方法

　　本研究的重點，經由理論架構的鋪陳，擇便實踐印證，期望能藉由東西方的作品，來探討少年小說的諸般現象。張子樟在《少年小說大家讀》一書中提到：「少年小說濫觴於西方，當前又以美國最為蓬勃，因此討論少年小說，必須提到美國的少年小說。美國擁有許多作品質量兼優的少年小說作家，他們全力投入，關懷所有不同種族的青少年，以溫柔的心，自由飛翔的想像力，傳達青少年的喜怒哀樂。他們超越傳統，不斷實驗新的技巧，挖掘新的題材，給青少年帶來極佳的精神讀物。」（張子樟，1999：218-219）

　　基於上述的原因，本研究選擇了由美國圖書館協會（ALA）設置的「紐伯瑞兒童文學獎」中譯本作品為主，來探討少年小說中的人物在生理形象的刻劃、心理特徵的描繪、社會向度的規模和文化性格的內蘊等面向，是否符合成長中的少年，給予他們模範的對象，從中得到啟蒙的智慧，是本研究目的之一。研究目的之二是希望本研究能對創作者、傳播者、接受者及研究者和教學者有所貢獻，提

供創作者、研究者、傳播業者接受觀念的突破，讀者文學素養的提升，教學者在深化美感教育上的擴展。

　　研究問題及目的都確立後，現在要將研究方法擇定陳述出來，好讓讀者對整個論述的脈絡更加清楚。本研究是「少年小說中的人物刻劃」新觀念的創立，屬於理論建構而非實證研究，因收集能力上的有限，在文本的取樣上只能從諸多創作中有所取捨，研究中所涉及相關經驗的整理，還有賴於各種相應的方法，包括現象主義方法、比較文學方法、美學方法、社會學方法、心理學方法、生理存有學方法、詮釋學方法和文化學方法等。

　　現象主義方法，是指探討所經驗的語文現象的方法。（周慶華，2004a：94-95）在本研究中的第二章文獻探討裡，將現有的關於少年小說、人物刻劃的定義，紐伯瑞兒童文學獎及創作文本等論述，就個人的經驗所及作個探究，從文獻中去探討少年小說所內蘊的意義。

　　由於第三章是要研究少年小說中人物刻劃所關連的課題，對於「典範的轉變」，「寫作技藝的提升」，「傳播接受觀念的突破」，「教學成效的擴展」等課題有進一步的創見，是本研究帶給讀者的「新意」，會運用到比較文學方法、美學方法、社會學方法等。所謂「比較文學方法，是評估語文現象或是以語文形式存在的事物所具有的影響／對比情況（價值）的方法。這種方法是從事跨系統的文學比較的人所開發出來的。」（周慶華，2004a：143-152）運用此方法來融入本研究對於「研究模式」及「回饋向度」的轉變，對於異系統的比較提出個人的看法，而非以偏概全的絕對論。

　　本研究第三章探討寫作技藝的提升及教學成效的擴展，第九章討論實際的創作現象及四類人物刻劃的相互關連性與運用推廣，都會論及審美的問題，需藉助「美學方法」及其所統轄的敘事美學方

法加以論述。「美學方法，是評估語文現象或以語文形式存在的事物所具有的美感成分（價值）的方法……一篇文學作品即使同時具有認知、規範和審美等作用，也很可能會以審美作用為最凸出或最可觀。」（周慶華，2004a：132-136）而美學的對象到後現代為止，被規模出來的有「優美」、「崇高」、「悲壯」（合為前現代模象美）、「滑稽」、「怪誕」（合為現代造象美）、「諧擬」、「拼貼」（合為後現代語言遊戲美）、「多向」、「互動」（合為網路時代超鏈結美）等九大美感類型以及相應的多重的敘述觀點、多元的敘述方式和多變化的敘述結構等敘事模式。（周慶華，2007a：252-253）這些對象運用在文學或戲劇等藝術就容易看出它的特徵。例如《暗戀桃花源》一劇，在同一個舞臺上同時兩個劇團在彩排，一齣是前現代劇《暗戀》，另一齣是現代劇《桃花源》，當兩齣戲同時在舞臺上演出時，迸出後現代的諧擬趣味的火花，帶給觀眾不同的感官思維，欣賞到另類「美」的風格。這種「意境」放在文學創作及教學上，會讓接受者的想像空間更寬廣。

　　所謂「社會學方法，是指研究語文現象或以語文形式存在的事物所內蘊的社會背景的方法……大體上有兩個層面：一個是解析語文現象或以語文形式存在的事物是如何的被社會現實所促成；一個是解析語文現象或以語文形式存在的事物又是如何的反映了社會現實。這二者都可以稱為『文本社會學』；差別只在前者可能需要用到觀察和調查等輔助性的手段，而後者只須逕自去解析就行了。」（周慶華，2004a：87-94）本研究將納入此方法。本研究在第三章、第九章裡論述到有關「傳播接受觀念的突破」，就是屬於前者的層面，將探討此一社會現象將來突破的可能性；而第四章及第七章分析人物刻劃的社會向度，則是反映社會現實，屬於後者的層面，會討論到有關性別的教育、階級制度、族群意識、權力意志的昇華……等內容。

　　第四章探討人物刻劃的心理差異，及第六章對於人物心理特徵的刻劃都與心理學有關。所謂「心理學方法，在這裡是特指研究語文現象或以語文形式存在的事物內蘊的心理因素的方法……而該方法所蘊涵的語文現象或以語文形式存在的事物無從脫離心理機制而自行存在。」（周慶華，2004a：80-87）此外「心理學中的『觀察法』是指在自然條件下，對一個人的行動、言說、表情、動作等進行有目的、有系統的觀察，瞭解他心理活動的方法。」（王海山主編，1998：233-234）以上兩種方法都將納入本研究，來解析人物的喜怒哀懼愛惡欲等情緒表現、價值選擇的人物信念、扁圓或其他的人物性格、以及多元思想相互撞擊下的反成長意識。

　　「生理存有學方法」，是指研究語文現象或以語文形式存在的事物涉及生理存有的方法，為一整合生理學方法和存有學方法的科際方法。（王穀岩，2000：1-99；沈清松，1987：13-14）在本研究的第四章、第五章會運用到此方法，探討人物生理形象上的差異，以及人物的出場、人物的外形、人物的語言、人物的動作……等特徵。

　　此外第九章討論到四類人物刻劃的相互關連性還會運用到詮釋學方法。所謂「詮釋學方法，是解析語文現象或以語文形式存在的事物所蘊涵的意義。」（周慶華，2004a：101-110）此方法運用在少年小說中人物生理形象的刻劃、人物心理特徵的刻劃、人物社會向度的刻劃、人物文化性格的刻劃等面向，這四類是相互關連，同時存在的。例如《十三歲新娘》書中女主角寇莉，雖然生長在廿、廿一世紀的印度，卻因為家庭困苦，而父母及早把她嫁掉，好讓家人因為少個吃飯的人，大家才能多分幾口飯吃。一個十三歲的小女孩（生理形象），對於嫁給一個未曾謀面的先生，是個生重病的男孩，還有婆家對她的種種苛刻行為，她並沒有積極的質疑抗爭過（心理特徵），即使毫無選擇的成為寡婦，被婆婆遺棄在寡婦城（社會向

度），她也逆來順受，她接受著「女人結婚就是潑出去的水」的命運
枷鎖（文化性格）。在此以簡述故事的方式詮釋出四類人物刻劃的相
互關連性，是同時存在的，用以詮釋文本所蘊涵的意義。

　　最後，在第四章研究人物刻劃在文化性格上的差異，第八章探
討三大文化系統的差異──創造觀型文化：深具詩性智慧的創造
力；氣化觀型文化：擁有縎合人際關係的潛能；緣起觀型文化：傾
力於逆緣起解脫。這三大系統差異的文化因緣就要運用到「文化學
方法」了。所謂「文化學方法，是評估語文現象或以語文形式存在
的事物所具有的文化特徵（價值）的方法……語文現象或以語文形
式存在的事物無法脫離歷史文化背景而獨立自主。」（周慶華，
2004a：120-131）

　　例如《島王》是描寫一個小男孩麥克，跟著父母架帆船環遊世
界的故事。他的父母訓練他成為一個航海高手，還當他的家庭教師，
督導他在學校該學的任何學科，在麥克不慎落海後，能夠憑著求生
技能──游泳，讓自己免於死亡，而被荒島上的日本老人健介救起。
最後還是他的母親沒有放棄一絲希望，再度遠渡重洋終於尋獲他。
西方人的創造觀型文化性格，是信仰上帝、勇於嘗試、激發潛能且
敢於承擔負責，所以麥克才能存活下來與父母團圓。這在東方氣化
觀型文化是少有的，因為父母親的不捨，擔心孩子有冒險行為，甚
至會阻止孩子許多的發展潛能與可能性。關於這一類的跨文化系統
間的比較，是目前少年小說人物刻劃相關論述中較少見到的。

　　以上各種研究方法除了少數別引，其餘都是依據周慶華在《語
文研究法》一書中所列舉的各項研究方法，書裡提到任何一種方法
「只要有它所能夠發揮的功能，相對的就會有它所受到的侷限」（周
慶華，2004a：164），因為有所侷限，所以運用各種研究方法互相搭
配論述，以期研究能更臻於完善。

第三節　研究範圍及其限制

　　根據上節的論述，可瞭解本研究的範圍是：人物刻劃的生理形象（包含人物的出場、人物的外形、人物的語言、人物的動作及其他）；人物刻劃的心理特徵（包含人物的喜怒哀懼愛惡欲情緒、人物啟蒙創新的價值選擇信念、人物的圓扁或其他的性格、人物的反規範與重建規範相互衝撞下的反成長意識及其他）；人物刻劃的社會向度（包含兩性關係的探索、階級制度的針砭、族群意識的新途徑、權力意志的另類表現及其他）。以上這些人物刻劃的面向是比較常被提及的，本研究特別重要的論述是在於「人物文化性格上的異系統比較」，就是創造觀型文化、氣化觀型文化和緣起觀型文化等世界現存三大文化系統的「系統別異」問題（詳見第八章），而參照文本則取材於「紐伯瑞兒童文學獎作品」。

　　紐伯瑞兒童文學獎自 1922 年開始至今，已有八十六年了，能得獎者必是相當優異的兒童文學家，雖然給獎對象是以美國兒童文學作家為主，但由於歷史悠久，對美國和世界的兒童文學都有極大的影響，凡獲頒紐伯瑞獎的書籍，都會被列入兒童及少年必讀的書籍。所以有此全世界認同的文學家們的作品，來作為論述的對象，最為適切。但是紐伯瑞兒童文學得獎作品眾多，僅以所要探究的幾個議題去選樣取材。我選擇了《碎瓷片》、《納梭河上的女孩》、《畫室小助手》、《鯨眼》、《六十個父親》、《龍翼》等六部作品為代表。這些作品的作者都隸屬於創造觀型文化傳統下的作家，作品裡的人物刻劃都深受創造觀型文化的影響，可以作為本研究理論架構的參照對象。以下就將這六部作品作個簡述。

　　《碎瓷片》這本小說裡的四位主要人物，都是個性迥異的「邊緣人物」——住在橋下的遊民鶴人與樹耳，屬於社會底層的小人物，

被認為是貧賤不吉祥的人；陶匠明師傅夫妻則是因為喪子之痛而成為情感上的邊緣人。對於人物的刻劃有深刻的描繪，細膩又動人，所以收納為分析作品之一。

《納梭河上的女孩》，是描寫十九世紀末，來自北歐芬蘭、瑞典、挪威的移民者來到美國華盛頓州的艱辛生活史。這個故事有許多豐富的題材在裡面，所以取用來分析討論。

《畫室小助手》是真人實事的傳記小說，描述的是十七世紀西班牙的知名畫家狄耶格・委拉斯開茲和他的奴隸璜・帕雷哈之間的故事。作品裡人物刻劃鮮明生動，所以納進來討論。

《鯨眼》是描述一位牧師，帶著妻兒來到美國緬因州的菲普斯堡擔任當地的新牧師。故事裡的人物刻劃有許多值得探討的議題，可以納取為討論的作品。

《六十個父親》內容是描寫日本入侵中國八年抗戰的故事，寫出戰爭蹂躪下人民的悲苦慘狀。故事裡對於人性的刻劃很細微，值得擷取討論。

《龍翼》這本書是寫一群中國人遠渡重洋到美國打拚奮鬥的故事，在那種時空背景下的人、事、物很值得探討與分析，也一併納進來討論。

以上介紹的六本少年小說，是根據本研究所要探究的種種面向所需，特別挑選出來代表西方「創造觀型文化」的印證作品。能得到紐伯瑞兒童文學獎殊榮的作品，定有其可觀的內容可供參考討論，但是每一種獎項背後的審查機制，必有其「特別的主流意識存在」，並不能完全代表「創造觀型文化」的價值觀，其中還是有其文化系統裡的小差異，所以除了分析紐伯瑞兒童文學獎得獎作品之外，還選擇了其他四本書來作比較。這四本書分別是：美國具有印地安血統的作家佛瑞斯特・卡特（Forrest Carter）所寫的《少年小樹

之歌》、法國著名作家安東尼・聖艾修伯里（Antoine de Saint Exupery）所寫的《小王子》、拉丁美洲最富影響力的作家之一保羅・科爾賀（Paulo Coelho）所寫的《牧羊少年奇幻之旅》和家喻戶曉的英國當紅作家 J.K 羅琳（J.K. Rowling）所寫的《哈利波特 I 神秘的魔法石》。以上四本是來自不同國家區域的名作家所寫，也是屬於西方「創造觀型文化」傳統意識下所創作出來的作品，所以納取進來作為文化系統差異的比較作品，讓研究較不失偏頗。另外，再以「氣化觀型文化」和「緣起觀型文化」所醞釀出來的小說作一比較。

　　「氣化觀型文化」中的創作，以海峽兩岸著名的少年小說家為撮取選材的對象。臺灣作家以李潼和王淑芬的作品來討論。李潼是臺灣少年小說家的代表性人物，他的代表作之一《少年噶瑪蘭》，把對臺灣原住民的尊重、族群意識的重視在作品中流露出來。王淑芬寫了一系列校園故事，刻劃出一個個青少年成長的歷程，其中《我是白癡》是描寫一個智商低能的孩子在家庭及校園中發生的許多小故事，在人物性格的展現有精采的刻劃。中國大陸的少年小說家，則以曹文軒和張之路的作品來析論。曹文軒被讚譽為中國最有才華的兒童文學作家，他的代表作很多，我選了《紅瓦房》這本來討論。《紅瓦房》是以文革運動為背景，寫出一群青少年歷經時代的考驗，發生在每個人身上不同命運的故事，是一本人物刻劃凸出的好作品。而張之路的《懲罰》收錄十四篇精彩動人的短篇少年小說，寫出了人物的喜怒哀懼愛惡欲等情緒，可以選作分析人物刻劃的作品。以上四位雖然是同種族的少年小說家，但畢竟海峽兩岸的社會背景不同，彼此的作品還是有些微的差異，擷取出來主要是想探討「氣化觀型文化」傳統下，除了自我內在的差異（這一部分，因為不是論述的重點，所以會略過去，只存「類目」），它們還可以作為異系統比較的參照。

　　「緣起觀型文化」系統用來比較的作品，以葛羅莉亞・魏蘭（Gloria Whelan）所著作的《十三歲新娘》、赫曼・赫塞（Hermann Hesse）所著的《流浪者之歌》和臺灣宗教文學獎得獎作品精選集《喜歡生命》等三本小說為主。《十三歲新娘》不是紐伯瑞兒童文學得獎作品，而是獲得 2000 年美國國家圖書青少年文學獎作品，內容是描寫印度社會裡一群小人物的故事，夾有「緣起觀型文化」的觀念在其中，可以拿來作異系統的比較；《喜歡生命》是以臺灣宗教佛／道信仰的觀點所寫而集結成書，其中有幾篇是描寫少年故事的小說，可以擷取精華來討論；而《流浪者之歌》是敘述古印度佛教修行者的故事。後面兩本小說較接近於成人小說的描寫技巧，以成人小說來跟少年小說作比較可能有失準則（因為目前尚未找到完全屬於緣起觀型文化傳統的少年小說，所以暫為援引），但主要是論述「緣起觀型文化」傳統的價值觀底下，所呈現在小說裡的人物刻劃的種種面向，跟「氣化觀型文化」和「創造觀型文化」等兩大文化的差異作個比較分析，而非論述文學差異。以下是本研究選取的紐伯瑞兒童文學獎作品和其他文化系統相比較的文學作品彙整表：

表 1-3-1　本研究選取作品及三大文化系統比較作品簡介表

三大文化系統	書名	作者	作品內容
紐伯瑞兒童文學獎作品（創造觀型文化）	碎瓷片	琳達・蘇・帕克（Linda Sue Park）陳蕙慧譯	四位主要人物，都是個性迥異的「邊緣人物」，住在橋下的遊民鶴人與樹耳，棲身於社會底層，被認為是貧賤不祥的人。陶匠明師傅夫妻則是因為喪子之痛而成為情感上的邊緣人。樹耳投入明師傅門下，用心學習燒陶製陶，最後因為他的堅毅不怕苦的精神終於達成願望。這四個主要人物撞擊出生命的熱情，人物刻劃細膩又動人。

		納梭河上的女孩	珍妮芙・賀牡（Jennifer L.Holm）趙映雪譯	描寫十九世紀末來自北歐芬蘭、瑞典、挪威的移民者來到美國華盛頓州的艱辛生活史。故事主角是十二歲的玫・亞曼俐雅，她是傑森家中唯一的女孩，也是最早出生在納梭河畔的女孩。她有七個哥哥，沒有人要她像個男孩子一樣，都希望她能成為一個小淑女。但是玫・亞曼俐雅多麼期望自己也是個男孩，可以做和哥哥們一樣冒險有趣的事。可惜她是家裡唯一的女孩，理所當然落到她頭上的，只是一堆永遠做不完的家事。後來她生命有了很大的轉折，離家出走後再回到納梭河畔，發覺原來自己是最幸運的女孩。
紐伯瑞兒童文學獎作品	（創造觀型文化）	畫室小助手	伊麗莎白・博爾頓・德・特雷維諾（Elizabeth Borton de Trevino）莫莉譯	真人實事的傳記小說，描述的是十七世紀西班牙的知名畫家狄耶格・委拉斯開茲和他的奴隸璜・帕雷哈之間的故事。幸運的黑人主角璜・帕雷哈遇到一位善良尊貴的好主人，不但讓他獲得自由，還得到如朋友般互相尊重的友誼。故事題材豐富，人物刻劃鮮明生動。
		鯨眼	蓋瑞・施密特（Gary D.Schmidt）鄒嘉容譯	描述一位牧師，帶著妻兒來到美國緬因州的菲普斯堡擔任新牧師。他的兒子透納因為受不了當地同儕們的不友善對待，而遠離眾人，認識了另一個小島上的黑人女孩莉莉。莉莉居住的馬拉加島，是一群世居已久的黑人，卻被菲普斯堡的人民視為阻礙當地經濟發展的毒瘤，欲除去他們以取得利益。透納想保護莉莉和居民，卻間接的害死了他們，父親也為了保護透納而犧牲了性命，整部故事透露出強烈的種族歧視及人性的善惡面。

紐伯瑞兒童文學獎作品	（創造觀型文化）	六十個父親	邁德特‧狄楊（Meindert Dejong）莫莉譯	日本入侵中國八年抗戰的真實故事，寫出戰爭蹂躪下人民的悲苦慘狀。主角天寶跟著父母親逃難，卻被大水沖散了，開始過著流離、尋找親人的生活，小小年紀的他隱藏內心的悲慟。在槍林彈雨的逃難過程中，幸有貴人相助逃過劫難，也救了美國飛行官漢森中尉。後來更幸運的是被美軍轟炸隊的軍人救起，並且收養他，讓他一夕之間有了六十個父親的疼愛和保護，最後在漢森中尉的協助下，奇蹟似的與父母重逢。
		龍翼	勞倫斯‧葉（Laurence Yep）葉美利譯	寫一群中國人遠渡重洋到美國打拚奮鬥的故事，他們不畏艱辛困難，在異鄉被欺壓也默默忍受，只為了要賺更多錢給故鄉的家人用。主角月影和他的父親在親朋好友及外國朋友的大力協助下，完成了「飛行」的遠大理想。
創造觀型文化比較作品		小王子	安東尼‧聖艾修伯里（Antoine de Saint Exupery）李思譯	小王子認識了許多行星上的人、事、物，從他們的言談互動中，感受到小王子樸質無偽又天真浪漫的心。作者豐富的想像力，細緻的勾勒出許多意境，內容富含哲理和寓意。
		少年小樹之歌	佛瑞斯特‧卡特（Forrest Carter）姚宏昌譯	小樹爺爺淳樸的性格，充滿了生活的智慧，他教導小樹如何觀察、愛護大自然的生態，並且讓自己的身心靈與山中的一切融為一體。小樹的爺爺、奶奶給了他最好的生命教育。
		牧羊少年奇幻之旅	保羅‧科爾賀（Paulo Coelho）周惠玲譯	描述一個牧童聖狄雅各，為了一個重複出現的夢，決定橫渡撒哈拉沙漠，到埃及的金字塔中挖掘夢中的寶藏。一年多的尋寶歷程中，他遇到許多形形色色的人，領受到天命、信仰、愛心……等心靈的洗滌和沉澱，最後又回到了原點。全書如寓言故事般充滿勵志的哲學。

創造觀型文化比較作品	哈利波特－神秘的魔法石	J.K.羅琳（J.K.Rowling）彭倩文譯	小男孩哈利波特從小父母雙亡，寄居在德思禮阿姨家，到了十一歲被召喚進入霍格華茲魔法與巫術學院就讀，才知道原來自己擁有巫師的血統。在魔法學校裡發生了許多驚奇不可思議的事，作者豐沛的想像力帶領著讀者進入神秘、冒險、刺激的魔法世界，高潮迭起的情節和充滿趣味盎然的故事引人入勝。
氣化觀型文化比較作品	少年噶瑪蘭	李潼	少年潘新格是平埔族的後裔，在 1991 年的夏天，因緣際會回到 1800 年噶瑪蘭祖先居住的加禮遠社，在那美麗的河口找尋到自己生命的源頭。藉由少年噶瑪蘭的時光之旅了解祖先的歷史，把對臺灣原住民的尊重、族群的和諧意識，很有情感的描繪出來。
	我是白痴	王淑芬	描寫一個智能不足被人喊成「白癡」的男孩，他天真無邪的過生活，對自己的遭遇並不感到痛苦難過，對周遭的人事物都抱持樂觀。笑中帶淚的一則則小故事，發人深省。
	紅瓦房	曹文軒	是以文革運動為背景，寫出一群青少年歷經時代的考驗，發生在每個人身上不同命運的故事，以「紅瓦房」代表理想的象徵。作者以一種文學的優美去寫出大時代底下小人物的情感。
	懲罰	張之路	收錄十四篇精彩動人的短篇小說，描繪出各個少年善惡兼具的本性和喜怒哀樂等情緒，呈現出作者對人的觀察，也揭發了我們生活中真真假假的現實面貌。

緣起觀型文化比較作品	十三歲新娘	葛羅莉亞‧魏蘭（Gloria Whelan）鄒嘉容譯	書中女主角寇莉生長在印度，家裡非常貧窮，十三歲就得出嫁。不久生重病的先生過世，她成了寡婦後，被婆婆拋棄在寡婦城。故事呈現出印度社會的許多現象，蘊含許多面向在其中，令人不勝唏噓。
	流浪者之歌	赫曼‧赫塞（Hermann Hesse）陳明誠譯	主角悉達多是一位佛教修行者，他一生孤獨但不寂寞，他用不同的方式體悟人生，肉身的孤獨不代表靈魂的虛無，肉身的奢靡不代表靈魂的墮落，虛無、奢靡都在一念之間。
	喜歡生命	宗教文學獎編輯委員會總企劃	《喜歡生命》是臺灣宗教文學作品，裡面集結了十九篇得獎短篇小說，其中有幾篇是以少年為主角可以歸屬於少年小說。

以上所述是本研究的範圍，而其限制在於：紐伯瑞兒童文學獎得獎作品為數可觀，因自己的時間心力有限，無法全數羅列探討；本研究提出人物刻劃中「文化性格」的差異性，是以三大文化系統作比較，並不是全面性的研究，不足之處就留待以後有機會再試為予以彌補了；又本研究以中文撰寫，所探究的作品都有中譯本，因此就以中文版為研究對象，而以原文的著作為輔，進行印證討論，中譯本難以避免會有語言及文化上的差異問題，必要時會提出疑義上的說明，期能達到論述詳實。

第二章　文獻探討

第一節　少年小說的定義

　　黃莉娟在其論文裡提到「少年小說之名，源自十八世紀歌德作品中出現的『成長小說』，原意是指以教育為目的的一種小說創作的類型。到了十九世紀，以成長為主題的小說作品更趨於成熟與蓬勃。」隨後又指出「在英美文學中稱為『Young Adults Novels』的青少年小說，是以青少年為寫作、閱讀對象而寫的作品，屬於青少年文學的一類文體；在國內，少年小說則是歸屬於兒童文學的範疇中。」（黃莉娟，2003：7）

　　林良在〈論少年小說作者的心態〉一文中表示「兒童文學」是較晚出現的新文學類型。對一般的成人小說來說，「少年小說」也是一種非常年輕的新小說類型。彼此之間的區分，就在讀者對象的不同。在兒童文學裡，作者不但要有「讀者已經不再是一般的成人」這種清醒的自覺，而且還要相當清醒地關心到小讀者的年齡。從兒童文學的觀點來看，少年小說的讀者既是少年，作品當然是「為少年而寫」的了。（馬景賢主編，1986：5-6）

　　吳英長認為：「不論從哪個領域去看，少年小說都是寫給少年看的文學作品。此類作品的特性是書中主角都是少年男女；故事情節呈單線進行，不致太複雜；討論的主題也都是少年男女所關心的問題。將少年小說跟成人小說或童話相比較的話，其差異就更明顯了。少年小說已具有小說的『格』，但顯然不像成人小說那麼複雜深奧；少年小說也有吸引人的情節安排，但不像童話那麼任由想像力飛

翔，它是要受現實限制的。因此，少年小說的特徵是容量簡單和敘述寫實⋯⋯我們可以這樣說，少年小說在童話世界與成人世界之間搭起一座橋樑，它驅使少年由幻想走向現實，進而窺取實際人生的真義。」（吳英長，1986：8）

　　周慶華也提到所謂的少年小說，是以兒童的後階段發展「少年」（小學高年級、甚至跨越到國中階段）作為它的限制詞。至於它還有「兒童小說」、「兒童少年小說」等異稱，那就「隨人所好」了。換句話說，在以「兒童所能理解的文學」或「大人所認為兒童所能理解的文學」作為兒童文學的定義下，少年小說理當就是指少年（兒童）所能理解的小說。（周慶華，2004b：173-174）

　　許多作家把少年小說主要的讀者群年齡定位在十一至十五歲的青少年，就是國小高年級至國中階段（陳秋錦，2002:18-20），但是張清榮卻認為「十一歲（五年級）到十八歲（高三）為閱讀少年小說的族群」，他對於「少年」的界定有很實在的說明：我國法定的成年人，指的是屆滿二十歲的自然人，顯然名定二十歲以下是兒童、少年，尚未具備完整的行為能力；根據兵役法，十八歲以下則是未成年的兒童、少年；依『少年事件處理法』第二條規定：「少年者十二歲以上，十八歲未滿之人。」；在醫學角度看來，十八歲以下都是小兒科，都是未成年人，包含的是高中三年級以下所有的兒童也可稱為少年。所以張清榮以十一歲到十八歲為閱讀「少年小說」作品的族群。（張清榮，2002：4-5）我頗為贊同張清榮對於閱讀少年小說族群的分野，所以本研究把少年小說主要讀者群的年齡層也定在十一歲（國小五年級）到十八歲（高三）的階段，而少年小說的書寫對象則以十一歲到十五歲年齡層的青少年為主。

　　少年小說的定義很廣，歸納出四個重點：一、少年小說應具有文學價值；二、少年小說要讓少年有同體歸屬感；三、少年小說應

符合語文的品質；四、少年小說具有成長、啟蒙的意義。底下以學者們的論述來探討。

一、少年小說應具有文學價值

洪文瓊在〈少年小說的界域問題〉裡明白揭示：

> 小說範疇的確定在小說的文學形式，而不在主題，因為任何類型的文學，都有主題的存在，也可以處理同一主題。但就「少年」的範疇而言，主題卻有它的限制性，如探討生命意義或宗教情操就不是適合少年的主題。少年小說這兩個範疇的確定，首先要從人物與情節兩要素理出小說的文學形式，再從發展與認知的角度去確立適合少年的人物、情結、主題定位指標。文學作品是否能對讀者產生三種文學效果，首先是感覺效果，其次是情緒效果，最後則是理性效果。能對少年讀者產生文學效果的小說，無疑的就是好的少年小說。（馬景賢主編，1986：11-12）

這篇論述已經很清楚的闡釋少年小說應具有「文學價值」，但是提到少年小說的主題有其限制：「如探討『生命意義』或『宗教情操』就不是適合少年的主題」，對於這個觀點，有些不解？現在許多少年小說的主題都是討論「生命的意義」，如東方出版社一系列的少年小說：「跨世紀小說精選叢書，是來自美國、英國、法國、澳洲、紐西蘭、荷蘭、愛爾蘭、德國、西班牙等國的現代兒童文學獎傑作，分別以生命真諦、親情友情、成長探索、想像冒險為主題，幫助孩子在未來的生活中，可能遇到的各種問題，作合理的解釋、安排，除了可帶來無窮的閱讀樂趣，更可啟發孩子的想像力。」（東

方出版社網站 http://www.1945.com.tw/series.php?name）還有東方出版社的另一套世界少年文學精選叢書，裡面包含了聖經故事（上）（下）集，內容是：「依照舊約聖經為主軸而寫成的故事，敘述希伯來人如何與神訂定契約，並如何經過千百年的遷徙，最後來到神特許的迦南聖地。」（東方出版社網站 http://www.1945.com.tw/product.php?name=聖經故事(上)）談的就是「宗教意義」的少年小說，而且出版社標列的適讀年齡是「七歲以上」。有以上的實例，不免對少年小說的主題不適合探討「生命意義」或「宗教情操」的論述產生疑義。張子樟的說法我頗為贊同：「少年小說的作者只是想藉作品的闡釋，給青少年讀者一些適當的抗體，讓他們知道，社會上危機重重，陷阱處處，行事必須小心翼翼，才能安然度過艦尬的青春期。所以明辨是非與善惡是少年小說的重要主題之一。然而好的少年小說即使負有明辨是非與善惡的教育重任，也絕不會在作品中直截了當地將是非與善惡二分，嚴加撻伐。相反地，作家總是胸懷慈悲，俯瞰社會，開拓視野，然後才趨筆側寫，婉轉道來，以巧思妙法不動聲色地提供一幅幅細膩、逼真、可觸可摸的感性畫面。」（張子樟，1999：15）以上這一段論述把少年小說的主題、內容及作者的心態寫出，而且也把少年小說的文學價值表露出來。

　　此外，傅林統在《兒童文學的思想與技巧》裡也道出少年小說具有的文學價值：「少年小說的寫作技巧，與一般小說並無二致，作者追求的是以最巧妙的手法表現最動人、最深刻的內容，來贏得讀者的心靈，和他的作品發生共鳴。技巧所求的也就是「文學的美」。「文學的美」並不是訴之於知性，而是訴之於感情的，文學的美是傳遞力量的作品，也就是震撼人們心靈的力氣。」（傅林統，1998：215）

二、少年小說要讓少年有同體歸屬感

　　一個好的作家應該有「心中有讀者，讀者在我心」的想法，這樣的想法會讓他用心去構思、創作，寫出來的作品才能引起共鳴。少年小說家更是如此，因為他們所面對的讀者是正處於人生「風暴期」的青少年，小說所寫的人物、情節、主題都要適合貼近青少年的心，這樣才能感動他們，達到啟蒙的作用。李潼在〈少年小說的氣質〉一文中曾說過：

> 在一篇少年小說動筆之前，作者不妨對於現代青少年的普遍氣質，先作觀察瞭解。許多急速成功、擁有大批財富的例子，讓他們以為「只要結果，不問過程」，一樣能受人尊敬？所謂遠大的理想，只要能言善道，只要外表形象，不需內在基礎就能達成……他們處理挫折的方式如何，是否覺得除自己之外，每個人都要為他負責？在及時行樂的風氣下，「一分耕耘，一分收穫。」的前訓，對他們有多少影響……現代青少年的喜怒哀樂與十年前大不相同，恐怕與五年前比較，也已經有了變化。一個少年小說的作者怎麼能「率性」而寫，而不多作觀察瞭解？（馬景賢主編，1986：41-42）

　　少年小說家要能多方面的觀察少年，才能寫出符合他們需要與喜愛的作品，並能對於他們的成長有所助益，身為少年小說家得對讀者負責，不可不慎！張清榮在《少年小說研究》裡提到：少年小說是屬於兒童的文學作品，它的「主角是兒童」，成人也可出現在少年小說中，但不可喧賓奪主，應以配角或次要角色出現，而且能透過兒童心靈世界，兒童的目光來描述，如此一來，比較容易獲得兒童的認同。其次是「內容和兒童有關」、「故事合乎兒童心理」，少年小說的內容應自兒童的生活取材，少年小說大多描述和同儕之間的

情感和事件，如能融入社會現象，表現少年所處的社會，身心適應的問題，心理的感受，必能獲得少年的垂青。（張清榮，2002：23）

　　陳秋錦在其論文中曾評論：傅林統、張清榮兩位學者強調少年小說的主角一定得是少年兒童，其餘多位學者並不執著於這一點。他們認為只要是少年兒童所能理解、喜愛並對少年兒童有助益的就是少年小說，主角並不是非少年兒童不可。並舉出黃雲生的觀點和李潼的少年小說裡並不完全是以少年為主角的作品為例。（陳秋錦，2002：23-24）

　　我個人認為少年小說的主角以少年兒童為主也好，或是以少年為生活領域中的人物而非主角的觀點都覺得言之有理，總之少年小說要能讓少年兒童有閱讀的興趣與欲望，擴充生活智慧，讓少年有同體歸屬感，並有助於他們的成長最重要。鄭樹森對此有很好的分析論述：

> 成長小說（尤其是啟蒙故事）經常都運用成人後回顧、反思的角度來進行敘述。這個觀點不免使年輕時的事件或遭遇，變成過濾、重構、仲介過的經驗。但另一方面，成年後的追憶自然較有距離、較具透視的深度，讓主角（也讓讀者）更清晰地看到成長過程中如何領悟、如何認知，甚至建立自我。（黃錦樹、紀大偉等著，1996：52）

三、少年小說要符合少年的語文品質

　　少年小說的對象有青少年讀者，其語言文字及表達技巧，就得符合青少年讀者的年齡，不能太粗俗或艱澀難懂，與成人小說是有很大的不同。成人小說作者可以依個人的寫作風格行文，把人生的許多面向呈現出來，人物的對白，使用的語言文字，有時為了寫實，會有不雅的語言呈現，甚至利用文字敘述大膽裸露人性的醜態，這

樣的語文品質是比較不適合出現在少年小說裡的。林良在〈少年小說的任務〉一文裡提出他的想法：

> 一個少年可能讀到一本充滿著人間愛的書，也可能讀到一本充滿仇恨的書。他可能讀到一個堅強有志氣的人說的話，也可能讀到一個懦弱可憐蟲所說的話。他可能讀到嘆息，讀到悲鳴，讀到絕望，讀到人類毀滅的大預言。他可能讀到謊言……每一個最有資格進入天堂的純潔兒童也一樣，他進入成人世界裡的「書的叢林」也會面臨種種的誘惑。那時候，他最需要善良的人做他的導師，使他能順利進入真實的社會而又不轉變成一個邪惡的人。這個導師，應該是傑出的「少年小說」。（馬景賢主編，1996：45-46）

成人讀者會自行判斷取捨他所喜愛的文學作品，對於成長中的青少年，如果沒有很好的引導，而作者對少年讀者又沒有責任與使命感，任由他們囫圇吞棗，那麼只會戕害他們的身心而不自知。傅林統對少年小說的語文表達技巧論述如下：

> 少年小說的作者，縱使有很好的體驗或思想，如果語言文學的表達不能適合小讀者，那麼作者和讀者之間，也無法建立密切的關連。少年小說的語言表達，比成人小說更為困難，因為作家需要瞭解讀者語言的發達情形，以及他們的理解力和語言構成情形，然後才能創造合讀者需求的藝術……因此我們認為少年小說作家的辛勞耕耘是值得敬佩的，而他們那美好清新的作品，在藝術的殿堂裡，更是可以毫無羞愧的佔一席之地。（傅林統，1998：226）

　　張清榮在《少年小說研究》一書中將語文駕馭的功能更進一步的闡述：

> 「少年小說」的精采有趣，大部分來自「語文」的魅力。因
> 此，少年小說作者對於「語文駕馭」的能力應該高人一等。「語
> 文駕馭」包含「語言」和「文字」兩大類的驅遣和使用，而
> 在少年小說作品中則可分為作者本身遣詞造句的語文風格、
> 描寫用語、敘述用語、對話用語及態勢用語等五大方面。（張
> 清榮，2002：279-307）

張清榮強調少年小說的「語言文字」要淺白流暢、清新自然，讓少
年讀者一看就懂，以免文字太深奧而「以文害義」。少年小說的語文
品質的重要性，由以上學者的論述可見一斑，值得重視。

四、少年小說具有成長、啟蒙的意義

少年小說最可貴的一點就在於它具有成長、啟蒙的意義，這是
無庸置疑的。張子樟曾在《青春記憶的書寫》裡提出：

> 以青少年為訴求對象的小說作品可略分為兩種：一種以青少年
> 為主角，內容偏重於其成長及啟蒙的過程。另一種作品主角並
> 非青少年，但內容適合他們閱讀。這兩類作品雖各有千秋，目
> 標卻是一致的。青少年閱讀良好讀物，在心理成長與社會化的
> 過程中，便能有所借鏡、明辨是非，進而產生認同、洞察、移
> 情、頓悟、淨化等潛移默化的作用。（張子樟，2000：15）

林鍾隆在〈少年小說中的寫實主義〉一文裡也提出看法：

> 兒童文學，是兒童在「成長」過程中的一種閱讀工具，必須
> 要能對兒童的「成長」提供良好的協助，奉獻一份力量。所
> 謂成長的過程，一定是在「外在世界」這個環境中，獲得現

實的過程。從「外在世界」的認識與擴大，而進行「內心世界」的變化與改進中，掙紮、奮鬥的一種過程。因此，少年小說的寫實主義，就是要提供兒童「逼真」的現實世界。（趙天儀，1999：13）

少年期是兒童與成人之間的過度期，成長的歷程中一定會有許多困難挫折或是喜悅的事件發生，如何安然度過，除了身邊的家人、師長、同儕以外，書籍就是最好的良伴，所以少年小說扮演很重要的角色。施常花在〈論少年小說欣賞的教育心理療效功能〉一文中提出少年小說的功能：

> 少年小說作品具有高度的教育心理療效功能，少年讀者藉小說的欣賞與主角人物認同，淨化心靈，洞察問題，使得少年壓抑的不愉快情緒獲得舒展，並解決面臨的問題，同時亦使得少年的思想、情緒、行為獲得良好的改變，對身心發展產生了正面的影響。因此，倘若父母、老師、作家……等對青少年關懷的人士，能配合少年身心發展及其需要，提供少年健全性之小說，定能使少年在不知不覺的喜悅氣氛中，重新調整自己，培養健全的道德人格，成熟的情緒和適應性的社會行為。（馬景賢主編，1986：25）

在少年有偏差行為產生之前，心靈上就先予以滋潤撫慰，讓他們在成長過程中，能得到啟發智慧、改變錯誤的價值觀、培養健全的人格發展，這樣的責任不只是少年小說作家的責任，我們身為父母、師長者更要協助他們選擇優良的少年小說讀物。

綜上所述，我認為少年小說主要的訴求對像是國小高年級到高中階段的少年為主，它應具有文學價值，讓少年有同體歸屬感，應

符合少年讀者的語文品質，而且具有成長、啟蒙的意義。後面這一點，如果有反成長的情況，那也是多元思想相互衝撞所衍生的對立意識，雖有歧出卻不影響少年小說所以為少年小說的質性。

第二節　人物刻劃

　　人物是一本小說裡的靈魂（除了動物小說或科幻小說主角是非人類，在此不納入討論範圍），失去了人物刻劃的要素，主題、情節再好也不算是成功的小說，我們對於一部小說印象最深的就是人物，其他的主題、情節可能都忘記了，可是人物就烙印在人們的心中。例如：唐三藏和孫悟空，曹操和關公、林黛玉和賈寶玉、羅蜜歐與茱麗葉……他們不單是家喻戶曉的小說人物，更是活在世人心中流芳千古的「人物」。

　　方祖燊在《小說結構》一書中提到人物在小說中的地位：

> 我們可以說：「人物」是小說的中心，因為小說所描寫的就是某些人物的生活與際遇，所講述的就是某些人物的故事，所刻劃的就是某些人物的心理，所突顯的就是某些人物的性格。我們也可以說：「沒有人物就沒有小說；沒有生動的人物描寫，小說注定就要失敗。」（方祖燊，1995：334）

李喬在《小說入門》裡也提到：

> 在一篇小說中，人物，是為了主題的顯現而演出那些情節。至於結構，也就是人物演出的形式。作者選擇的敘事觀點，除「全知觀點」外，都要受人物的限制；小說中的語言必須

適切於人物的質性。所以說,「小說現象」的中心,應該是「人物」。(李喬,1986:159)

盛子潮在《小說形態學》裡對於人物的刻劃有一番的論述:

> 事實上,在一部小說中,沒有人物就不會有故事,所謂「故事」,說白了不過是由人物關係,人物行為構成的一系列事件的組合。因此,把人物視為小說世界的一個不可或缺的結構元素,大約是沒人非議的。(盛子潮,1993:138)

盛子潮在書中還論述了中外小說史裡人物刻劃的變遷:「從中外小說史提供的史實來看,小說並不是一開始就以寫人為中心的。在早期小說中,雖然也寫人物,甚至也誕生了如塞萬提斯筆下的唐・吉訶德和我國唐代傳奇小說《鶯鶯傳》中的崔鶯鶯這樣性格豐滿的人物,但總的說來,人物在小說中只佔據一個陪襯的位置,佔據小說結構中心位置的是故事……從唐代傳奇小說開始,至宋元話本、明擬話本,小說開始重視人物形象的塑造,但佔據結構中心位置的仍然是故事情節。這種情況一直延續到《水滸傳》、《紅樓夢》的出現才扭轉過來。西方小說的發展歷程也大致如此。一般說來,西方人比我們更富於文學的敘事傳統,古希臘在悲劇誕生之前,就有了著名的荷馬史詩,可以說,西方的小說是直接靠史詩和悲劇的乳汁餵養大的。即便如此,西方的敘事文學也是由寫事逐漸轉向寫人的……就西方小說而言,大約是進入十九世紀,人物才逐漸取代故事而成為小說結構的中心。應該承認,小說的重心從故事轉向人物是小說發展史上一個劃時代的藝術進步……在我國小說批評史上,金聖嘆是第一個提出『性格』概念,並把人物『性格』作為小說創作的構思中心提了出來。從時間上講,要比別林斯基的性格理論早

一個半世紀左右。」（盛子潮，1993：138-140）盛子潮的論述，提
供我們瞭解中外的小說人物被重視的分界點。接著我要談的是人物
刻劃有哪些面向，以下是幾位學者的論述：

　　英國小說家兼批評家愛德華‧摩根‧佛斯特（Edward Morgan
Forster）在他的《小說面面觀》中將人物分成「扁平」的和「圓形」
的兩種。「扁平人物」在十七世紀叫「性格」人物，在小說裡作者可
以用一個句子描述殆盡。「圓形人物」在令人信服的方式下給人新奇
感，絕不刻板枯燥，他在字裡行間流露出活潑的生命。（愛德華‧摩
根‧佛斯特，1993：59-68）盛子潮在《小說形態學》一書中提出：
他認為愛德華‧摩根‧佛斯特的看法並不完全，依他看來扁平人物
和圓形人物大多可以融入小說人物的一種形態——「具象人物」，而
除了具象人物之外，小說人物形態還有「抽象人物」和「喻象人物」，
構成他的小說人物的三種形態論。（盛子潮，1993：144-161）徐岱
在《小說敘事學》一書中也認為愛德華‧摩根‧佛斯特的二分法不
足夠，而以當代法國敘事學家的「參照型人物」、「離合器型人物」
和「他語重複型人物」等三分法來取代。（徐岱，1992：21-22）

　　美國新批評派學者克林斯‧布魯克斯（Cleanth Brooks）和羅伯
特‧潘‧沃倫（Robert Penn Warren）編的《小說鑑賞》一書中提出
「人物的性格」和「人物的行為」是不可分割的。人物的性格可以
分外部特徵和內心活動，由直接描寫和間接描寫來區分。（克林斯‧
布魯克斯、羅伯特‧潘‧沃倫編，2006：140-143）李喬在《小說入
門》一書裡對人物刻劃有六個觀點：（一）直接白描；（二）寫行動；
（三）設計對話；（四）敘述觀點的運用；（五）獨白可以分析自己
（指人物，不是作者）；（六）其他，用不同型態的人物對比旁襯（愛
德華‧摩根‧佛斯特所謂「扁平人物」與「圓形人物」的調劑）。（李
喬，1986：163-164）

　　方祖燊在《小說結構》一書中對人物的描寫分為「外在」與「內在」兩方面去分析。外在的描寫包括：姓名、形貌、服飾、身體、言語、行動、習慣、癖好、事業等。內在就是從一個人的心理和性格去描寫。更細緻的區分，包括：一、人物外在世界的描寫之一：人物形象的描寫，人物形象的描寫又分為「靜態描寫」與「動態描寫」。二、人物外在世界的描寫之二：人物出場的描寫，出場的描寫又分為（一）由作者直接把他描述出來；（二）由作者藉小說中其他人物的談話，把他描述出來；（三）由作者透過小說中其他人物的觀察點，把他描述出來；（四）作者通過故事情節，把他逐漸描述出來。三、人物內在世界的描寫之一：人物的心理與意識的描寫。分析人物心理又有六種方法：（一）描寫人物的性格的輪廓；（二）描寫境遇與感情的關係；（三）剖析人物的心理與感覺的本身；（四）描寫感情與思想的轉變過程；（五）描寫人物之間動作與感情的糾葛與衝突；（六）安排一整個故事來表現人物的情感思想。四、人物內在世界的描寫之二：人物的性格與典型的創造。要注意人物性格的複雜性、變化性與個別性，而且人物的性格要與形象配合。五、最後提出如何由人物的對話、動作與情節來描寫人物：（一）用對話表現人物的性格；（二）用故事情節來描寫人物；（三）特殊人物、普通人物與故事情節；（四）研究人物的生活與心理。（方祖燊，1995：334-418）

　　綜合以上學者們的論述，總結出他們對於人物刻劃的面向大多集中在生理、心理、社會等三大層面，可說已經將小說人物的刻劃精闢闡述，但是如果缺少「文化性格」這一個面向的刻劃，就難免有遺憾。在本研究第一章第一節裡就已指出，我對小說裡的人物刻劃的面向，發現少了「文化性格」這一層面的論述，而這個問題的發現與辨析，將在第三章第三節及第八章中詳論。

第三節　少年小說中的人物刻劃

　　上一節裡將小說中的「人物刻劃」有關的研究理論已作個陳述，這一節要討論「少年小說中的人物刻劃」是否跟成人小說裡的人物刻劃有很大的差異？在此把少年小說中的人物刻劃有關的學術論文擷取出來探究。

　　洪文珍在〈從對比設計看「黑鳥湖」的人物刻劃〉一文中指出：

> 少年小說是「小說」與少年的交集，它必須具備小說的要件及符合少年的經驗世界。小說的要件不外人物刻劃、情節與結構、主題、背景、語言、風格、敘述觀點等。當中以人物刻劃為最重要。小說家的首要任務在創造人物、刻劃人物，能否把人物寫活是小說家功力的試金石。情節的安排是為了讓人物從衝突中彰顯個性；主題也因人物而生，唯有把人物寫活了，作家所要表現的主題才具有啟示力。（馬景賢主編，1986：87）

接著在文中提出所謂人物刻劃是指「生理的」、「心理的」、「社會的」三種因素，藉由人物的情緒與活動、情節與對白，刻劃出該人物與眾不同的性格的寫作技巧。

　　張清榮在《少年小說研究》一書裡提出看法：

> 「少年小說」的人物應是正面的，能有助於作品對青少年的啟迪作用，同時又不失青少年天真活潑、好奇、同情心、正義感、負責任……等特性。至於其刻劃方式，可分從直接描寫、間接描寫、外貌刻劃、言語刻劃、動作刻劃、心理刻劃、情節刻劃等方面來進行。（張清榮，2002：123-161）

　　傅林統在《兒童文學的思想與技巧》一書裡對人物的刻劃也有一些著墨：

> 「人物描寫」通常有兩種手法，其一是作者直接敘述人物性格的「直接敘述法」。其二是作者以人物之間互相的會話和行動，間接描寫性格的「間接表現法」。直接表現法又有外面描寫和內面描寫（心理描寫）的分別。至於間接表現法也有對話表現法、行動表現法的分別。當然實際寫作時，各種表現技巧都要用上，不過兒童文學方面，都以間接表現法（對話和行動）為主。（傅林統，1998：220-221）

林守為在《兒童文學》一書裡說明：

> 小說是描寫「人」的藝術，小說中的故事是「人」的故事，一般小說如此，兒童小說也是如此。雖然兒童小說中也可能有一些動物出現，甚至以動物做為一重要角色，但那不像童話中居於那麼主要的地位。有人說，小說最難寫的是人物，人物描寫得成功的小說，也就是成功的小說。而所謂人物描寫，包括外與內兩部分。外是指一個人的形象、服裝、言語、動作、表情等的描寫；內是指一個人的心理、性格、思想等的描寫。但外和內是不可分的，所謂「有諸內必行諸外」，所以兩者是互為牽涉互為影響的。（林守為，1988：171）

林文寶在《兒童文學故事體寫作論》裡也提出觀點：

> 充分認識你筆下的人物，挑選你最感興趣的人物入小說，應該是人物刻劃的基點；而人物由充分認識到心靈醞釀成熟，在內心創造人物，乃人物刻劃的初步；又人物的行為動機，情緒醞釀與對比設計，是人物刻劃的要件。（林文寶，1993：333）

　　林文寶在此書中舉了趙滋蕃對於人物刻劃的方式歸納為兩種：一種為動態的間接刻劃，一種為靜態的直接刻劃；又舉了愛德華‧摩根‧佛斯特把人物分為扁平人物和圓形人物的兩種說法，與成人小說的人物刻劃無異。張子樟在《少年小說大家讀》裡也提到以人物的作為或動作、言談、相貌、故事中的人物相互評估和作者的直接描述。（張子樟，1999：60-68）以上幾位學者的論述與成人小說的人物刻劃的面向相差無幾，只是對象是少年讀者，所以作者必須以少年的角度來著手人物的塑造，才能引起閱讀的興趣。此外相關的研究論文我擷取了五篇：陳秋錦（2002）、黃莉娟（2003）、楊寶山（2003）、陳柔珠（2003）、陳毓華（2004），他們對人物刻劃的面向也是不脫以上學者們的論點，沒有提出較新穎的見解。

　　在此，我再把「文化性格」這一重點提出來：這個面向表現了少年小說中的人物刻劃最深沉的層次，實質上是統攝著外表較可觀察的生理形象、心理特徵和社會向度等面向，不可小看這樣的「制約力」，正如下面幾段論述所提及的：

> 文化形塑了心靈，而文化也提供了一套工具箱，讓我們得而藉此來建構我們的世界，以及我們對於自己和對於我們的力量何在的種種觀念。〔杰羅姆‧布魯納（Jerome Bruner），2001：18〕

> 對道格拉絲來說……到目前認為身體如同一個文化文本，這不但反映了文化的價值觀以及某一特定文化所關注和憂慮的事物，並且也對上述價值觀和事物提供了物質上的表達。〔卡倫‧伍德渥（Kathryn Woodward），2004：181〕

> 倘若心理主體和生理主體都侷限於身體「內」而向外發用，那麼社會主體和文化主體就擴及身體「外」而曳引式的無所

不發用。當中文化主體比社會主體還要多具「縱深」。也就是說，身體的生理性／心理性受社會性／文化性浸染，而延伸出去發揮了主體的操縱運作或居中協調功能，而文化性的歷史累積的「時間性」自然遠較社會性的群體共營的「空間性」更有深度。（周慶華，2005：48）

　　這在既有的相關少年小說中的人物刻劃的研究成果裡，還不知或無暇顧及的，在本研究裡就得勉為予以發掘彰顯，而有所區別於他人的論述（詳見第八章）。

第四節　紐伯瑞兒童文學獎的探究

　　本研究是以紐伯瑞兒童文學獎得獎作品的部分作品為我的主要研究印證對象，對於紐伯瑞兒童文學獎的由來及其價值意義，在此作一概略的探討。

　　紐伯瑞兒童文學獎（Newbery Medal）的緣由，是為了紀念十八世紀專出版兒童讀物的英國出版商「紐伯瑞（John Newbery）」而設立的。在 1922 年美國圖書經銷商公會的主席梅爾徹（Frederic Melcher），建議美國圖書館協會設置此獎項，以紀念紐伯瑞對於兒童的貢獻。紐伯瑞兒童文學獎（Newbery Medal）是頒給前一年中最優秀的兒童文學作家，自 1922 年開始，到現在已有八十六年了，歷史悠久，是享譽全世界的兒童文學獎。

　　紐伯瑞（John Newbery）生於 1713 年，是英國中南部波克夏（Berkshire）的農家子弟。從小到大許多學問都是自學而來的，十七歲時在報社工作，於 1744 年遷居倫敦，買下靠近聖保羅教堂旁的

一家小印刷廠。當時的英國是古老而保守的，在道德家的眼光裡，那種不夠嚴肅、缺乏教育意義的兒童讀物是社會所不容的。而紐伯瑞卻不這麼認為，他打破古老的傳統觀念，在英國為孩子出版了第一本的廉價兒童讀物。

在古老的英國社會裡，有心為孩子寫書的作家，總是隱姓埋名設法掩飾自己的身分，為的就是怕人嘲笑。而紐伯瑞不怕別人的眼光，挑戰傳統社會的價值觀，克服當時的環境，一心為孩子努力，開始為兒童出版書籍。他認為有成人的書店，為什麼就不能有專為孩子設立的書店，讓孩子可以自由自在的進出，享受閱讀的樂趣？所以他的勇氣、智慧和宏觀的眼光，開闢了英美兒童文學發展的道路，因為貢獻極大，所以有「兒童文學之父」的美稱。

紐伯瑞在英美兒童文學發展史上，地位非常崇高，一般探討兒童文學歷史的學者們，都以他在 1744 年出版的《美麗的小書》（A Little Pretty Pocket Book），作為英美兒童讀物印行的肇始，並且公認 1744 年是英國開始有以樂為主、以教為輔的兒童文學作品為最恰當的年代。最值得一提的就是在兒童讀物內容的突破，紐伯瑞把傳統的文化遺產挖掘出來，再加上自己的想像力，變化故事的情節「再創作」，使得故事內容更豐富更有可看性，而且在那個年代，在紙張和印刷方面，還加上金邊講究精美，實在是相當不簡單的一件事。

紐伯瑞主張兒童個體的傾向、才能和特質應主宰其學習，拒絕專制的課程和背誦記憶的事情，認為遊戲和幽默可以增強教育的功能。紐伯瑞書店賣的書都很廉價，在他的書店裡各式各樣的書都有，孩子喜歡到他的書店就像回到自己的家一樣，可以自由自在的看書。紐伯瑞會在每本書上寫著「獻給聽話的乖寶寶，你的朋友敬獻。」紐伯瑞這份愛孩子的心，讓人感動和尊敬。

　　1922 年的夏天，在美國的圖書館協會研討會上，隆重舉行了首次的頒獎典禮，第一屆的金牌獎得主是亨利克・威廉・房龍（Hendrik Willem van Loon）的《人類的故事》。這一獎項的設置後，得獎的作品均獲得美國的家長及教師們熱烈的回響和推崇，許多教師把這些好的作品當成學生必讀的課外讀物，跟學校的各類課程結合融入教學中，啟發學生的智慧，滋潤他們的心靈，培養文學欣賞的能力。原本這個文學獎每年只有一位得獎人，得獎作家會受頒金色獎牌一面，就是現在大家所熟知的「紐伯瑞金牌獎」；而第二名的作品，美國圖書館協會也只會書面宣佈為「亞軍」，但自 1971 年以後，為了鼓勵更多優秀的創作品，又特別設了榮譽獎，每年可以超過一名，又稱為「紐伯瑞銀牌獎」。

　　1937 年美國出版商佛瑞德・米契爾（Frederic G. Mecher）希望也能仿照紐伯瑞獎，設立一個專為獎勵圖畫書而頒的獎項，結果選定英國非常受兒童喜愛的圖畫書作家藍德・凱迪克（Randolph Caldecott），在圖畫書發展史上有著舉足輕重的地位的藍德・凱迪克，以他為名設立了圖畫書界的容譽獎項「凱迪克獎」。於是從 1938 年的夏天開始，美國圖書館協會除了要評選出紐伯瑞獎的金、銀牌得主外，還會評選出前一年在美國境內的優秀圖畫書作家頒發凱迪克獎，與紐伯瑞獎項同時頒發，使得紐伯瑞兒童文學獎更具意義。

　　國內最早將紐伯瑞獎作品翻譯出版的是國語日報社，當時出版了「兒童文學傑作選」系列，有《愛貓的孩子》、《畫室小助手》、《黑鳥湖》、《六十個父親》等作品。漢聲出版社推出的青少年拇指文庫，也出版過紐伯瑞得獎作品，如《通往泰瑞比西亞的橋》、《狼王的女兒》等，可惜沒有繼續推出。同一時期，智茂文化公司自 1992 年開始，花費數年的時間陸續推出四十八本的「紐伯瑞兒童成長文學精選」套書，是國內最具規模的紐伯瑞獎作品出版紀錄，不過現在已

停止印行了。近年來小魯、三之三、維京國際、東方等出版社，都接續著出版紐伯瑞得獎作品，造福了臺灣的許多少年兒童讀者。在中國大陸方面，中國少年兒童出版社在 1998 年，出版了共二十一冊的紐伯瑞兒童文學獎叢書，引起熱烈迴響。透過這些得獎的翻譯作品，希望能給讀者帶來豐富多元的精神食糧，也讓少年小說的作家們有了更多寫作觀摩的機會。馬景賢在為智茂出版一系列的紐伯瑞兒童文學獎的套書作序時，特別提出他的企盼：「在我們的兒童讀物出版界，有像紐伯瑞那樣有眼光的出版家，把視野放大、放遠，讓中國的兒童讀物也能邁進新的里程。」〔邁德特‧狄楊（Meindert Dejong），1997：馬景賢序 4-7；黃莉娟，2003：48-49〕

　　紐伯瑞兒童文學獎得獎作品，可以說是兒童文學界的一股示範與鼓舞的強大力量，它的品質是舉世公認的，為兒童文學界帶來極大的貢獻，也讓本國的少年小說作家有了精益求精的機會，希望這樣外來文化的作品能刺激、帶動、提升我們的創作水準，讓我們的孩子享受到品質更好的少年小說，能陪著他們成長，提升他們的廣度和深度，獲得更多真、善、美的優良讀物。

第三章　少年小說中的人物刻劃研究所關連的課題

第一節　典範的轉變

　　本研究旨在對於少年小說中人物刻劃的四個面向作深入探究，就是人物的生理形象、人物的心理特徵、人物的社會向度、人物的文化性格上的異系統比較，尤其是「人物的文化性格」這一個層面的統攝性，是本研究的重心所在，有別於既有的相關論述或研究。這樣的「研究模式的轉變」及「回饋向度的轉變」是本章第一節的論述重點；而這樣的研究所衍生出來的，如對於創作者「寫作技藝的提升」、傳播者／接受者／研究者「傳播接受觀念的突破」、教學者「教學成效的擴展」等相關課題，則待本章第二、三、四節再加以詳述，俾使整個研究面貌完整呈現。

　　在上一章的第二、三節裡我所作的文獻探討，發現大家對於小說的人物刻劃，以至於少年小說的人物刻劃，所探討的面向都不離生理的、心理的、社會的三大層面，儼然已成典型的「範式」。學術論著如此示範著，當然後來的研究者就是拿來引用或套用，把人物刻劃分門別類的探究，將作品裡的人物放進適當的「形式」裡加以研究剖析。誠如杜明城在他的〈臺灣兒童文學研究的限制與可能性〉一文裡所指出的：

> 兒童文學研究者置身於這種不均衡發展的市場環境中，不免有點進退失據的矛盾。市場的條件一片大好，但那不過是個表象，想要深入，缺乏憑藉，不知道論述的主體何在？挖空心思，勉力為之的結果，也只落個為人作嫁，尚須憂心是否值得識者一顧，處境之艱，竟至於斯。（杜明城，2004：44）

　　身為研究者的我看到這篇文章，能感同身受。但是現在我所做的這份研究，不只是參考先進們的專著和論文，我還提出了自己的新見解，希望為研究模式帶來一些改變。我姑且稱它為「典範的轉變」，期望自己的研究成果能被讀者接受，產生新的思維、激發一些創作的靈感。

　　「典範」一詞在克瑞斯·巴克（Chris Barker）《文化研究智典》裡的解釋是：一個涵蓋特定字彙與實踐的知識場域或領域。（克瑞斯·巴克，2007：175）而肯恩·威爾伯（Ken Wilber）的《靈性復興——科學與宗教的整合道路》一書裡指出：

> 「典範」本身含有兩種主要成分，我們可以稱之為「常規方面」與「社會方面」。孔恩「用這個詞（典範）一方面指涉已然成形和受青睞的解決方案，這些方案成為如何建立科學常規的模範（此乃常規成分，包括一套範例、實驗或指令）。另一方面，這個詞也指涉了局部的社會結構，這個社會結構透過教導、獎勵等措施，維繫上述常規標準的適切營運（此即社會成分，它也是一套指令或社會常規）。」（肯恩·威爾伯，2000：71）

　　根據上述的詮釋，現有的「少年小說人物刻劃」的研究模式就是典範第一方面的指涉範圍，就是學術研究者既有的人物刻劃的面

向（已然成形和受青睞的解決方案），成為研究者的常模規範；而第二方面的指涉範圍，則可指創作者、傳播者、接受者、研究者和教學者的接受行為（透過教導、獎勵等措施，維繫上述常規標準的適切營運），第二方面留待第三節再詳述。

但是說起本土的有關少年小說的學術論著畢竟有限，何況對於「少年小說的人物刻劃」這一環的專論更是短少，所以要研究分析，只能從學者們的論述裡去擷取了。「對研究生而言，乍看之下，海峽兩岸的少年小說作家好像有很多可以作為研究的對象，但是要可以輕易入手研究的卻又不然。理由很簡單，大部分作家創作的量，很難撐起一篇學位論文。既然要研究，必得細讀，但又有多少作家的作品禁得起字斟句酌的審視？研究生在選定題目之後，往往才起步不久，就有難以為繼的感嘆，甚至做到一半，懸崖勒馬，改弦更張的也大有人在。」（杜明城，2004：40）這也就是我為何選擇西方少年小說作品為研究印證的對象的原因了，因為西方創作人才源源不絕，只有專業化的作家，夠份量的少年小說才會被引介翻譯，以饗國人，這是傳播業者出版導向的問題（在本章第三節將會探討國內傳播出版的問題）。

在國內探討少年小說裡的「文化現象」的學者不乏其人，但是他們的研究重點是在有關民俗、族群、信仰、尋根、飲食……等文化方面，跟我所要研究的三大文化系統差異下的人物的「文化性格」是不同層面的。殊不知因著文化系統的差異，人物才會有不同樣貌的產生，這跟創作者的生長環境和文化背景有很大的連結效應；也就是創作者在什麼樣的文化情境裡，就會刻劃出跟他同文化性格的角色。如臺灣的少年小說家李潼所寫的《少年噶瑪蘭》裡面的潘新格；J.K.羅琳（J.K.Rowling）筆下的《哈利波特》，正反映著作家的「文化性格」。因此，在既有的研究模式裡，我再創新延伸出第四個

人物刻劃的面向——文化性格，並且在已有的如生理的、心理的、社會的面向裡，再加入一些次面向的「新論」（詳見第五、六、七、八章），冀能讓本研究有一番新意「予人參鏡」且「對諍他人所不能」；否則只是純援引學者們的論述，分析分析作品，那就失去意義了。

　　在討論文化差異之前，先說個我曾經聽過的一個故事：在很久很久以前，一個中國的小男孩和媽媽睡在一起，小男孩躺在床上看著窗外的月亮，跟媽媽說：「哇！今晚的月亮好大好圓哪，真好看！」媽媽「嗯」的一聲沒說話，小男孩問了：「媽！月亮上面有沒有住人啊？」媽媽翻了身背對他說：「別吵了，趕快睡吧！」孩子沒得到答案，指著月亮又繼續說：「媽！等我長大了，我想飛到月亮去，看看上面到底有什麼，我……」話還沒講完，媽媽轉身過來敲了一下小男孩的腦袋，說：「別癡人說夢話了，快點睡吧！」小男孩摸摸被敲的腦袋，悻悻然的閉上眼睛。同樣的故事發生在美國。在很久很久以前，一個美國的小男孩和媽媽睡在一起，孩子躺在床上看著窗外的月亮，跟媽媽說：「哇！今晚的月亮好大好圓哪，真好看！」，媽媽說：「是啊，真美！」小男孩接著問：「媽媽！月亮上面有沒有住人啊？」媽媽想了想還來不及回答，小男孩指著月亮又繼續說：「媽！等我長大了，我想飛到月亮去，看看上面到底有什麼？」母親轉過身來，摸摸孩子的頭說：「好哇！但是去了別忘了回來。」等這小男孩長大了，終於完成夢想，踏上月球的第一步，並且說了一句震撼世人的話：「我的一小步，是人類的一大步！」

　　故事說到這兒，大家一定猜出這個小男孩是誰了吧。

　　另一則故事：

> 根據預測，一場無可抵擋的洪水就要來了，三天之內，整個世界都會淹在水裡。佛教領袖在電視上請求每一個人要皈依

佛教，這樣至少可以往生極樂世界。天主教教宗上電視傳達
了類似的訊息：「接受耶穌，為時未晚。」他說。以色列總教
主的看法略有不同：「我們還有三天可以學習如何在水底下生
活。」〔艾倫‧克萊恩（Allen Klein），2001：236〕

再說個故事：

一休禪師從小就很聰明，老師有個心愛的茶杯，是件古董，
一休不小心打破了，心裡頭很困擾。聽到老師的腳步聲走來，
一休將碎片藏在背後，看到老師，他問：「人為什麼會死？」
「那是自然現象，」老師說：「萬事萬物有生就有死。」一休
把碎片拿出來，補上一句：「現在換這杯子死了。」（同上，
237）

　　這三則小故事令人莞爾，不禁讓我聯想到：是中國的媽媽太務
實了，以至於抹煞了孩子的創造力嗎？還是美國的媽媽太浪漫了，
給了孩子間接的鼓勵？宗教大師們除了振臂疾呼宣揚教義外，也可
以很幽默很有禪機的應對。
　　再換個角度想：在中國傳統社會裡，宗族觀念非常的根深蒂固，
每個人都是龐大家族的後裔，在家族人口眾多底下，個人意識是很
渺小的，一切都要為「大局」著想，不可有太多個人的意見，否則
以小亂大，害了全宗族的人就麻煩了。所以宗族裡有什麼大事，一
定是輩分高的長老們去商議，決定了全部的人就要奉行，個人是不
可多所置喙的。宗族觀念如此，推衍至國家民族也是如此。所以以
前的皇帝才會訂下一人犯罪，誅及九族的酷刑，以免百姓謀權造反。
長久以來，中國人的個人意識是很淡薄的，覺得自己只是龐大社會
組織下的一小部分，而失去了創造的原動力。即使中國人是最早發

明指南針、火藥、火箭、印刷術、造紙的民族，但因無所「擴大效
應」需求，還有「後繼無力」的研發性格（無人發揚光大），再加上
改朝換代，戰亂頻仍，這些發明就「停滯不前」了。這也是受了老
祖宗們的儒道思想的影響：人是氣化而成，肉體終會幻滅，要懂得
順乎天理運行，合乎中庸之道的生活，勿強求外在的功名利祿，只
求安和樂利的太平盛世，這就是「氣化觀型文化」所形成的傳統觀
念了。無怪乎第一則故事裡的中國媽媽，對孩子的反應如此冷淡，
這是因為傳統文化性格使然。不只中國，凡是東方國家有此儒道信
仰的，也是同一種表現。

　　反觀西方國家，因為相信人是由宇宙萬物的主宰（神／上帝）
所創造，所有世間一切創造發明的器物或學說，都是為了榮耀造物
主，甚至媲美造物主的風采而研發，所以不斷地創新發明，力求個
人的表現，以示對上帝的尊崇及忠誠的追隨。西方人並沒有大家族
的累贅，他們不需要生養很多的子孫來固守家族財產（土地）或耕
作，他們四處開墾移民，甚至侵掠佔有；又為了防止罪惡的孳生蔓
延，於是制定法規，形成所謂的「民主政治」來約束人民。隨著時
代的演變，個人主義抬頭，凡事獨立自主，自己對上帝負責，而個
人的表現會受到別人的欣賞與肯定，所以科學發展愈來愈可觀，科
技愈來愈昌明，這就是「創造觀型文化」所形成的傳統觀念。有這
樣的文化性格產生，所以才會有「阿姆斯壯登陸月球」的世界壯舉，
因為他背後有個懂得欣賞與鼓勵他的母親。

　　再來談古印度佛教（甚至婆羅門教／印度教）的傳統思想，根
源於他們相信宇宙萬物為因緣和合所致，在佛教的教義裡，人生而
平等，不應有階級之分，人生苦短而無常，酒色財氣、貪嗔癡、七
情六欲造成因果輪迴，所以佛陀為了救渡眾生脫離苦海而降世。人
們相信藉著佛教的教義來修行，必得解脫，死後可以往生極樂世界。

這樣的緣起性空觀，就是「緣起觀型文化」的傳統觀念，當然就會產生這樣的思想文化性格（如一休禪師與他的師父）。

藉由以上的小故事來印證跨系統文化的人物性格，這樣一個面向其實在小說裡的每個人物身上都存在著，只是藉由本研究提出此論點。希望我的回饋也能一改慣例：促使創作者在創作時把這個面向考慮進去，究竟是要用「既有的人物刻劃取向」去創作，還是要強化「文化性格」這一個面向創造出一個有特色且可以廣為流傳的小說人物。

本研究還要回饋給傳播者、接受者、研究者和教學者。希望傳播者（各種傳播媒體及徵獎機制）能刺激創作者的提升與改變，也為他們提供盡情發揮創作的理想園地，願意為他們廣為宣傳和流布，直接或間接的鼓勵創作者，也為我們的文化產業扮演好橋樑的角色；而接受和研究者在閱讀時，能夠注意到人物刻劃的四個面向，對人物刻劃有更深的欣賞角度，瞭解人物的文化性格是如何產生的？跟人物的時代背景有何關連？跟創作者又有什麼微妙的連結？至於回饋給教學者的，是能多一個人物性格面向介紹給學生欣賞比較，並且能將人物刻劃四個面向的各個次面向放進去思考，增加其閱讀的樂趣，並且多了討論的議題，漸漸地深化美感教育；同時在寫作教學上，教導者也能知道怎麼指導並鼓勵創作，提升學生寫作的興趣和素質！

第二節　寫作技藝的提升

我在《兒童文學學刊》第 8 期（2002）裡看到張子樟的一篇論述〈臺灣少年小說中的文化現象〉，裡面提到近年來臺灣小說進步的情形：

近年來，臺灣少年小說進步之快速，是眾所公認的。在外來譯本與彼岸作品的衝擊下，本土少年小說逐漸捨棄傳統的表層書寫方式──有限的空間（學校與家庭）、單薄的主題（說教或企圖傳達某種美德）、簡單的手法（傳統的說書方式等）。取而代之的是百鳥爭鳴和百花齊放的眾聲喧嘩的熱鬧場面，使得作品的可讀性日益增高，討論與批評的空間也變得比從前寬闊。背景變的無限大、主題趨於多重化和變化多端的手法，猶不足說明本土少年小說的成長風貌。」（張子樟，2002）

　　同樣在《兒童文學學刊》第 12 期（2004），我卻看到杜明城有一篇論述〈臺灣兒童文學研究的限制與可能性〉，他很語重心長地說：

> 臺灣長期的威權政治，造成文學心靈的高度扭曲，作家在落筆之初，就已自行設限，先排除「不宜」的主題，要節制「越份」的情感，須壓縮「脫軌」的想像，整個創作過程都在自我監控下進行。於是，幾十年下來我們所能見及的，大都是溫馨敦厚的小品，看不到雄奇瑰麗的巨構。有之，則成異數。小品的主題過於一致，則不免流於短淺，令研究者擲筆三嘆，不知從何入手。而這種體質的先天不良，更易造成外力入侵。相對於從前意識型態的閉關自守，現在則是毫不設防，容許各種對立的思想長驅直入，造成核心價值的喪失與認同的迷惘。（杜明城，2004）

　　一樣出自兒童文學學者專家的論述卻有兩樣情：一位是認為臺灣的少年小說創作百家爭鳴、蓬勃發展；一位是認為創作者在意識型態被衝擊下，喪失了自己的核心價值。不管是從哪種角度來評論，都表示少年小說的創作者，無時無刻被關注著，他們的質與量是否

有不斷地自我提升？寫作技藝上是否有自我突破、精益求精？還是滿足於現狀，侷限在自己的框架裡？

　　這讓我想到一個故事：有個小徒弟有一天去見師傅，跟師傅說他已「學足」了，可以出師了吧？結果師父問他：「什麼是足了？」徒弟回答：「就是滿了，裝不下去了。」他的師傅要他裝一大碗石子來，問他：「滿了嗎？」徒弟回答：「滿了。」師傅第二次抓來一把沙，摻入碗裡，沒有溢，最後又倒了一盅水下去，仍然沒有溢出來，而每次問徒弟，徒弟都回答：「滿了，滿了。」（郭一帆編著，2007：19-21）人生的學習是永無止盡的，如果覺得自己所學已經滿了，裝不下任何東西了，時間一久，只會讓人覺得膚淺或落伍。尤其在學術界、在創作者身上更能看出這一點。在西方外來文化的衝擊下，如果自己的功夫不夠紮實，不懂得截長補短來轉化成自己的內涵，就不免被譏為「東施效顰」，甚至於有「畫虎不成反類犬」的窘境。

　　接著我又聯想起另一則小故事：有一個博士分發到一家研究所，成了所裡學歷最高的一個人。有一天他到辦公室後面的小池塘釣魚，正好正副所長在他的一左一右也在釣魚。他只向他們微微點了點頭。不一會兒，正所長放下釣竿，伸伸懶腰，蹭蹭蹭如蜻蜓點水般的走到對面上廁所，博士看的眼睛都快掉下來了，不會吧？「水上飄」？這可是一個池塘啊！正所長上完廁所，同樣也是蹭蹭蹭地從水上飄回來了。怎麼回事？博士生又不好開口問，自己是博士生哪！過一陣，副所長也站起來了，走幾步，蹭蹭蹭地飄過水面上廁所。這下子博士更是差點昏倒：不會吧？到了一個江湖高手雲集的地方？後來這個博士生也內急了，他看看池塘兩邊有圍牆，要到對面廁所非得繞十分鐘的路不可，怎麼辦？博士生也不願意去問兩位所長，憋了半天後，也起身往水裡跨，心想：我就不信我過不去！

只聽咚的一聲，博士生栽到水裡了。兩位所長將他拉了出來，問他為什麼要下水？他才問：「為什麼你們可以輕鬆的走過去？」兩位所長相視一笑：「這池塘裡有兩排木樁子，由於這兩天下雨漲水正好被淹在水下面。我們都知道這木樁的位置，所以可以踩著樁子過去，你怎麼不問一聲？」（郭一帆編著，2007：38-39）這就是不懂得向人取經，而只是一味地模仿讓自己難堪的例子。

　　林文寶在《擺盪在感性與理性之間——兒童文學論述選集》的序裡提出他的看法：

> 臺灣自 1987 年解除戒嚴法，使臺灣走向一條多元開放的道路。但就兒童文學而言，仍有本土化與國際化之爭。這種爭執主要是對殖民文化的反動，因此它也是一種自然的趨勢。每個人都將成為世界公民，但在同時又不能失去根本源頭的認同，每個人都必須在所屬的國家與社區扮演積極參與的角色。我們雖然要邁入國際化，但相對的，地方化、區域化的觀念愈來愈受到重視……如何界定自己本土文化，珍視傳統文化再生的契機及其不同之處，變成為刻不容緩的課題。（劉鳳芯主編，2000：8-9）

　　的確，我們要珍視自己的傳統文化，更要讓它有再生的契機，不斷地自我提升，才能走向國際化。就像「臺灣之光——王建民」，他在自己的專業棒球領域中，不斷地自我要求、提升、成長，創出「王建民」式的風格，成為舉世注目的焦點，成為臺灣的驕傲。那麼我們的兒童文學，我們的少年小說作家，是否也要建立起自己獨特的風格，躍上國際舞臺？《哈利波特》的作家 J.K.羅琳是值得借鏡的例子，她成功的塑造了「哈利波特」，成功的刻劃了魔法世界裡的人物，個個鮮明新奇，讓許多人可以如數家珍的琅琅上口的人物，

深留在世人的心中，也成功的將自己推向國際舞臺，「樹立權威」。
這又讓我想到杜明城說的：

> 我們會以西方的經典作為某種文類的原型，自身文化的產物
> 反而被異化，當作是變體。所以談到奇幻小說我們首先想到
> 的可能是《魔戒》或《納尼亞王國》，而不是許仲琳的《封神
> 傳》、吳承恩的《西遊記》。談到童話，我們自然會想到格林、
> 安徒生、貝洛、王爾德，而不是蒲松齡的《聊齋誌異》。我們
> 可以隨意點出外國青少年小說作家和其代表作，卻不會把金
> 庸拿來相提並論。（杜明城，2004：46）

　　不錯，我們有很好的古代文人可以借鏡，卻沒有繼承優良傳統
文化，將精髓發揚光大，連海峽對岸的少年小說創作者，論功力、
份量都比我們本土的更要有舉足輕重的地位。因此，重視小說創作
者在技藝上的提升，是一件刻不容緩的事情。前面章節裡我已經提
過：西方的傳統文化是屬於「創造觀型文化」，在創造觀型文化的傳
統裡，每個人非常重視自我、也尊重自我的個體，認為「人」是非
常重要的主體，他們的文化性格反應在小說裡，就會凸顯小說人物
的個性，它們的小說是以人物來帶動情節的。反觀我們自己的小說
人物，是屬於「氣化觀型文化」的傳統性格，在故事情境裡人物是
跟著情節的高潮跌起而被刻劃著。不過既然是「氣化觀型文化」的
性格，就要要將我們的特色發揮出來。例如《紅樓夢》就是最好的例
子，曹雪芹把封建制度下的人物都縮影在《紅樓夢》裡了。有叛逆
不羈、輕禮教、薄功名又泛愛女性、意志不堅、心靈空虛又濫情的
賈寶玉；有美麗端莊賢淑、善解人意、才德智慧兼備、大方得體、
人敬人愛的薛寶釵；還有那才華出眾、靈氣逼人、憂鬱多疑又不諳
人情世故，沉溺在感情世界裡至死方休的林黛玉；更有中國傳統貴

族大家庭裡不可或缺的精幹練達、八面玲瓏的角色王熙鳳，光是她的出場就氣勢非凡，是中國典型的少奶奶人物代表；還有許許多多的大人物、小人物及婦女們都在這大觀園裡穿梭不息，令人眼花撩亂的角色不斷的出場交會著，卻又個個人物性格清晰，愛恨分明，刻劃的非常成功。古今中外有非常多的學者在研究《紅樓夢》，稱為「紅學」，真是名留千古的曠世鉅作，至今蔚為美談！曹雪芹筆下的這些人物正是典型的「氣化觀型文化」的性格，這是要透過異系統文化的比較才能顯示出另一種審美的觀點，這也是本研究所發展出來的理論重點之一。

中國傳統的小說家們，在沒有外來文化的侵擾前，所描繪出來的人物就是當時作家所處的大時代底下豐富多樣的人物樣貌，它的文化性格非常明顯，把氣化觀型文化醞釀出來的人物刻劃的淋漓盡致。近代小說家受了外來文化的影響，人物刻劃漸漸少了獨特的氣質。在少年小說的領域裡，華人世界的「四大天王」李潼、曹文軒、張之路、沈石溪，就只有李潼是臺灣人，可惜英才早逝，他留下來的少年小說是學者專家及研究生最喜歡評論的對象；但不論如何，他們的作品都仍嫌「文化意識」不夠可以「自出機杼」（也就是整體人物刻劃中的文化性格還要再鮮明些）。所以少年小說創作者要不斷地精進淬煉，讓自己的寫作技藝提升，才能承上啟下、永續發展。在人物刻劃上可以參酌我所建構的人物刻劃的新理論，加入「文化性格」這個面向的新元素，或是由這裡得到激勵再融鑄出一個「新的向度」而貢獻所能。期望藉著少年小說創作者寫作技藝的提升，讓我們臺灣的少年小說能在國際上大放異彩！

第三節　傳播接受觀念的突破

　　前兩節中談論過少年小說中人物刻劃的兩個相關課題後，接著要談的是「傳播者與接受者觀念的突破」這兩個關連的問題。在這裡我所指稱的傳播者是：出版社、報章期刊、廣播、電影、電視和網路等傳播媒體發行者以及文學獎項的設立及獎勵者等。而接受者是指廣大的讀者群（不限於少年兒童）。

　　一個優秀的少年小說創作者在寫作前，第一個重視到「讀者的接受度」，一定會把讀者的感受視為最重要的一環，也就是「心中有讀者」，尤其要瞭解讀者心裡的需求，以他們的視角去想像創作，然後用能引發他們興趣的語言文字去書寫。第二個是「出版的問題」，如何藉由傳播行銷自己的「心血結晶」，這很重要；否則一切會前功盡棄，只剩下孤芳自賞！換句話說，找到好的出版社，不但會把「心血結晶」包裝精美成一本誘人的書，還會將作品予以宣傳、導讀；如果行銷策略成功，層面可以擴及到報章雜誌、網路及電子媒體、學校、社區、圖書館等，引起廣大迴響。反過來，如果沒有好的出版社幫助行銷，那麼作家自己得另闢戰場，在網路上自我推銷，甚至做成「電子書」，讓讀者點閱，以提高知名度，引起購買書籍的欲望。所謂「凡書籍出版的流程大致是從『創作→編輯→印務→流通→消費』，形成簡易價值鏈的結構」（林新倫，2007），大體就是在描繪該一「內在結構」。現在我把它繪圖如下：

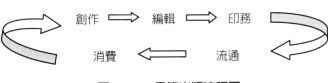

創作 ⇨ 編輯 ⇨ 印務

消費 ⇦ 流通

圖 3-1-1　書籍出版流程圖

　　先就消費者（讀者）的接受度來談，在王岫所著的《迷‧戀圖書館》裡有一篇標題寫著〈讀者期望什麼〉，裡面提出的論述我覺得很有道理，在此引述：美國印第安那大學新聞學名譽教授彼得‧雅各比（Peter P. Jacobi）模擬讀者的身分，提出期望能從作家的文章（或書中）得到的十二項收穫是：一、學習：讀者希望閱讀能得到事實、資訊。一個好的作家，傳布好的知識，就像用糖水哄誘著讀者，讓讀者能在甜蜜中又能吃進良藥。二、享受：讀者期望能如沐春風地享受作家的風格，從閱讀得到樂趣、驚奇或喜悅。三、帶領旅遊：讀者希望閱讀能帶領他們到全新的境界，看到不同的風土人情；透過不同的時空，讓他們發現、探索。四、參與：讀者期望能分享作家的感覺、文章中的情境，讓他們像望遠鏡一樣看到遠處的風景。五、認知主題，認知作家：讀者期望能從閱讀作品中更加認識作家，知道作家在講些什麼。六、看到新事物：讀者希望時時看到新的觀點、不同的遠見，作品要經常推陳出新，讓讀者有意想不到的新奇。七、想像：讀者期望透過閱讀，能有想像的快樂，在文章或書中，解除一些生活的苦悶。八、瞭解：讀者期望能從文章或書中獲得解惑或瞭解，好像從黑暗中走出，沐浴在溫暖的陽光下。九、記憶：讀者期望閱讀後，總能留下一些值得記憶的東西。十、信任：讀者期盼作家的思想能讓他們的生活更豐富美好。十一、再有童心：讀者期望閱讀的作品能不世故、不偽善、不公式化，感受不到壓抑、限制，也像孩童般善於接納。十二、發現這些……：讀者期望從閱讀中發現像信仰、忠實、感覺、自信等理念。（王岫，2006：100-102）

　　彼得‧雅各比這十二項讀者期望清單說出了讀者的心聲，比照於我們少年小說讀者的期望與接受，大致也是一樣的心態。在小學的階段裡，兒童閱讀的方式可能還是隨著父母或師長的帶領；在家

庭裡重視親職教育的父母，會為兒童挑選適合的讀物，一起親子共讀，或參加校際、社區性的閱讀活動，如讀書會、圖書館親子閱讀研習營……等等管道，來提高兒童或滿足兒童的閱讀樂趣，增加親子之間的緊密度。在學校則有教師或愛心媽媽作導讀的活動，或學校辦理閱讀活動或獎勵制度，來鼓勵兒童大量閱讀，可以提升語文能力和寫作能力等，這些閱讀行為是在父母師長的控管下進行的。等到孩子會操作電腦器材，瀏覽網站資訊時，主控權就在他們手裡了。他們會點閱資訊來閱讀，不必再倚賴書面工具書來查詢資料，網路上的資訊和多元的知識就夠讓孩子眼花撩亂、流連忘返了。而國一以上的青少年更是隨其所好，看起電子書，網路上充斥著五花八門的網路小說，已漸漸改變了許多青少年的閱讀行為，這種現象會像滾雪球般的愈來愈大。「網路文學」這個疆土已經有很多創作者在大顯身手了，或許他們不如一般小說家來的被重視，但只要在網路上被炒作流傳開來，也可能一夕成名。所以我們要正視的重要問題是：讀者的接受度漸漸在改變了，正如孟樊在他的《臺灣出版文化讀本》一書裡提到「後書本時代」的來臨：

> 「書本死亡」的說法近年來甚囂塵上，主要是受到日益盛行的聲光媒體的衝擊所致。事實上，對於「書本的使命結束了嗎？這樣的憂慮，不獨臺灣為然，日本及歐美各國也都有人提出類似的警訊。新崛起的「電子書」以其令人目眩的光碟及快速便捷的傳送網路的優異性，藉由先進的電腦器材，大舉向原有的書本領域蠶食鯨吞，以令傳統的出版業者憂心忡忡……但我們仍舊可以保持樂觀，書本在十九世紀未曾夭折，廿世紀當然也繼續存在，甚至廿一世紀的未來仍可以活命，因為後書本時代（如果有的話）閱讀的短暫快感並無法取代閱讀書本所獲得的長久性快感。（孟樊，2002：30-32）

　　很發人省思的一篇論述，乍看到「書本死亡」這一句話就相當震撼！誠如孟樊所說的電子書時代來臨，衝擊著我們的視聽感官，改變了閱讀生態，但是那樣膚淺的快感終究不是每個人都喜歡，從書籍文字裡得到的閱讀樂趣才是雋永，可以一看再看，回味無窮；不像電子書，電腦一關可能只留下一室的空虛和茫然的雙眼。

　　邱各容在《臺灣兒童文學史》談到二十世紀九〇年代以來的臺灣兒童文學的傳播與接受情形：

> 從《民生報》、《國語日報》、《中國時報》、《聯合報》等平面媒體積極參與兒童閱讀文化的推廣……幫入選或得獎的兒童文學作家及作品打響知名度，同時更善盡了「廣宣流布」的媒體責任……無論是行政院新聞局的「中小學生優良課外讀物」及「小太陽獎」，或是文建會等的「年度最佳少年兒童讀物獎」，或是《中國時報》等的「年度最佳童書獎」等，無非是對創作者的肯定……從行政院新聞局的「中小學生優良課外讀物」的推介，到文建會等「好書大家讀」的評選，到教育部「兒童閱讀運動」的推廣，其最終目的都在「提倡閱讀風氣」。（邱各容，2005：264-265）

　　有鑑於國民閱讀風氣的素質不高，所以許多主辦單位不斷透過出版社、報章期刊、廣播、電影、電視和網路等媒體管道來推動閱讀的重要性，也設立了文學獎項來鼓勵創作者。雖然設立徵獎機制可以鼓勵有心於少年小說的創作者，但這畢竟不是長久之計，還是要靠創作者用心地耕耘，得到接受群的喜愛，促進出版業者的大量行銷；也就是把創作（創作者）、編輯（出版社）、印務（出版）、流通（傳播媒體）、消費（接受者）等每個環節都重視並且提升水準，從事傳播和接受觀念大幅度的突破，才有足夠的條件可以跟先進國家並駕齊驅。

　　許多學者專家們為了臺灣的圖書出版業和文化產業正憂心忡忡：林家成：「目前海峽兩岸尚未全面三通，出版業者尚能以提高售價自求多福，受害的卻是消費者，甚至是全民。一旦三通，臺灣出版業者如何自保？沒有了文化產業，臺灣還有什麼競爭力？」（林家成，2006：24）陳希林在《中國時報》專題報導：淡江大學邱炯友說，臺灣目前具備「出版量極高」、「退書率居高」、「閱讀人口流失」等三個崩壞的因素，且與英國、日本等國相比，我國避免崩壞的條件不足……至於「大崩壞」何時會發生，邱炯友舉例，在退書率數據上，若能針對各類型出版社、各類型主題圖書的退書率加以細分，就能對出版者提供貼切的參考，從而調整自己的出版腳步，以避免崩壞的情況。（陳希林，2004）；《中國時報》社論標題寫著：「臺灣文化創發力正面臨急劇枯萎的危機」，內文是佛光大學藝術研究所所長林谷芳與林懷民等文化人心裡都在發急：臺灣電影已經沒有了，畫廊正逐漸搬到中國大陸，出版市場也在萎縮中，整個文化界不只擔心市場不見了，更重要的是瀰漫著一種深層的失落與茫然，不知道下一步要往哪裡走；另一方面則是臺灣整個沉溺在政治大狂熱裡，政府好像從來沒有把文化當一回事，既沒有長期的文化政策、也缺乏對文化生命力的尊重。（《中國時報》，2006）這是非常現實的問題，也可以看出我們政府機關多麼的不重視文化的扎根工作。近年來的政治經濟的亂象，付出了太多的社會成本，犧牲掉人民應享有的福址，使得產業出走，文化淪為政治籌碼的裝飾品，而文學圈裡的兒童文學更是處境艱難。於是眼看著中國大陸、韓國一一超前領先，而我們原有的優勢和機會卻漸漸地流失，這樣不僅是深受科技文明的衝擊而已，還在不知不覺中流失了我們自己珍貴的文化資產！

　　以上所述顯示出我們臺灣整個傳播界（文學徵獎、出版社、報章期刊及其他電子媒體）的現況，而閱讀者的習慣也改變了，如何

在這樣的環境下，讓我們的文化、文學還能繼續向前走？除了自立自強，力挽狂瀾外，須要觀念上的突破，在文學領域裡繼續努力扎根，讓我們的下一代有更美好的生活品質，也讓許多令人敬佩的先進及幕後英雄們的精神能被發揚光大！

第四節　教學成效的擴展

在前幾章節的論述裡，已經闡述了少年小說中的人物刻劃有四個面向，這樣的研究運用在教學裡，可以讓學生在欣賞文學作品時，對於人物的描繪能更敏銳的觀察出來，學會從人物刻劃中去分析生理形象、心理特徵、社會向度及文化性格，這是教學者培養孩子從另一個角度去欣賞少年小說的「美」。這樣的美感教育是要長期灌溉培養的，就像欣賞藝術品，也是從小就要培養孩子的審美觀，懂得欣賞周遭美好的人、事、物，並且能以同理心去與人交朋友，潛移默化的教育是要兒童時期就開始做的，如此孩子的心靈才會有愛，懂得關照別人，不會有暴戾之氣，減少衝突發生，這樣的深化美感教育，正是我們要努力的。

所謂「教學者」不是單指學校的教師，在這裡所指涉的是父母（家庭教育）、教師（學校教育）、及長輩們（社會教育）。如此一來，這教學的場域就不限定在學校裡，還可以在家裡、公園、社區圖書館，或是找個舒適可以坐下來看書的地方，都是教學的場域。而教學者自己要具備欣賞人物刻劃的能力，才能教導兒童或青少年。而且除了指導他們懂得欣賞分析外，還能運用在日常生活和寫作裡。在日常生活的運用就是懂得如何察言觀色、發出同理心、善解人意、幫助別人，仿效小說裡的人物善良、堅強、勇敢、守信、負責任、

有愛心……等良善的一面，而一些反成長的性格如偷竊、械鬥、吸毒……等不好的一面，能引以為戒而不重蹈覆轍。這也是我開始看少年小說後的經驗和領悟，我喜歡分享給孩子聽，教導他們如何分辨人物的是非善惡，學習好的特質，不好的視為借鏡，懂得「見賢思齊，見不賢則內自省」的意義。而運用在寫作教學裡，可以訓練他們模仿寫作，發揮想像力的去創作故事（小說就是故事的延伸），故事裡的人物刻劃要很明顯，情節交代清楚，就是一篇「小小說」了。

　　寫作教學要有創意，幫助學生激發他們的想像力，以下有個例子可以參考：曾老師是我們班的語文老師。她呀，可是我們公認的「怪」老師。有一天上課，「怪」老師竟把默劇表演搬上了我們的課堂。那節課上，「怪」老師一上來就來了個「開門紅」。她首先在黑板上寫「啞（　）表演」幾個字，大家紛紛上去填，有的填「吧」，有的填「口」，一分鐘過去了，還沒有人填對。「怪」老師急得手舞足蹈，用各種動作提醒我們。噢，明白了！羅賽箭步上前，填了個「劇」字。「怪」老師終於滿意地笑了。接著，「怪」老師又在黑板上寫了「舉重」、「拔河」、「打乒乓球」等詞語。同學們爭先恐後地上臺一展風采，表演的唯妙唯肖。我們被臺上形象滑稽的表演逗的哈哈大笑，「怪」老師也笑得前俯後仰。活動結束後，同學們紛紛主動地寫了作文。有了這真實的感覺、生動的情景，我們的作文怎能不佳作連篇異彩紛呈呢！（寫作天下編委會，2007：26）

　　我現在研究所的同學幾乎都是在職的教師，既然我們都是老師，也要學習當個「有創意」的老師。而教我們「語文教學法」的周慶華老師，也是「怪」有創意的老師，上他的課我們常常要腦力激盪，小組討論五分鐘後就要上臺發表。有一次上課，老師教到「前現代」類型的文類，可分為一、敘事寫實（馳騁想像力），創造觀型文化所屬；二、抒情寫實（內感外應），氣化觀型文化所屬；三、解

離寫實（逆緣起解脫），緣起觀型文化所屬。老師在桌上放了兩個桃核，要我們以這兩顆桃核為主，各組寫出屬於這三大類型的詩句。我們開始熱烈的討論、激發創造力與想像力，時間一到，各組同學代表上去寫了大家的創意詩，在此分享如下：

第一組——

創（距離）－世界的盡頭好近
氣（果核）－硬梆梆／皺巴巴
緣（好冷）－是誰剝了我的外衣

第二組——

創（爭）　－孫悟空和紅孩兒大戰／硬碰硬
氣（抱怨）－你怪我又臭又硬／又臭又硬／才能天長地久
緣（輪迴）－我既是結束也是開始

第三組——

創（跳樓）－你先跳還是我先跳
氣（沉睡）－等待春雨的喚醒
緣（輪迴）－是生命的起點也是終點

第四組——

創（無題）－驚蟄後的爆裂
氣（無題）－等待一場春雨
緣（無題）－爆裂或靜止／有或無／是也可以不是

第五組──

創（兩顆）－來自諾亞方舟孕育出生生不息的萬物
氣（感恩）－食果子／拜樹頭
緣（輪迴）－一切又回到原點

第六組──

創（無題）－別一直瞪著我／你看夠了吧
氣（無題）－再甜的放久了也會苦澀
緣（無題）－你再也嚐不到我的甜

（臺東大學暑期語教所第一屆全班創作詩）

　　周老師用了實際的創意教學法，把三大文化系統要我們以詩的方式呈現出來，在短暫的時間裡，真的激發出學生潛在的特質，也由此可印證這三大文化系統可以運用在實際的教學活動中。那麼我所建構的「少年小說中的人物刻劃」的理論架構，就可以廣為運用在教學的場域裡，擴展教學的成效了。

　　總結以上所述，少年小說中人物刻劃的向度除了生理、心理、社會三個面向的研究分析外，應該還要探究人物的文化性格。我以三大文化系統的差異性來探究人物的文化性格的特質，而它們之間所關連的課題是典範的轉變、寫作技藝的提升、傳播接受觀念的突破及教學成效的擴展等，在本章已論述了。至於人物刻劃這四個面向的差異會在第四章探討；而第五章到第八章則會把這四個面向作個深入的研究，以紐伯瑞兒童文學獎的得獎作品為印證的主要對象，再輔以其他的相關小說作品作對應比較分析；第九章會將這四

類人物刻劃的相關連性與運用推廣作一詳論；最後第十章總結，會
作重點的回顧和未來研究的展望。

第四章　東西少年小說在人物刻劃上的差異

第一節　具體生理形象上的差異

　　少年小說能引人入勝，在於透過人物細膩的刻劃，塑造鮮明典型的人物形象，穿梭於作者精心策畫的情節中，而凸顯出作者所要闡述的主題。傅林統在《兒童文學的思想與技巧》一書裡提到：少年小說最重要的素材是「人物」，人物要刻劃得栩栩如生，成功的作品是當讀者忘了其中的故事後，人物還會永遠活在他們心中。兒童不喜歡習套的人物描寫，只說勇敢、英俊等籠統的形容，是引不起興趣的，他們喜歡的是活生生而具有個性的人物。不過在少年小說裡，要少用心理描寫，而應該多透過具體行動的敘述，來浮雕活的個性，因此靜態不如動態有效。（傅林統，1998：220）因此要使人物生動凸出，外在生理描繪必需細緻刻劃，才會讓讀者印象深刻。

　　在本研究的第一章第二節的研究方法裡有提出「生理存有學方法：是指研究語文現象或以語文形式存在的事物涉及生理存有的方法，為一整合生理學方法和存有學方法的科際方法。在本研究的第四章、第五章會運用到此方法，探討人物生理形象上的差異，以及人物的出場、人物的外形、人物的語言、人物的動作……等特徵」，在本章裡將運用此方法來析論少年小說人物具體的生理形象描繪。

　　人物形象的描寫方式大致以「直接描寫」和「間接描寫」來呈現。張清榮在《少年小說研究》裡說明：直接描寫要如「靜物寫生」

般的精確，可說是「寫實」的手法，針對人物的膚色深淺、器官大小、肢體胖瘦、衣著打扮、行為粗魯或斯文、儀態端莊大方或忸怩不安，進行對焦式的特寫。所謂「間接描寫」，第一層意義，指的是作者下筆之時，僅陳述事實、陳列情況，而不及於其他。第二層意義，指的是作者隱身於幕後，讓小說中人物走到臺前，作者將描寫、批評人物之筆，交由小說人物之眼、口、手來顯現、品評。如此一來，既生動又能客觀，使讀者對小說中人物的外貌、個性，更能深信不疑。張清榮進而說明「直接描寫」必須使用「白描」、「譬喻」、「形容」、「評斷」等技巧，使得小說中的人物靈活呈現；而「間接描寫」應注意到「事實的呈現」、「視點的轉換」、「情節的配合」、「批評的運用」等技巧，讓讀者能欣賞到人物的特質。（張清榮，2002，124）周慶華在《身體權力學》裡認為人類的身體可以作為一種權力的場域，身體的生理性更直接顯現一種權力欲求。「至於這究竟有多少東西可以參與這場全方位的權力欲求的運作，那就得勉力開列一張清單來填充：它包括體格／容貌、姿態／表情、服飾／妝扮、意識形態／價值觀、學問／才藝、武力／暴力、情慾／性能力等等。」（周慶華，2005：53）綜上所述，人物刻劃在生理形象上可以討論的面向非常多，本研究是以世界三大文化系統來作為文本分析的理論架構，所以將分別以這三大系統來詮釋東西少年小說在人物生理形象刻劃上的差異。

　　創造觀（神／上帝創造宇宙萬物觀）長期以來一直影響著西方的人心，並從十九世紀以後逐漸蔓延到全世界。受創造觀影響的西方傳統對於外在的審美觀，是要身體健壯和腴美的，纖細和病態是會辜負神／上帝造人的美意。從古希臘時代以來的人體雕像、繪畫藝術等呈現出來的男女圖像，幾乎都在強調男性結實勻稱的身材和女性豐腴性感的體態。到了近代對於人體的審美觀更是要求完美，

許多人花許多的時間和金錢去整形、減肥和健身運動，只為了形塑美好健美的身材。這可從本研究所討論的《納梭河上的女孩》這本書來印證。

　　《納梭河上的女孩》的主角玫‧亞曼俐雅，是華盛頓州納梭河畔唯一的女孩，從小在農莊長大的她，會做的事跟男生一樣，舉凡划船、游泳、釣魚、爬樹、射擊等等樣樣都行。「我們農場裡有牛、羊、豬和一隻叫做鈕釦的胖穀倉貓。我們生產牛奶、奶油，賣到下游的陽光磨坊去。」間接點出她的父親及七個哥哥都是健壯的農莊人。主角玫‧亞曼俐雅說：「我討厭洋裝，穿著洋裝不能跑、不能玩也不能爬樹。」〔珍妮芙‧賀牡（Jennifer L.Holm），2002：237〕主要人物要凸出，一定要有次要人物的襯托，才能強調出主角的特徵。另一個十二歲女孩藹美‧沙瑞是個住在城市裡的女孩，漂亮甜美，永遠穿著洋裝，有長長的金頭髮，每天打著漂亮辮子，是有教養的小淑女。有一次她穿著上好的白洋裝，旁邊還綴著蕾絲，上面沒有一點汙漬，玫‧亞曼俐雅心裡就想，她的媽媽從不幫她做白洋裝的，她猜藹美這輩子一定沒爬過樹。作者創造出的人物形象，正符合創造觀型文化對人類生理上的模塑刻劃。

　　中國傳統的審美觀受氣化觀影響，男性著重在相貌俊秀、風度翩翩，女性則是有秀麗的容顏、嫵媚動人的儀態，無關乎外形的健壯或豐腴。前者（指相貌俊秀／風度翩翩），又以「聰明殊德」的體現或自勉為上乘。後者，如《詩經‧碩人》所記載的「手如柔荑，膚如凝脂，領如蝤蠐，齒如瓠犀，螓首蛾眉，巧笑倩兮，美目盼兮」（孔穎達，1982a：129-130），即使現代東方女性也學起西方的美容方式，但是除了外表身材受先天的限制無法做太大的改變外，還是以臉部整型增加美感居多。就以《紅瓦房》這本書為例來作說明。

　　《紅瓦房》是描寫一群中學生的故事，但作者是這樣透過男主角林冰的眼描繪姚三船和楊文富這二位同學的：

> （姚三船）他總穿的乾乾淨淨的，把頭髮梳的很整齊，把牙刷的很白，白的發亮。他有一顆門牙缺了一角。聽他說，是去廁所蹲坑時，磕在臺階上磕壞的。這顆缺了一角的白牙，總使人聯想起一隻缺了口的白瓷碗。他總是文謅謅的，說話缺乏男子味，倒有點像女孩那樣軟綿綿的膩人。他吃飯的樣子尤其讓我看不慣：慢慢地吃，吃得極仔細、極認真，如果一顆飯粒掉在了桌子上，他便很文雅地用手指輕輕捉住放在碗裡（從不直接放到嘴裡）；吃完了飯，碗很乾淨，像狗舔的。（曹文軒，2000：31-32）

> 楊文富的個頭細長，像根鉛筆；兩隻眼睛很小，但很亮；牙出奇的白，很細密，像女孩子的牙，吃胡蘿蔔時，就看見那牙亮閃閃的往下切。（同上，56）

在西方少年小說裡大概找不到這些形容詞來形容一個男孩子，這是受氣化觀型文化的影響，才會有文弱書生的形象呈現出來。再來看林冰心目中暗戀的女孩子：

> 最令人著迷的便是陶卉扮演角色。她最擅長扮演小妹妹與小媳婦的形象。小妹妹總演的很純情，很溫柔，很聰穎，微微帶了些嬌嗔，有時還會有些可愛的小脾氣……小媳婦又把人帶到別樣的情調裡。陶卉穿了一件從某個人家的新媳婦那裡借來的略顯肥大的陰丹士林布衫，圍了一個繡花的小圍裙，頭戴一方紅頭巾，拎了一隻小竹籃，閃動著一雙嫵媚的眼睛，

款款地走上臺來，是很傳神的。生活中的陶卉似乎也是這兩
個角色的合成。（同上，106）

這裡所描繪的小妹妹與小媳婦的形象，正是中國美女的特徵：巧笑
倩兮、美目盼兮、風姿綽約、嫵媚動人。這也是別的文化系統所沒
有的生理形象刻劃形式。

　　至於受緣起觀型傳統影響的東方佛教國家，已經把生命當作是
一大苦集而亟欲超脫，更不會把外在的美醜縈繫於心，增添世俗的
煩惱。如「一切有皆歸於空；無我，無人，無壽，無命，無士，無
夫，無形，無像，無男，無女……法法相亂，法法自定」（瞿曇僧伽
提婆譯，1974：575　下）、「觀父母所生之身，猶彼十方虛空之中吹
一微塵，若存若亡；如湛巨海流一浮漚，起滅無從」（子璿集，1974：
872　上）等，就是在說這個道理。也以《流浪者之歌》這本書來輝
映這種世界觀。

　　《流浪者之歌》是描寫印度修行者悉達多修行的故事。作者描
繪苦行者沙門的模樣，還有悉達多自己經歷沙門苦修，肉體所受到
的痛苦：

這三位正在遊方的苦行者，滿身灰塵，衣衫襤褸，一個個身
軀纖瘦，留著絲絲血跡的肩背，幾乎全然裸露著，給太陽曬
的焦焦黑黑的，神情上的孤獨、陌生、含有敵意，簡直就像
是人類世界中瘠瘦的胡狼。他們的周遭瀰漫著一種冷漠的、
與世無爭的、鐵石心腸般的自我克制的氣氛。（赫曼‧赫塞，
1990：7）

悉達多靜靜地站立在灼熾的陽光下，滿懷苦痛，滿懷渴求，
他一直站著，一直站到他不再有那痛苦的感覺……悉達多靜

> 靜地蹲伏在滿是刺針的荊棘中。血從滿身創傷中滴下，那些創
> 傷形成了爛瘡，他還是在荊棘中，僵硬的，一動也不動，一直
> 到血不再滴下，一直到不再有刺痛，不再有創傷。（同上，16）

緣起觀型的人物刻劃，具體顯現在修鍊冥想、心身冶鍊及瑜珈術等
行為，將身體的能量消耗到最低的程度，去執滅苦，昇華到絕對寂
靜或不生不滅的涅槃境界。

　　以上三部作品來代表這三種世界觀的體現。東西方少年小說的
人物生理刻劃，從世界三大文化系統的觀念去加以分析，能觀察出
其中大異其趣的地方。

　　當中國人與西方人相遇時，在接觸與互動的過程中，「驚訝」的
相遇過程也是作者最樂於展現的，但是不管喜歡或反感，外在生理
形象的描繪是最能凸顯出東西方差異性的。在《六十個父親》裡小
男孩天寶第一次看到漢森中尉時，因為從沒見過洋人的他，以為他
眼睛所見的就是傳說中的河神：

> 這絕對就是河神──金色的頭髮、白色的臉孔、再配上水藍
> 的眼睛。在天寶心目中，每個人都應該是黑頭髮、黑眼珠，
> 哪有這個樣子的，絕對錯不了，這就是河神！（邁德特・狄
> 楊，1995：32）

「金髮、藍眼、白皮膚」這明顯的差異，讓中國孩子誤以為是「河
神」，這是驚訝喜歡的開始。後來天寶被救回美國士兵的空軍部隊營
區時，看到許多洋人時的反應是：

> 房子四周全是士兵，皮膚全都是白色的，頭髮卻有許多不同
> 的顏色……近看之下，天寶不由得往後退了一步。那一雙綠
> 色的眼睛簡直就像貓，頭髮竟然還是紅色的，而且他全身上

下還長滿了毛，連肩膀上都有。這哪是人，簡直就像是大猩猩。（同上，190）

　　描寫早期生活的小說裡，大部分的中國人都是把洋人想像或是當成怪物看待，不願接觸瞭解，或是洋人把中國人看成是愚蠢無知的人類，不屑一顧，可是相處久了就不再害怕。《納梭河上的女孩》裡也提到中國人，恆瑞姑丈認為中國人「一無是處」，而玫‧亞曼俐雅第一次見到中國人時：「在擁擠的人潮裡我看到一些長相怪怪的男人，眼睛往上斜吊著，還留著黑黑長長的辮子。他們都穿著寬寬的長褲和很像睡衣的長衫。」（同上，50）《龍翼》裡主角月影跟堂兄長生搭船到美國金山，在船上時心裡既想家又害怕，害怕的原因是搭上洋人的船：

> 尤其對船上的水手感到恐懼，他們又高又大，全身毛茸茸的，讓我認為他們是具有法術的虎妖變的……漸漸的，我發現那些鬼子水手並沒有長生所說的可怕，他們和我們唐人一樣，也要吃喝拉撒睡啊！（勞倫斯‧葉 1995a：22）

後來月影和爸爸第一次去拜訪洋人房東惠特婁太太時，心裡很害怕，緊抓著父親的手，還摸了摸襯衫裡面掛著的驅鬼護身符。

> 她是我第一次在極近的距離看到的鬼子女人。在我的想像中，她應該很高，有著藍色的皮膚，臉上長滿疙瘩，耳朵長到膝蓋上，走起路來，兩個耳垂還會在膝蓋上跳來跳去。我還想她的腰可能跟水桶一樣粗，身上穿著一件像蚊帳那樣的大蓬裙。可是在我眼前出現的卻是一位嬌小的女士。她的鼻子大大的——但並不是大的離譜，紅紅的臉，銀色的頭髮，身上穿著一件白色的長裙，上面圍著一件紅色的圍裙。衣服

剛漿過，聞起來味道很好，走起路來會發出沙沙聲。她笑起來的模樣還有點像觀世音菩薩呢！（同上，121）

　　月影把洋人女士比喻為菩薩，和天寶錯把漢森中尉當作河神拜，都可道出作家們隱約的把美國人崇高的地位提升，讓愚昧無知的中國人當作神來崇拜。這也是東西方生理形象上極大的差異所產生的影響。

第二節　婉轉表達心理特徵上的差異

　　優良的少年小說是能啟發少年讀者懷有崇高的理想，積極樂觀向上的態度來面對未知的人生，作者以生動扣人心絃的文字，描繪出少年的心理世界，達到自我認同起而傚尤的目的，以避免說教的方式，在不知不覺中潛移默化的影響著讀者，並有益於他們的成長，這樣的小說才算是具有高度的文學藝術價值。在人物心理的刻劃上，能夠展現出微妙的心理變化和細膩的情感，婉轉表達出人物心理的特徵，最讓人覺得意味深長。

　　小說人物的心理刻劃要傳神，是要能夠把人物的情緒描繪出來，不管是藉由人物之間的互動來表現，或是主角內心的獨白、潛意識的思想等來展現出人物的性格，這樣子的小說人物才能深深的吸引讀者引起共鳴，留下深刻的印象。而要將東西方少年小說在人物心理特徵上的差異描述出來，還是要以世界三大文化系統來析論，以達到本研究的一致性。下列將以《畫室小助手》、《十三歲新娘》、《懲罰》等三本作品來試著加以分析。

　　《畫室小助手》裡個個人物鮮明有特色，很快的吸引讀者的目光，想一一認識裡面的人物。由以下兩位畫家狄耶格和牟利羅師徒的對話中，可以看出牟利羅的性格特徵。

> 「感謝上帝的恩寵，指引我走上這條路。」牟利羅很自然的在胸前畫了個十字，「希望大師收我為徒，帶領我進入更深奧的境界。」「有沒有帶作品來？」主人畫家狄耶格先生問……「全是些聖徒和天使的畫像。」主人的語調一如往常，生硬而嚴肅，「都是模擬真人所畫的。」牟利羅迫切的上前跨出一步，臉上帶著笑容。「基督就在我們每個人身上。畫聖徒的時候，我就掌握人們臉上那份莊嚴聖潔的神情；畫的如果是天使，我就照著小孩子的模樣，我覺得天使和小孩幾乎沒什麼差別！」（伊麗莎白・博爾頓・德・特雷維諾，1995：186-187）

由以上的描寫，可以看出牟利羅則是個虔誠的信徒，心中充盈著對上帝的崇敬之意，化為言行舉止──不停的讚美主，甚至作畫時會把人像神格化。透過主角黑人奴隸璜尼可的敘述，讓我們更認識這個特別的人物：

> 最痛苦的時刻，就是和牟利羅一塊參加早場彌撒，他的真誠每每讓我羞愧得無地自容。為什麼如此平凡的一張臉，竟能流露出這般聖潔的光輝。而我？只能默默的跪著，帶著一身的罪孽，沒有勇氣向神父告解，沒有資格領受神聖而純淨的聖體，更無法停止已經鑄成的錯誤。牟利羅善良的靈魂，一次又一次的接受洗禮，我卻得不到絲毫的赦免。「璜，我的朋友，去告解吧！」他不只一次這樣對我說，「洗淨你的靈魂，才能夠領受聖體。這種快樂是人世間找不到的！」（同上，189）

以上的對話也可以一窺典型的西方創造觀型文化傳統底下的人物思想。「創造觀型文化傳統在信仰上帝的基督徒身上所顯現的是人的『原罪』。這是承自古希伯來的宗教思想。根據古西伯來宗教的文獻（主要是舊約《聖經》所述，上帝以祂的形象造人，於是人的天性中都有基本的一點神性；但這點神性卻因人對上帝的叛離而隱沒，從此黑暗勢力在人間伸展，造成人性和人世的墮落（這由亞當、夏娃偷食禁果首開其端）。從基督教所拈出的『原罪』觀念來看，人都有與生俱來的一種墮落趨勢和墮落潛能，構成它的終極真實；但人都是上帝所造，都有靈體，所以又都有它不可侵犯的尊嚴。憑著後面這一點，人經由懺悔、禱告，就可以獲得救贖，死後進入天堂，永隨上帝左右（人可以得救，但有限度，永遠不可能變得像上帝那樣完美無缺）。因此，進入天堂就是基督徒的終極目標，而懺悔、禱告尋求救贖就成了基督徒應有的終極承諾。」（周慶華，2007a：237）這樣的論述在其中一段畫家狄耶格和國王的應對中可以再作印證：

> 「上帝創造陛下，不是為了交談，而是傾聽。以天父般的慈愛，全心的關懷，傾聽子民的心聲。」陛下緩緩點了點頭，眼底流露出滿意的神采。（同上，151）

《十三歲新娘》對於人物心理刻劃也很深入，如十三歲新娘蔻莉的小丈夫哈力，就是印度窮苦百姓的悲情人物縮寫，從一段文字敘述可以看出他的性格與想法，以下是他和蔻莉（第一人稱）的對話：

> 「你要照我的話做，因為你是我的太太，而且我的身體不好。」……「他們（父母）不應該把我一個人丟在這裡的，想要什麼都沒人幫我拿。」他說著，用藏在長睫毛底下的眼

睛，偷覷了我一眼。看我沒理他，又說了：「我聽醫生說，我
會死……他們相信我浸過恆河的水以後，病就會好起來；我
自己倒不相信有什麼東西能治好我……要是我運氣好，死在
瓦拉那西，我的骨灰就可以撒在神聖的恆河裡，讓我的靈魂
獲得自由。」……「跟我說說你家的事。」他對我下令。我
發現他很習慣用命令的口吻來表達請求。（萵羅莉亞・魏蘭，
2001：40-42）

很快的我們瞭解哈力的個性是蠻跋扈的，雖然身體孱弱，可是從說
話的語氣裡可以得知他的性情。令人驚訝的是小小年紀的他，面對
死亡卻是如此的無懼無畏，甚至希望死亡後能得到解脫，這就是深
受東方緣起觀型文化傳統的影響。「緣起觀型文化傳統在信仰涅槃境
界的佛教徒身上所顯現的，他們所關懷的是人的『痛苦』。這是佛教
開創者釋迦牟尼從人類時存日日體驗到的無窮盡的身心逼惱（不快
不悅的感受）而誓化眾生讓他們永遠脫離生死苦海的悲願所帶出
的。而它不論是小乘佛教所偏重的『個人苦』還是大乘佛教所偏重
的『社會苦』，都展現了一致的關懷旨趣。還有佛教所說的『痛苦』，
具有相當的『實在性』（跟它相對的『快樂』就不具有『實在性』；
因為快樂只是痛苦的暫時停止或遺忘而已）……最後必定逆緣起以
滅一切痛苦和出離輪迴生死苦海而達到絕對寂靜為終極目標。」（勞
思光，1984：181-182；周慶華，2007a：239）再從哈力的葬禮來輝
映這個論述：

哈力火化以後，骨灰撒在恆河上，讓他的肉體回歸水、火和
泥土，他的靈魂就可以得到自由……我聽到了他們朗誦了一
段經文，說：讓哈力的聲音飛向天，眼睛飛向太陽，耳朵飛
向天堂，軀體飛向大地，思想飛向月亮。最後，又說了一句

「阿瑪拉罕」，也就是「永生」的意思，葬禮就結束了。(同
上，65)

《懲罰》一書裡有十四篇精采描繪人物心理的小說，尤其刻劃少
年主角的細膩心思，絲絲入扣，引人入勝。其中一篇〈題王許威武〉
描寫師生之間的微妙感情變化，兩個性格特殊的人物，隨著作家的刻
劃栩栩如生的躍然紙上，讓人印象深刻，尤其最後的情節佈局更是讓
人覺得意味深長。一向自命不凡、標新立異的宿小羽被同學的話挑
起，想去許老師的宿舍裡偷看考試卷，結果被許威武老師發現了，平
常一向嚴峻的許老師不但沒有責罵他，甚至還把考試卷遞給他看。

> 宿小羽像接受挑戰一樣接過了試卷。他發現在許威武的眼睛
> 裡燃起了兩點灼人的小火苗。要是一般的同學早會像怕燙一
> 樣地丟下卷子，然後像兔子一樣的跑掉了。可是宿小羽畢竟
> 與眾不同。既然你讓我看，我就看！倒要瞧瞧你把我怎麼
> 樣……開始看試題了。宿小羽覺得眼前不知為什麼突然變得
> 模糊起來了，像是在做夢，有字，但看不真切……他惶惑地
> 抬起頭，……他注視著許威武的眼睛……他覺得那裡的火焰
> 在溫暖他，靠近他。他心中的海面上突然輕輕地響了一聲，
> 那是什麼東西點燃了，暖暖的、亮亮的。胸中的冰化了……」
> (張之路，2005：221-222)

文字的魅力在於引領著我們不斷的想像，跟著小說裡的人物進到他
們的世界，等掩卷時，那一個個鮮明的人物仍不斷的縈繞在心中，
久久揮之不去，這樣的人物刻劃就成功了。像這樣的人物心理刻劃，
也是受東方氣化觀型文化傳統的影響。「氣化觀型文化傳統在信仰自
然氣化道理的儒道信徒身上所體現的，他們所關懷的有緣純任自然

一路而來的個體的『困窘』（不自在）和緣重視人倫一路而來的倫常的『敗壞』（社會不安定）。前者是道家的先知老子、莊子等人透視人世間誘引個己的分別心和名利欲而遺留的夢魘後所考慮要除去的……而道家信徒所要追求的終極目標，就是沒了分別心和名利欲的逍遙境界（純任自然）。而為了達到逍遙境界，道家信徒必須以『心齋』（虛而待物）、「坐忘」（離形去知）等涵養為他的終極承諾。」（周慶華，2007a：240）也許是這樣的氣化觀所產生的文化性格，作者鋪排了這樣的情節，讓成績如此優秀的學生，能夠做到捨棄名利的包袱，去做自己想要做的事，過快樂逍遙的生活。三大文化系統影響著許多層面，運用在少年小說人物刻劃的析論上，也才能比較出東西少年小說在婉轉表達心理特徵上的差異。

第三節　模塑社會向度上的差異

人生活在不同的現實環境中，一定會經歷許多的喜怒哀樂與悲歡離合，而在什麼樣的環境中就能造就出什麼樣的人物，不同的國度就會產生不同的社會背景和歷史文化，在小說中的人物因著國家及社會背景的差異，就會展現出不同的特殊形象；也因為背景的不同，所以可以從書中一窺許多國家的時代風尚、地方風土民情，提高作品的真實性，緊緊扣住讀者的心，引發閱讀的興味。林守為《兒童文學》一書裡提出小說中所以重視背景是因：（一）背景可以作為人物和故事的輔助，使讀者加深印象。（二）背景可作為人物情緒的象徵、故事發展的預兆，使讀者加強感受。（三）背景可以表現地方色彩、時代精神，作品的真實性既可藉此提高，讀者對作品的理解自也加多。（林守為，1988：174）

在本研究的第一章第二節的研究方法裡有提到，要研究社會向度須運用到社會學方法，而此方法一個是解析語文現象或以語文形式存在的事物是如何的被社會現實所促成；一個是解析語文現象或以語文形式存在的事物又是如何的反映了社會現實，本章分析人物刻劃的社會向度，是反映社會現實，屬於後者的層面。以下將所研究的作品《鯨眼》、《十三歲新娘》、《少年噶瑪蘭》等三本書來分析東西少年小說在模塑社會向度上的差異，而要明顯的比較出其中的差異。還是要以世界三大文化系統觀來作比較，能看出其中不同的隱微處。

「種族歧視」是人類永遠消滅不了的劣根性，從古至今難以改變。「種族印象的刻版化，所引發的另一個後遺症就是『種族歧視』。這種歧視，根據學者的考察已經『源遠流長』：如古羅馬人以外地人為奴隸；猶太人先因宗教和經濟緣故被基督徒排斥，繼而無端遭人仇視；發現新大陸以後，殖民者虐待南美土著，又買賣非洲黑人作奴隸；十六世紀歐洲宗教統一的局面瓦解，各國的民族意識日趨尖銳，仇外風氣逐漸高漲，十九世紀出現多種推崇西北歐白種人的理論；日爾曼人屠殺猶太人，企圖消滅他們；美國黑人和白人一直無法平等的共存；南非實施種族隔離，把繁榮的已開發地區保留給白人等等皆是。」〔法蘭斯瓦‧戴豐泰特（Francois de Fontette），1990；周慶華，2005：127〕

在《鯨眼》這本小說裡，我們看到了人們因種族歧視而產生的悲哀。牧師的兒子透納和黑人女孩莉莉，因為這兩個孩子的友誼，引爆出整個小鎮人民和馬拉加島上的黑人族群的衝突，許多人性的光明與醜陋一一顯現出來，殘酷的付出了生命、財產的代價後，人們才省悟自己的行為是多麼的愚蠢。其中白人對於黑人的種族歧視描寫深刻，讓讀者的心也跟著沉痛與悲傷，下面一段敘述昭然若揭：

「說得更精準一點，」最高的那個男人──也就是穿著最貴的禮服，帶著最貴的高帽，套著最貴最亮的皮鞋的男人──說：「是讓馬拉加島少個黑鬼。」一群人頓時哈哈大笑，笑得比海鷗的嘎叫還吵。……史東先生望著對岸說：「巴克明斯特牧師，你瞧！這就是我們菲普思堡所背負的十字架：一堆爛房子，住滿了一群靠著吃海泥裡的蛤蜊來苟延殘喘、對政府或教會的恩惠無動於衷的小偷和酒鬼。他們就是我們菲普思堡的毒瘤，是我們追求光明前途的障礙。」〔蓋瑞‧施密特（Gary D.Schmidt），2006：39-40〕

一群白人嚴重歧視、憎恨著黑人，視他們為阻礙小鎮進步的毒瘤，想將這些眼中釘拔除而快之。即使身為傳送著上帝愛子民的福音的神職人員，也必須屈服於這種想法：

當他看見父親跨兩大步過來，張開手，結結實實的賞了他一個耳光，他就再也吹不出口哨了。透納呆若木雞的站著，感覺全身緊繃並開始顫抖。他的心裡充滿了驚訝、恥辱和……憤怒。「就是這種感覺！」他父親說：「每次你丟我的臉，我就是這種感覺！你知道『禁地』的意思嗎？透納，你懂嗎？馬拉加島就是你的禁地！絕對的禁地！我已經說得夠清楚了……那是不是真的，不重要。重要的是別人怎麼想。重要的是：當我的兒子去找一個馬拉加島上的黑人女孩時，我的教會會要我怎麼想……」（同上，165-167）

對於一個神職人員而言，這是非常諷刺又矛盾的思想與作法，連小孩子都難以信服。這些白人的歧視行為跟創造觀型文化的傳統內蘊的思想駕馭有關：「這要徹底檢討的是白人的受造意識所衍

生出來的優越感的非合理性。換句話說，白人信仰的神／上帝所給予『優選』的觀念只要一日不去除就一日沒有種族平等相處的可能性。也因為這樣，有色人種外表立即可以察見的膚色的不純粹所予以白人無知的如『原罪』般的對待，也就成了人間相互衝突的一大導火線：『為什麼人類自身這一毫無意義的特性會對許多人種的自我形象產生如此重大的作用？僅僅是因為歷史一不小心就在兩個不同膚色的人群中不平分權力和財富，而導致當中之一被稱為白人、另一群則被稱為有色人種嗎？還是因為白人經常超出常規濫用權力傷害有色人種，從而使後者察覺到膚色的作用、感受到了傷害，進而產生越來越強烈的憤怒情緒？』這一連串的質疑，都要歸咎於白人的自我中心和妄生是非；倘若不是白人的種族優越感在『橫生阻礙』，也不致會有這麼多的難題無法解決。」〔愛德華‧希爾斯（Edward Shils），2004：600；周慶華，2005：128-129〕在《龍翼》這本書裡也提到種族歧視與迫害的情形。

　　少年主角月影初次踏上美國土地，才落腳到父親與舅公和其他唐人所合開的洗衣公司，就碰到「洋鬼子」搗毀唐人街的事件：

　　　　這時，我們聽到窗戶被打破的聲音。舅公率先走下樓。左邊的窗戶被打破，玻璃碎了一地。另一塊磚頭從右邊的窗戶扔進來時，我剛好站在附近，差點兒被打到。我低頭看著落在地上的磚片，和散落在腳邊的碎玻璃。屋外傳來笑聲和尖銳的叫聲。我從破碎的窗戶間，瞥見許多咆哮、冒汗、漲紅著的白臉，像是一張張扭曲且充滿恨意的可怖面具。一群鬼子的頭不斷的在我們店外浮沉。我雖聽不懂他們叫囂的話，但是他們的意圖很明顯。他們想放火、想搶東西、想傷害我們。

> 望著這一張張醜惡的臉，似乎看到人類心靈深處最醜惡的一
> 面。（勞倫斯・葉，1995a：41-42）

可憐可悲的「優越感」，從古至今，多少無辜的有色人種，受到迫害
甚至喪失性命，為此付出慘痛的代價。

　　東方氣化觀傳統思想認為：天下一家、世界大同，重視倫理
關係（家族倫理及政治倫理）、人際關係，無所謂依賴神或上帝
的觀念，即使族群之間有歧視衝突，經過戰爭或時間的磨合之後
也就融合成一大家族，這可以從《少年噶瑪蘭》這一書裡看出。
以下節錄一段主角潘新格與阿公的對話，道出許多臺灣原住民的
心聲。

> 咱潘家，連著三代都娶漢人，你的高曾祖母是泉州林氏，曾
> 祖母是廣東蕉嶺人。你阿嬤的娘家在礁溪，他也有一半噶瑪
> 蘭人血統，你媽媽是熱河人，也許有滿族血統，咱家好比「五
> 族共和」。但是噶瑪蘭血統是個事實，你老爸和阿叔不承認，
> 也不能改變。他們的自卑感，阿公是別想勸得開了。」「阿公，
> 你年輕時，常有人笑你『平埔番』嗎？」「什麼叫『番』？各
> 人思想不同，宗教信仰不一樣，生活方式不相像，誰看誰是
> 『番』？智識交換、姻親相結、血統互通，時代走到今天，
> 哪還有真正的『青番』？說人『番』的人，自己才不開化！
> 沒知識才會說這樣的話！新格你說我們番不番？」（李潼，
> 2004：85）

　　漢民族的倫理和政治結合而道德以家族為本位……漢民族是一
個「橫向」結構的社會〔人和人相互依賴（而無所依賴神／上帝）〕，
所以大家就會全力關注「人際關係」，而「人際關係」的建立又以由

近及遠（由親及疏）為最恰當。因此，這就沒有所謂家族倫理和政
治倫理的必要區分。至於西方人以神／上帝為最高主宰，每一個人
都是神／上帝的子民，彼此只對神／上帝負責（形成一個無形的「縱
向」結構的社會）……所以才會有表面看到的那些以個人為本位的
作為……相對的，創造觀型文化傳統中的情況由於只有神／人的「父
子」和人／人的「兄弟姐妹」這二倫，所以對塵世的父母（如同兄
弟姐妹）就沒有上述那種「負擔」（父母老了，有他們所設計的社會
福利制度「照顧」）。（周慶華，2007a：207-210）這在《十三歲新娘》
裡可以看到美國作家葛羅莉亞‧魏蘭在書裡所留下的西方創造觀的
印記，就如在這一書的前面有「故事導讀」，趙映雪所寫的導讀文章
〈啊，印度！唉，印度！〉裡有一段文字敘述出她對於作者的刻意
佈局，感受到了西方的思維印記：

> 寡婦城裡的寡婦多得令印度外的人咋舌，但能幸運如這位美
> 國作家筆下的蔻莉的，恐怕寥寥無幾。她讓這隻流浪的鳥尋
> 到了家，讓這位性情姑娘有了位愛她、敬她的先生，讓她可
> 以用針下的沙麗繼續去安排未來的生活。但美國人畢竟是幸
> 福的，他們的作家、讀者都喜歡「從此王子公主過著幸福快
> 樂的日子」。現實裡，印度的加爾各答、印度的寡婦城要到哪
> 一天才不再有垂死的人被遺棄街頭？哪一天才不再有穿白沙
> 麗的寡婦，無望的在那裡過一天、算一天？（葛羅莉亞‧魏
> 蘭，2001：故事導讀）

在印度可能很難找到這樣的福利制度來照顧孤苦無依的寡婦吧！由
此可看出西方作者的創造觀思想的印記流露在作品裡，總是希望筆
下的人物能有合理圓滿的結局。東西方人物刻劃的模塑社會向度，
從世界三大文化因緣可以比較出其差異性。

第四節　潛移默化文化性格上的差異

　　以上三節討論了東西少年小說在人物刻劃的生理上、心理上、社會上的差異性，其中我們發現到這三個面向都融合了文化性格在裡面。每本小說的歷史文化背景都不同，雖然在人物的生理、心理、社會等面向可以明顯的比較出其差異，但是小說人物的文化性格是內蘊在其中的，如此多元性的文化性格，如果沒有分辨，只有看出前三個面向而已。而當異文化有所交集，則是凸顯東西方差異最快的時刻，不但可以看出雙方差異的特質性，也可以看出作者對此差異的感知或默會。作者的文化背景，將會潛在的投射在人物刻劃而若隱若顯的流露出來。就如上一節最後所提的《十三歲新娘》的例子一樣，從小說的情節安排中，我們看出了作者賦予人物的文化性格，而這樣的文化性格是要透過異系統的比較才能顯現出來的，不是一個人物的出現就可看出的。

　　「文化」一詞自古以來有許多不同的定義，在本研究裡所採用的是方便統攝世界現存的創造觀型文化、氣化觀型文化、緣起觀型文化等三大文化系統所有特徵的「文化」定義：「一個歷史性的生活團體表現他們的創造力的歷程和結果的整體」（沈清松，1986：24）。而它可以據理分出終極信仰、觀念系統、規範系統、表現系統和行動系統等五個次系統（文化從終極信仰開端而後結穴於世界觀再繁衍出哲學、科學、倫理、道德、宗教、文學、藝術以及政治／經濟／社會制度等，就是分繫在這五個次系統底下）。所謂終極信仰，是指一個歷史性的生活團體的成員由於對人生和世界的究竟意義的終極關懷而將自己的生命所投向的最後根基；如希伯來民族和基督教的終極信仰是投向一個有位格的造物主，而漢民族所認定的天、天帝、天神、道、理等等也表現了漢民族的終極信仰。所

謂觀念系統，是指一個歷史性的生活團體的成員認識自己和世界的方式，並由此而產生一套認知體系和一套延續並發展他們的認知體系的方法；如神話、傳說以及各種程度的知識和各種哲學思想等都是屬於觀念系統，而科學以作為一種精神、方法和研究成果來說也都是屬於觀念系統的構成因素。所謂規範系統，是指一個歷史性的生活團體的成員依據他們的終極信仰和自己對自身及對世界的瞭解而制定的一套行為規範，並依據這些規範而產生一套行為模式；如倫理、道德（及宗教儀軌）等等。所謂表現系統，是指一個歷史性的生活團體的成員用一種感性的方式來表現他們的終極信仰、觀念系統和規範系統等，因而產生了各種文學和藝術作品。所謂行動系統，是指一個歷史性的生活團體的成員對於自然和人群所採取的開發和管理的全套辦法；如自然技術（開發自然、控制自然和利用自然等的技術）和管理技術（就是社會技術或社會工程，當中包含政治、經濟和社會等三部分：政治涉及權力的構成和分配；經濟涉及生產材和消費財的製造和分配；社會涉及群體的整合、發展和變遷以及社會福利等問題）等。（沈清松，1986：24-29）

　　縱是如此，上述的設定並不是沒有問題。如五個次系統既分立又有交涉，要將它們並排卻又嫌彼此略存先後順序，總是不十分容易予以定位；又如表現系統所要表達的除了終極信仰、觀念系統和規範系統等等，此外當還有呈現它自身，也就是由技巧安排所形成的一種美感特色，而這都在一個「表現」（將終極信仰、觀念系統和規範系統現出表面來或表達出來）概念下被抹煞或被擱置了……倘若真要勉為理出一個「規制」化的系統來，那麼重新把這五個次系統「整編」一下，它們彼此就暫且可以形成一個這樣的關係圖：

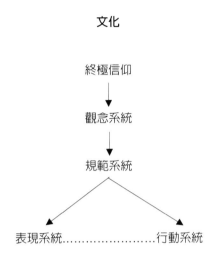

文化

終極信仰

觀念系統

規範系統

表現系統……………………行動系統

圖 4-4-1　文化五個次系統關係圖（資料來源：周慶華，2007a：184）

　　當中終極信仰是最優位的，它塑造出了觀念系統，而觀念系統再演化出了規範系統；至於表現系統和行動系統，則分別上承規範系統／觀念系統／終極信仰等〔按：表現系統和行動系統之間並無「誰承誰」的情況；但它們可以「互通」（所以用虛線來連接）。如「政治可以藝術化」而「文學也會受政治／經濟／社會影響」之類〕。這看來就「眉目清晰」多了；而隨後所要據以為論述相關的課題，也因為它「已經就緒」而不難一一取得應對。（周慶華，2007a：182-185）

　　承上所述，也就是本文第一章第一節所引用三大文化系統圖表，呈現出五個次系統的關係，將這些理念運用在人物刻劃的分析，就可將生理、心理、社會、文化性格等面向的差異性比較出來（當中文化性格是「總塑」生理、心理、社會等面向而成就的；在分稱時它才會被感知）。生理形象的刻劃表現在人物的出場、人物的外

形、人物的語言、人物的動作及其他如服飾、妝扮等,這些外在的顯現就屬於上述圖表裡的「行動系統」,而行動系統上溯到觀念系統——三大世界觀(終極信仰已內蘊在其中)以它來定調,才能顯現出其深層的意涵,這樣生理形象也才能比較出不同處。如本章第一節生理形象的差異所舉的例子:《那梭河上的女孩》主角玫・亞曼俐雅她因為生在農莊,要做的家事及粗活很多,所以她討厭穿洋裝;而相反的另一個城市女孩藹美卻是永遠穿著洋裝,一副淑女的模樣,從外表的穿著呈現出同一系統內城鄉不同的文化性格;《紅瓦房》裡的兩個少年,動作及吃飯總是文縐縐的,呈現出中國古代書生的形象,這是氣化觀型文化所促成的性格;而《流浪者之歌》裡的悉達多歷經沙門苦修,視外在一切有形有象包含肉體,都是諸法空相,無眼耳鼻舌身意的存在,這是典型的緣起觀型文化的影響,才會有這樣的文化性格產生。這些生理形象的描繪屬於「行動系統」的表徵,而以三大世界觀來比較,就能看出隱藏的文化性格蘊含在其中。

　　心理特徵則是屬於圖表裡的行動系統、表現系統,上溯到規範系統裡的(觀念系統及終極信仰已內蘊其中)。小說人物的心理特徵可以從他們的情緒、信念、性格、潛意識及其他等行動表現出來,有些是自覺性的呈現出來,如人物的信念,而大部分是不自覺的流露出來。如本章第二節所舉的例子:《畫室小助手》裡的牟利羅,他信仰上帝所表現出的虔誠信念,從他開口總是感謝上帝讚美主來呈現他的崇敬的心,而臉上所發出的聖潔光輝則是心理特徵的不自覺流露,這是典型的創造觀型文化所孕育的文化性格。《十三歲新娘》裡的哈力不畏生死,希望死後能解脫、靈魂得以自由,這是緣起觀型文化的影響,不自覺的有這樣的心念想法,這也產生了特殊的文化性格。《懲罰》裡的宿小羽,有著六個學科都一百分的實力,卻放棄考大學而要去學篆刻藝術,這樣的逍遙性格是受氣化觀型文化的

影響，表露出來的信念也是文化性格的展現。所以心理特徵以三大文化系統來比較，可以分析出心理隱微處的差異。

社會向度在圖表裡是屬於行動系統，上溯到規範系統裡的，它涉及到性別教育、階級制度、族群意識、權力意志及其他等，這些社會向度也蘊含著文化性格在裡面。如《鯨眼》裡的種族歧視，受創造觀的影響，認為「白人」為上帝的優選子民，其他有色人種都是帶著「原罪」而降生，這樣根深蒂固的思想模塑出他們歧視有色人種的性格，而加以殘殺迫害，由此可以印證其特定文化的影響之深。

在《少年噶瑪蘭》裡的阿公指出他們家有好比「五族共和」的血統，其中噶瑪蘭血統是事實存在的，還說出族群之間是「智識交換、姻親相結、血統互通」的關係，可見在氣化觀型文化裡重視的人際關係的綰合，族群之間是相親相容的，這樣的觀念影響著世代中人，相應的文化性格就會顯現出來。

人物刻劃的生理形象、心理特徵、社會向度具有集體的文化性，不是人物有明顯的文化性格刻劃，而是這三個面向內在潛藏著文化性格，作者們不自覺的把自己的文化印記帶進小說裡，所以稱它為「潛移默化的文化性格」；而這是要透過異系統的比較才容易看出的。如《六十個父親》裡小男孩天寶第一次看到漢森中尉把他當成河神來拜，故事發展到後面，將美國人當成是國家的救星，也是幫助天寶找回父母親的大恩人。作者強化了美國人的偉大，不自覺的流露出「白人」的優越感，甚至「神格」化了。在《龍翼》裡月影也把房東惠特婁太太比喻為「觀世音菩薩」，他父親後來投靠了洋人，得到了工作，又受到洋人房東的照顧，最後也是在惠特婁太太的協助下，讓親戚朋友團圓，齊心協力完成月影的父親偉大的飛行夢想。由此可見美國作家的創造觀型文化的印記體現在作品裡，提

升了美國人的地位。《十三歲新娘》裡我們看到印度社會裡認為女孩子留在家，是多了一個人口吃飯，所以要趕快嫁掉，以減輕家裡的負擔（緣滅），嫁過去男方後，變成男方家多了一個人吃飯（緣起），增加了他們的負擔，這從下面一段描述可以看得出來：

> 婆婆嘶吼起來：「你這個壞丫頭！我們讓你在這裡白吃白住了這麼多年，你竟然這樣回報我們，真是自私！」我應該忍氣吞聲的，卻衝口而出：「我沒有白吃白住！我做了很多事！在這個家裡，我做的比任何人都多！」婆婆氣得連眼睛也瞇了起來。她扯著喉嚨說：「你哪懂什麼叫工作！你只會懶洋洋的做你的白日夢，看那些沒用的書、還有繡繡花而已。你等著瞧！從今天開始，我才要讓你知道什麼叫做工作？你要做多少事，才能養活自己！」（葛羅莉亞‧魏蘭，2001：92-93）

這是緣起觀型文化所蘊出的社會向度（背後就是那講究逆緣起解脫的文化性格），在婆婆的眼裡媳婦是白吃白住的多餘人口，所以想盡辦法壓榨她，不但要少吃飯還要多做事才能在夫家待得下去。

　　上述東西方三大具統攝性的世界觀，都各自根源於背後的終極信仰（如創造觀就根源於對神／上帝的信仰；而氣化觀和緣起觀就分別根源於對自然氣化過程「道」和絕對寂靜或不生不滅「涅槃」境界的信仰）。

　　《六十個父親》和《龍翼》這兩本小說，在本研究裡放在創造觀型文化來討論，是因為要探討戰爭（社會向度的權力意志表現）及反成長（心理特徵的反成長意識）的議題，內容有以中國為背景（六十個父親）和華人移民美國的奮鬥歷程（龍翼），作者也會呈現出氣化觀型文化的某些面向，但因為有典型的中國和臺灣的少年小說《紅瓦房》和《少年噶瑪蘭》等可以論述印證氣化觀型文化系統，

所以前兩部作品不會放在氣化觀型文化作品來討論；而《十三歲新娘》和《流浪者之歌》雖是西方作家所寫，但是因為取材和一些重要觀念都跟印度及其承繼的世界觀有關，正好符合本研究探討緣起觀型文化對少年小說人物的形塑可以權且援引的例證，況且這兩本作品並不是紐伯瑞兒童文學獎作品，很可以拿來當作異系統比較的對象。

第五章　少年小說中人物生理形象的刻劃

第一節　神勇的展現：人物的出場

　　本研究主要是以紐伯瑞兒童文學獎代表作品（包括《碎瓷片》、《納梭河上的女孩》、《畫室小助手》、《鯨眼》、《六十個父親》、《龍翼》等六本作品）來討論印證所建構的少年小說中的人物刻劃模式，而在本章裡則要進一步將人物生理形象的刻劃分散在人物的出場、外形、語言和動作表情以及服飾、妝扮上試著加以析證，期能從中找出這些西方作家們在創造觀型文化傳統思想的影響下，是否在作品中體現了所專屬的文化印記；而他們在紐伯瑞兒童文學獎的徵獎機制下，是否也有著一些內部的共通性，可以獲得評審委員的青睞而成為世界名著公諸於世。同時從不同的角度來分析這些少年小說，與一般同系統（創造觀型文化）非紐伯瑞兒童文學獎的世界名著差異點何在？這些都是值得深究的問題。

　　方祖燊在《小說結構》一書對於人物出場的描寫作了很好的解釋：小說一開始就把時間、地點交代清楚，接著就讓主要人物（主角）上場，把他作一番介紹性的描寫，使讀者對他先有個初步的認識，然後再鋪展他的故事。當一個人物第一次上場露面的時候，給他一個描寫，就叫做「出場描寫」。這種描寫文字有的很簡單，有的很複雜，完全看需要決定。時間與地點的描述也是有長有短的。總而言之，就是要告訴讀者：在什麼時間？地點？什麼人物？做了什麼事情？時間和地點構成場面，人物和事情構成情節；場面轉移，情節變動，人物的故事也就隨著不斷發展、演述了下去。（方祖燊，

1995：356）本研究所要討論的紐伯瑞兒童文學獎少年小說在安排人物的出場上正符合這個論點。

　　受創造觀型文化的傳統思維影響，西方人認為上帝造人是希望人類能不斷地優質化，生命過得精彩輝煌，好榮耀上帝，甚至渴望將來能回到上帝的身邊，也就是神的國度（天堂）。所以不管是文學或藝術作品也好，所展現出來的人體外形總是健康美好的，而在文學作品裡尤其是少年小說，更是要把書裡的主角塑造的健康、樂觀、積極、對生命充滿了好奇與挑戰，不管遇到什麼困境都能一一克服，勇敢的繼續生命的旅程，最後努力有成到達成功的彼岸！因為是少年小說，為了要給兒童及青少年有正向的模範人物主角可以學習，所以作者在刻劃主角時，普遍安排了許多的人生難題讓主角去經歷，然後可以預見的是主角最後一定是衝破難關成為青少年可模仿的典範人物（而這不論它是取材自哪裡或以什麼環境作為背景）。那麼在主角人物一出場時，必是運用很特別的方式或生活場景把他「神勇的展現」出來，讓讀者眼睛為之一亮，或是利用衝突、緊張刺激的事件把主角帶出場，製造高潮迭起的情節，讓讀者想一氣呵成的把故事看完。這樣的人物塑造就符合相關的尺度，也就能獲得評審委員的青睞而給獎予以鼓勵肯定了。用這個論點來看本研究所要討論的紐伯瑞兒童文學獎得獎的少年小說，真的可以清楚的相互輝映證成。

　　如《碎瓷片》是描述主角樹耳跟著一位老遊民鶴人住在橋下，過著知足快樂的日子，樹耳非常崇敬老陶匠明師父的陶藝技術，常常偷偷的觀察明師傅作陶，後來命運的安排讓樹耳真的有機會在明師傅身邊打雜學習，而樹耳為了讓宮廷特使知道明師傅精湛的陶藝，就自告奮勇的要幫明師傅的頂級陶瓷作品送去宮廷給金特使鑑賞，但是不幸的在途中遇到搶匪把明師傅的作品破壞了，樹耳傷心

悲憤之餘，還是毅然的把碎瓷片交到金特使的手裡，特使感動之餘看到明師傅的碎瓷片作品極為驚豔，馬上頒發皇家委任的榮譽聘書給樹耳帶回去。等到樹耳回到苗浦鎮時卻得知與他相依為命的鶴人已去世，也在這同時明師傅夫婦把樹耳收為養子，明師傅正式的要開始教樹耳拉坯的技術了，樹耳的生命就像綻開的花朵般燦爛美麗了。這樣人窮志不窮的主角，出場一定是要很特別的。樹耳的出場是在鶴人的問候中出現的：

> 「樹耳啊！你今天『餓』飽了嗎？」鶴人瞧見樹耳走近橋邊時，大聲向他喊著……村人見面打招呼時總是客氣的問：「吃飽了嗎？」於是，樹耳和他的朋友鶴人就拿這句話改一改，開開玩笑。樹耳緊摟住繫在腰間那只圓鼓鼓的布袋。他原本打算守住這個好消息的，卻因為太興奮了，忍不住衝口而出：「鶴人！你還真是問對了呢！告訴你，等一下我們真的就會問：『你吃飽了嗎？』」他把布袋高高提起來。鶴人不禁瞪大了眼睛。樹耳看到鶴人吃驚的模樣，更加得意了。鶴人舉起手上的枴杖，向樹耳行了個禮，說：「來，小夥子，告訴我你是怎麼走運的，故事一定很精采。」（琳達‧蘇‧帕克，2003：11-12）

由這些敘述，讀者很快的發現主角樹耳和鶴人是「遊民」的身分，靠著撿拾別人剩下或吃剩的食物維生，偶有一些「豐收」（撿到米粒）就夠讓他們滿足興奮，也由此看出樹耳和鶴人開朗的個性，這樣的個性創造出積極樂觀的人生，最後一定會達成理想抱負的。這是典型的創造觀型文化中的人物，即所謂「英雄不怕出身低」，是青少年很好的學習典範。

　　又如《納梭河上的女孩》是描寫主角玫・亞曼俐雅是納梭河上唯一的女孩，她與父母親還有七個哥哥一起生活長大，她想證明自己不輸給哥哥們，希望能得到父親的肯定。後來她終於盼到媽媽生了一個小妹妹，她像小媽媽一樣的呵護她、照顧她，但是最後小妹妹竟然沒有預警的夭折了，這個打擊比家裡的任何人都大。偏偏她嚴厲苛薄的奶奶在小妹妹的葬禮中，對玫・亞曼俐雅說出了惡毒的話，認為是她害死妹妹的，這無疑是在傷口上灑鹽，她悲慟之下離家出走，還好哥哥偉柏一路保護著她，去到愛司托里亞城找芬妮姑姑和恆瑞姑丈的家避難。最後耐心奶奶死了以後，父親把這兩個孩子接回家裡，玫・亞曼俐雅回來後又差一點死在納梭河裡，還好是偉柏哥哥把她救起，全家非常高興能團圓在一起，尤其是父親緊緊的把她擁在懷裡，讓她覺得她真的是納梭河上最幸運的女孩。這個調皮可愛的玫・亞曼俐雅一出場即讓人印象深刻：

> 我哥哥偉柏跟我說我是納梭河畔有史以來第一個出生的女孩，所以我是個奇蹟……今天是我生日，偉柏十三歲了，他是我最愛的哥哥，這很不容易，因為我有好多哥哥，比任何一個女孩都還多。我生日的秘密願望就是能有一個妹妹，雖然我不知道該怎麼實現……玫・亞曼俐雅・嵇克森十二歲，就是我。我們住在華盛頓州的納梭河畔。今年是一八九九年。爸爸老是吼我，玫・亞曼俐雅，別給我亂來。可是所有我會去做的事，都是其他男生做過的。他說我是女孩，正因為我是女孩，所以很多男生做的事，我不能做，到處都很危險。（珍妮芙・賀牡，2002：13-15）

一個納梭河上有史以來的第一個女孩，真的算是「奇蹟」！這樣的出場讓讀者印象深刻，想趕快繼續往下看。玫・亞曼俐雅努力的扮

演好自己的角色，認為女生的能力是不輸給男生的，她是唯一的女孩也是最棒的女孩，她珍愛家人，也從家人的愛中更肯定自己存在的價值。這樣的角色非常符合創造觀型文化的人物特色：積極、樂觀、進取、不畏困難橫阻在前，依然做她自己想做的事，像是獨蒙上帝榮寵般的盡情過生活。

又如《畫室小助手》裡的主角黑人帕雷哈生下來就是奴隸之身，他一直保持著善良、仁慈、忠誠的態度生活著，而且積極向上學習的心很強，前一任的女主人教他識字，他認真的學會了寫字，後一任的主人是畫家，把他訓練成重要的、不可或缺的畫僮。帕雷哈隨侍在主人身旁，激發了他畫畫的潛能，可是當他知道奴隸只能學些普通技能，不可以從事藝術工作後，他開始偷偷的學畫，而且還偷了主人的繪畫顏料，所以一直有很深的罪惡感，最後在國王及主人的面前俯首認罪、懺悔，卻意外的獲得主人還給他自由之身，並聘請他為助手，視他為好朋友，也幫助帕雷哈娶妻（妻也獲得夫人賜予的自由之身）獲得幸福，這讓帕雷哈更感謝上帝的恩寵。

主角帕雷哈一出場就這麼明白的寫著：

> 我的名字叫璜・帕雷哈，出生於十七世紀初期的一個奴隸家庭，確實的年代，我已經記不清楚了。母親蘇拉瑪是個黑人，長得非常漂亮。至於父親，大概就是哪個幫主人看管倉庫的西班牙白人。雖然母親絕口不提他是誰，我卻知道她身上帶的金鐲子和金耳環全是那個人送的。（伊麗莎白・博爾頓・德・特雷維諾，1995：25）

一開始就透露出主角卑微可憐的身世，而且母親未婚生子，父不詳，是個私生子，這樣的人物一生會經歷怎樣的命運，令人想繼續暸解故事後來的發展。帕雷哈有著像上帝一樣悲憫、仁慈、寬厚之心，

對於身邊的人事物都很真誠的對待，感動身邊的所有人，也因此與妻子都能獲得自由之身。他對上帝非常虔誠忠實，所以他常藉由禱告，不斷的感恩與懺悔，以獲得心靈上很大的依靠與慰藉。這是典型的受創造觀型文化的傳統思想所影響的人物，認為只有上帝是全心的、無私的、不分種族的愛著世人，所以不管遇到任何挫折困難，都覺得上帝永遠與他同在，也憑著這股信念，讓他最後真的美夢成真，從此過著幸福快樂的日子。

又如《鯨眼》是描述一個牧師之子透納，隨著父親新上任的教會，舉家搬到緬因州的菲普思堡，在那裡因為沒有一個瞭解他的人，他在群體生活裡挫敗感相當大，於是選擇與弱勢族群在一起以獲得友誼，所以後來與馬拉加島上的黑人女孩莉莉成為知心好友，可是卻引來全鎮的憤慨，想盡辦法要除掉島上的那一群黑人。因為透納的堅持與任性，感動父親也與他並肩對抗惡勢力，可是卻因為保護他而犧牲了性命；也因為透納的不懂務實，愛之卻適足以害之的做法，讓馬拉加島上的居民崩散，莉莉被送到瘋人院最後死在那裡。全鎮的人最後因為貪得無厭的騙子史東先生的捲款而逃終於清醒，也受到透納和母親的默默付出，幫助了需要幫助的人的精神感召，全鎮終於和透納母子倆快樂的融合在一起。

主角透納的出場即透露出他焦躁不安與惶恐的心情：

> 透納‧巴克明斯特已經在緬因州的菲普思堡活了快要整整六個小時了。他不知道自己還能忍耐多久……在這邊，牧師的兒子就是跟人家很不一樣，要他裝做沒這回事，還不如叫他去死。他會這麼想，要從他們抵達菲普思堡的那一刻說起……透納……一個人孤零零的站在碼頭上……他舉起手來，打了個招呼：「嗨！」不幸的是，在波士頓聽說的事似乎是真的

　　——緬因州人說的根本是另外一種語言；而且對不會說那種
　　語言的人，相當不友善。就在這時候，透納第一次有了要逃
　　到化外之地的念頭。（蓋瑞‧施密特，2006：10-12）

主角透納一出場即說出他是「牧師兒子」的身分，而且他「討厭」
這個身分、討厭剛搬來住的菲普思堡這個小鎮，覺得這裡同年紀的
夥伴很不友善，當下就留下了不安的想法，難堪的想逃到化外之地，
也因此種下了之後一連串發生的故事之因。受創造觀型文化的思維
影響——最後，因為透納堅信神愛世人，上帝是不會忍心讓他的子
民備受迫害，所以他想用自己的方法來保護馬拉加島上的黑人族
群，他的父親受他感動想幫助他，卻因此而喪失性命，可是透納明
白知道：他的父親的死不是受到上帝的召喚去當神的事工，而是要
做上帝要他在這個小鎮該做的事，最後透納在鯨眼裡看到與他父親
死前的最後眼神一樣時，他好像明白了一切。鯨眼和父親的最後眼
神大概就是「上帝的心」吧！

　　又如《六十個父親》裡的主角天寶，是在第二次世界大戰中與
父母親一起逃亡，逃亡中遇到了生命中的第一個貴人漢森中尉（後
來天寶也成為漢森的救命恩人），逃亡不久即與全家失散，天寶憑著
超人的意志力，在槍林彈雨中僥倖的生存下來，這其中經歷了無數
次的生死攸關的險境，但很幸運地都得到貴人相助而活命，最後在
美國人的協助下終於找到家人團圓在一起。描寫戰爭中的故事，主角
的出場背景一定是與戰爭畫面有關的。天寶一出場是在一艘舢板上：

　　雨珠繼續滲進彈孔，滴得舢板內濕了一大片。天寶打著赤腳，
　　把裝著三隻小鴨的盆子推了過去。他再次坐上長長的板凳，
　　把頭倚向船篷壁。小豬睡得更沉了，盆子裡的水也越積越多，
　　熟睡的鴨子輕輕的浮了起來，在夢境中緩緩飄動⋯⋯天寶伴

> 著濃濃的睡意閉上了眼……還記得每一個夜晚，當新月朦朧
> 的隱現在天際，天寶都得和父母親奮力撐著槳，不分晝夜，
> 沒有片刻歇息……父親一遍又一遍的說：「咱們絕不能歇手，
> 要一直往上游劃，進到中國內陸，遠離外海，離開那批日本
> 人、那些侵略者。」（邁德特・狄楊，1995：24-25）

天寶的出場是在漏水的舢板上，外頭不停的下著大雨，舢板內也濕
漉漉的，父母親不在身邊，天寶身心都非常的疲累，還要照顧一隻
小豬、襁褓中的妹妹、還有三隻小鴨，這樣的情景發生在一個小男
孩身上是很特別的出場方式，讓人意識到戰爭所帶來的迫害與悲
情，更想知道天寶是如何度過重重的難關還能保住性命的。要塑造
英勇的小少年，作者一定會讓主角經歷許多不可思議的坎坷歷程，
最後英雄式的存活下來。故事裡把美國人塑造成救國救民的大恩
人，還是創造觀型文化的思維運作：描述著將美國人的大愛拿來媲
美上帝的愛，替上帝救贖世人的罪，美國人一直以世界警察自居，
到處幫助弱勢國家，即使到現在還是如此的想法和作風。可是事實
上有許許多多在戰亂中死亡或顛沛流離失所的孤兒，有幾個能像天
寶這樣經歷過一段英雄的啟蒙旅程而奇蹟式的生存下來，並且還能
全家團聚？

　　又如《龍翼》一書是描寫在清朝末年，許多中國人飄洋過海到
美國去賺錢，故事內容以主角月影一家人來反映出當時在美國的中
國人，是如何在洋人的土地上過著次等人民艱辛的生活。月影的父
親因為夢過自己的前世是龍身，所以一直有飛翔天空的夢想，其他
的中國親朋好友都笑他癡人作夢，而這個夢想只有兒子月影支援，
因為在月影的心目中父親像天一樣崇高偉大，父親的夢想當然要幫
他完成。後來父親帶著月影離開唐人街，去找洋人工作住在白人社

區裡，幸運的是他們遇到和藹可親的房東惠特婁太太，讓他們無憂的生活在白人世界裡，最後還是在惠特婁太太的協助下，找回唐人街的親朋好友來幫忙完成月影的父親順利的把飛龍成功的飛上天，完成他一生的夢想，在洋人的世界裡揚眉吐氣了。最後月影和父親又回到唐人街與親朋好友們一起共患難，在洗衣店公司繼續努力踏實的生活。這樣的故事題材也是充滿了張力，由主角月影的敘述拉開序幕：

> 我從來沒有見過我的父親。在我出生前幾個月，父親便離開家鄉中國，遠渡重洋，到洋鬼子住的金山去工作。據說那裡有很多錢賺，卻也危險重重。就拿我祖父來說吧，大約三十年前，他乘著船前往金山，才剛上岸，就被一大群洋鬼子抓住，打得遍體鱗傷。所以從我懂事開始，就對金山這個地方非常好奇，可是媽卻似乎不願意談起。（勞倫斯・葉，1995a：13）

故事一開始即道出月影從未見過父親、祖父，因為在他還未出生，他們就遠渡重洋到「金山」去工作。這裡的金山其實就是「美國」的代名詞，之所以會稱為金山，那是中國人鄉愿的說法，認為美國就像一座金山，有挖不完的金子，只要到了那個國家工作，以後全家就不愁吃穿了，但是很多長輩們都知道，其實那是一段艱辛漫長的人生路，並非人人都能順利平安的熬過，所以月影的母親不願意向月影提起金山的事，以免孩子重蹈覆轍。可是主角絕不會這麼輕易的放棄挑戰生命的機會，接下來的故事發展就是他去金山與父親一起奮鬥的精采人生了，這也是印證了創造觀型文化的觀念，主角必定是與眾不同的，最後一定會成功的完成理想。

　　從以上主角人物的出場，我們發現：（一）人物的出場很特別。不管是主角以第一人稱直接自己出場，還是作者藉由場景把他描述

出來，或是藉小說中的其他人物把他帶出場，都讓讀者對於主角印象深刻。（二）主角的身分很特殊。樹耳是遊民；玫・亞曼俐雅是納梭河畔有史以來第一個出生的女孩；黑人璜・帕雷哈是個奴隸；透納・巴克明斯特是牧師的兒子；天寶是戰亂中逃亡的小男孩；月影則是在美國奮鬥生活的中國小男孩。他們的身分迴異，當然發生在他們身上的故事就一定有不同的遭遇，令讀者想一探究竟。（三）主角的生活背景很多元豐富，可看性很高。如《碎瓷片》裡樹耳的生活背景是十二世紀中期到晚期的韓國；《納梭河上的女孩》主角玫・亞曼俐雅是移民美國華盛頓州的芬蘭後裔；《畫室小助手》裡的黑人璜・帕雷哈出生在十七世紀初期西班牙的一個奴隸家庭；《鯨眼》裡的主角透納則是隨著牧師父親，搬家到美國緬因州的菲普思堡小鎮；《六十個父親》是以二次世界大戰，日本侵略中國的故事為背景，描寫主角天寶的所有遭遇故事；《龍翼》則是描寫清朝末年，許多中國人做著發財夢，來到美國努力奮鬥的生活背景也很特殊。綜上所述，主角的出場有這三種特色，所以能得到紐伯瑞評審委員的一致讚賞，雀屏中選為得獎作品，而這些人物出場的刻劃，也符應著創造觀型文化的傳統思想。

在本研究裡有舉出同是創造觀型文化的另外四本少年小說：《小王子》、《少年小樹之歌》、《牧羊少年奇幻之旅》、《哈利波特Ⅰ神秘的魔法石》，因為是在紐伯瑞兒童文學獎得獎機制以外的作品，所以在人物的出場上雖然是有創造觀型文化的思考模式印記，但是人物的一出場不像紐伯瑞得獎作品，很快的把故事張力拉到高潮。《哈利波特》的故事是相當轟動吸引人，但是我發現在紐伯瑞兒童文學獎裡的作品，沒有一本是以魔法少年為主角的，因為這是作者虛構的人物，不足以當成現實生活裡少年可以仿效的對象，所以這樣同系統裡的作品拿來比較就可以看出其中的差異性。而異系統的如氣化

觀型文化或緣起觀型文化中的其他作品，人物出場方式更是有別於
創造觀型文化中的少年小說人物了。

第二節　形神兼備：人物的外形

　　方祖燊在《小說結構》一書對於人物外在的描寫有精要的論述：
小說家等於人物畫的畫家。他是用心靈作畫筆，用佈局作構圖，用
文字作顏料，將人物的形象與情思描繪了出來。他對人物形象的描
寫，可以分作「靜態描寫」和「動態描寫」。靜態描寫，大都以介紹
的口吻，來描敘人物的形貌、服飾，或家世、學經歷、身分、地位、
事業、成就、心態、人生觀和生活態度的情況；動態描寫，大都以
記錄的手法，來刻劃人物的表情、神態……言語和動作的情形。這
些描寫有的寥寥數筆，有的相當細膩。西方小說對人物形象的描寫，
多先偏重於「靜態描寫」，使讀者對人物的外形先有一個印象，尤其
是主要人物則更加詳細，然後在鋪展故事的時候，再配合情節繼續
作「動態描寫」，刻劃人物的表情、神態、言語和動作。不過，「靜
態描寫」和「動態描寫」是很難完全劃分得一清二楚的，不免有些
地方相混一起，大致只能說「偏重於靜態描寫」和「偏重於動態描
寫」。（方祖燊，1995：345）由於，人物在外形的刻劃上有上述的諸
多描寫一起呈現出來，實難截然的分開獨立存在，但是為了論說方
便，在此只得把人物的外形提出加以討論，以對照在創造觀型文化
傳統的影響下，紐伯瑞兒童文學獎作品的人物刻劃在外形上有何共
通性。

　　在前一章的第一節裡有提過：受創造觀型文化影響的西方傳統
對於外在的審美觀，是要身體健壯和腴美的，纖細和病態是會辜負

神／上帝造人的美意，尤其以少年主角來說，作者更是要呈現出主
角的外形是健康活潑、精神煥發、意志力堅強的，這樣才能完成他
英雄式的啟蒙歷程，幾乎沒有以殘障或智障為主角的（氣化觀型文
化和緣起觀型文化的作品則例外）；但是偶有次要的配角如此，就不
在此限了。

　　以《碎瓷片》為例，書中的重要配角鶴人就是身有殘疾的人物。
鶴人是在橋下撫養樹耳長大的遊民，他生下來就有一條「萎縮畸形
的小腿和腳，讓他哪兒也去不了。」還有把名字和生理外形一起描
繪出來：

> 樹耳曉得鶴人這個名字的由來。「他們看到我一生下來就是這
> 樣的腿，以為我大概活不成了。」鶴人這麼說：「後來看到我
> 靠著一條腿活過來了，他們說我啊就像一隻鶴，鶴不但靠一
> 條腿就能站，還是長壽的象徵呢。」鶴人說到這兒，又加了
> 一句：「這可不是瞎說的！」他活得比他所有的家人還久，卻
> 因為無法工作，只好不斷變賣財物，最後連棲身的地方都保
> 不住了，便住到這橋下來。（琳達・蘇・帕克，2003：18）

> 每天鶴人都會用雙手抓在柱子上，擺盪身體做運動。鶴人的
> 體型矮小又瘦弱，看不出實際的年齡，但他仍然可以像年輕
> 人一般輕鬆的擺動上半身，因此很多時候樹耳幾乎忘記鶴人
> 有一條不方便的腿。（同上，39）

　　儘管鶴人是個殘障人物，但是他仍舊是開朗樂觀的面對生命，
在生活上無需人照料，反而扮演著影響樹耳一生非常多的重要靈魂
人物。他對於樹耳是亦師亦友的情誼，又像親人般的互相依靠扶持，
彼此不可或缺，是作者刻意安排讓少年主角在生命歷程中，雖然沒

有父母的教育，但是卻有著如父親般的長輩當作他心靈的導師，指引啟蒙著他的成長過程，讓他最後能完成艱鉅的任務，歷練成一個堅強獨立的青年。這很符合創造觀型文化的觀點，即使是身有殘疾的次要人物，但是他一定是舉足輕重的角色，而且是「心理」很健康的人物，這才足以達到整部作品畫龍點睛之妙。

又如《畫室小助手》裡描述皇宮雜耍班子裡的幾個特別形象的人物：

> 班子裡還有幾個侏儒和一、兩個白癡，他們那股傻勁，大笑不止的模樣，總是逗得陛下十分開心⋯⋯那個白癡男孩叫做「布布」，成天笑個不停，性情非常溫順，大家都打心眼兒裡喜歡他，認為他就是上帝創造出來的「天真」與「純潔」。小王子巴爾塔薩經常挽著他，眼神流露出完全的信賴。除了布布，侏儒尼諾也是小王子的玩伴，他雖然年紀不小了，個頭還比不上三歲大的王子⋯⋯他的身子扭曲得很厲害，幾乎整個變了形⋯⋯主人畫下了尼諾開懷大笑的模樣，在那無憂無慮的笑容裡，我卻看到了侏儒世界的悲哀。（伊麗莎白・博爾頓・德・特雷維諾，1995：176-179）

以上的人物外形敘述就是創造觀型文化的觀點，認為一切美醜善惡都是上帝的旨意，上帝的權柄主宰著人們的身、心、靈，順從著上帝賜予的命運，心靈才會獲得救贖。在人物外形的強烈對比下，襯托出奴隸心靈深處的悲哀，其中蘊含著心理及社會向度的面向，也呈現出作者的用心巧思。

《納梭河上的女孩》裡的主角玫・亞曼俐雅則是活潑健康、精神煥發、精力無窮的小女孩，非常符合創造觀型文化少年人物刻劃的特徵。她這樣形容自己：

> 我全身黏黏的，頭髮散開來沒綁辮子，衣服上還有泥巴，因
> 為剛跳進那梭河的緣故。我看起來不只不像個過生日的女
> 孩，還穿著這一身偉柏淘汰的破粗布衣，可能連個平常女孩
> 都不像。」（珍妮芙·賀牡，2002：27）

玫·亞曼俐雅的奶奶還數落她穿長褲、邋裡邋遢全身灰土，穿得跟
街頭的小混混一樣，一點都沒有淑女樣，覺得真是「丟人現眼」。可
見得玫·亞曼俐雅的外表是多麼不修邊幅，跟一般的女孩子不一樣。
連髮色也是與眾不同：

> 我沒有一點芬蘭人的金頭髮，我的是跟納梭河底同樣的土
> 色。我想爸爸不喜歡我也是因為我沒有其他哥哥那樣的金頭
> 髮。媽媽說我好像一群金牛裡的棕色鹿。」（同上，42）

正因為玫·亞曼俐雅的活潑好動，所以發生了一連串驚險又有趣的
故事，而她也在悲歡離合的衝擊下，度過了成長的歲月，讓她更珍
惜身邊擁有的一切。這樣精力充沛又充滿冒險犯難的精神，正是青
少年應有的健康形象的最佳寫照。母親和阿姨是另一組強烈的對
比。透過愛麗絲阿姨來看媽媽：「親愛的愛瑪，你好像一輩子肚子
裡都懷著孩子，你不覺得夠了嗎？我以為你不會再生了呢！」（同
上，24-25）懷孕挺著大肚子的形象，產後的虛弱及喪女的悲慟，
還有照顧生病的婆婆和兒子，玫·亞曼俐雅的媽媽常常看起來都
是疲累的神情，她每次都穿黑色棉質裙子和白短布衫，跟漂亮的
愛莉絲阿姨有極大不同處。藉著玫·亞曼俐雅的眼來形容愛莉絲
阿姨：

> 愛莉絲阿姨穿著上好玫瑰色絲質洋裝，上頭有真的貝殼鈕
> 釦，她的頭髮又金又亮的閃著光，還用緞帶綁成了很新潮的

短鬈髮。我不記得看過媽媽穿像愛莉絲阿姨那麼漂亮的洋裝。（同上，24）

她好漂亮喔，我阿姨，閃亮的頭髮捲起來像位淑女一樣的盤了上去，不像媽媽的頭髮老是散開來。她穿著知更鳥蛋顏色的洋裝，閃閃發亮，一看就知道是絲綢的，上頭還有小小亮晶晶的鈕釦從頂端排到下面。她看起來真像個公主。（同上，52）

在靜態的描繪中，因為生活環境的不同，而有外形上顯著的差異，能比較出同一文化系統下難免會有的都市淑女（阿姨）和農莊婦人（媽媽）的差別。再以《鯨眼》這部作品為例，裡面也有對於一群健壯青少年的外形描寫：

威利斯說完……他對透納笑了笑，就跳了下去。他跳得十分優美。那緩緩落下的姿態宛如一顆棒球，恰好在海浪蓋過岩石的剎那，穿進白綠色的海中；等到浪花通過，拍上了懸崖，他才又浮起來。陽光在他四周的浪花上鍍了一層金光。透納突然覺得很想吐。那群男孩，一個接一個的，從突出的礁岩跳下去，完美的落進剛淹沒岩石的海浪中，再一個接一個的從海中冒出來，現身在金色的水花中。直到，只剩下透納一個人。（蓋瑞・施密特，2006：23）

一群小鎮男孩在向都市來的牧師兒子挑戰他的能耐，他們在主角透納的面前展示著英勇行為。從描述中知道透納的外形整齊斯文，而且個性拘謹，看到別人的勇敢，自己覺得無力與挫敗，無法像小鎮男孩的體格健壯、自然奔放，在大自然裡悠遊自如，後來自然是不敢往海裡跳，換來一群男孩的恥笑。另有一個重要的配角黑人女孩

莉莉，也是大自然的兒女，對於她的外形是從行為動作中讓讀者去
認識的。

> 她遠眺奔騰的潮水，用腳趾鉗住鬆軟的沙，吸了一口鹹鹹的、
> 還帶著一絲松香的空氣。今年，她十三歲了……她一邊用手
> 指頭頂住手斧，不讓它掉下去，一邊快步穿過灌木林和絆人
> 的樹根。當她來到與大海比鄰卻仍吸取淡水的松樹林時，便
> 將手斧向上一翻，再接住手柄，靠放在肩上。突然，她盯住
> 一棵小松的樹心，然後唰的甩出去。那把手斧穿過芳香的空
> 氣，像隻捲入湍流的螃蟹般打了幾圈，再插進高高的樹幹。
> 她看了看四周，心裡一半是有意賣弄，一半是想要確定沒人
> 看到萬里芬傳教士的孫女這樣玩弄手斧。確定沒人以後，她
> 就輕輕鬆鬆的翻上了樹。（同上，34-35）

莉莉就跟玫・亞曼俐雅一樣，有著健康的身體，而且精力充沛，身
手矯健俐落，會做許多一般女孩子不會做也不敢做的事，就像上帝
的寵兒一樣，在山海間無憂無慮的生活。另外還有兩位鎮上的獨居
老婆婆，在外形的描繪上也顯現出強烈的對比，非常有趣。

> 馬路對面那棟有著陽光窗板的房子，草莓紅門打開了。一個
> 袖珍、脆弱得像小鳥般的女人走了出來。透納猜想大概在南
> 北戰爭的期間，這個女人就已經長到了身高的頂點，此後就
> 一路縮水，一直要縮到整個人消失為止的那一天……透納又
> 回頭瞄了一眼卡柏婆婆和她的大手──就算有一波大浪打過
> 來，她大概也不會發抖吧……老婆婆的聲音聽起來像是颯颯
> 的枯葉。「透納・巴克明斯特三世，你別太在意那個卡柏老太
> 婆說什麼……她那個人是雷聲大雨點小，而我呢，是雲，最

小號的雲。我叫伊莉亞‧賀德，是賀德執事的母親。」（同上，31-32）

小說家等於人物畫的畫家，作者是用心靈作畫筆、用佈局作構圖、用文字作顏料，將人物的形象與情思細緻地描繪出來。在《鯨眼》這部作品裡，處處可見作者對於人物刻劃的細膩與深刻，由文字的構圖裡，我們彷彿看到這兩個截然不同的老婆婆的形象躍然紙上，也看到了主角透納無辜又無助的身影，徘徊在十字街頭的模樣。這也看出作者賦予人物刻劃深具詩性的創造力，符應創造觀型文化的創作思維。

又如《龍翼》裡也有一個可愛的小女孩，透過主角月影的眼來形容洋人房東惠特婁太太和小女孩羅萍的特別處：

> 鬼子小孩長得跟唐人小孩不一樣，他們很像鬼子店裡賣的洋娃娃。這個鬼子女孩跟我想像中的有點兒像，也有點不像。她看起來像她姑媽縮小的尺寸。她的臉頰紅通通的，頭髮顏色非常奇怪，是火紅色的，好像燃燒的火焰一樣。她穿著一件格子裙，膝蓋和腿上全是疤痕……後來漸漸認識這個鬼子女人（惠特婁太太）以後，我才明白，她只是長了一張鬼子的臉，穿著鬼子的衣服，說鬼子的話，其實她具有溫柔的美德和耐心。（勞倫斯‧葉，1995a：127-133）

雖然作者是以主角月影的心眼兒稱呼著洋人為「鬼子」，但是還是有創造觀型文化的印記在裡頭：影射美國小女孩如天使般的可愛、美國女人具有真善美的特質，符合上帝造人的優質性。還有在《六十個父親》裡的天寶第一次見到漢森中尉驚為「河神」後的反應，也反射出了美國人的優越感：

　　驚魂未定之際，河神已經盯住了天寶，一個縱身躍下了河岸，
踏在接駁的船板上。天寶緊張的抓著船篷簾，尖聲一叫，就
往篷子裡跑過去。他順勢拎起小豬，衝向神案前方，整個身
子直打哆嗦。小豬是他僅有的，也是最貴重的東西，他願意
獻給河神。金髮藍眼的河神步上舢板，緩緩逼了過來，天寶
的雙腳抖得越來越厲害。他強迫自己，一吋一吋的往前挪，
把小豬半甩半扔的塞進河神懷裡，然後一步一躬身的退回了
牆邊的神案。天寶一連串怪異的行徑……想不透為什麼要丟
給自己一隻小豬，更不懂打躬作揖是為了什麼。（邁德特・狄
楊，1995：34）

「金髮藍眼的白河神」跟「打躬作揖的小男孩」在外貌形象上的敘
述，透露出創造觀型文化的優越性，還有著強勢者凌駕弱勢者的暗
諷在裡面。

　　以上對於人物的外形描繪，有其共通處，顯示出創造觀型文化
的思維印記：（一）少年主角們的外形幾乎都是健壯活潑、精神煥
發、體力充沛、即使在困難艱險的環境中，仍舊保持完好的形象。
暗喻著有上帝的眷顧，凡事都能逢凶化吉的迎刃而解，完成榮耀上
帝的使命。例如《碎瓷片》裡的樹耳，在護送明師傅的珍貴陶瓷
藝術品去皇宮時的路上，遇到了強盜，他奮力的抵抗，顯示出樹
耳健壯的體格：「樹耳的雙掌佈滿了斧頭和鋤頭磨出來的厚繭，堅
硬無比，他的雙臂也由於沒完沒了的工作而變得強而有力，強盜
絲毫占不到便宜。」（同上，182-183）磨練使得樹耳成長茁壯，
連強盜在前也勇敢迎敵。又如《畫室小助手》裡的主角璜・帕雷
哈被車夫吉普賽人薩米羅帶去馬德里找主人的途中，飽受虐待的
情景：

那時候，天還沒有亮，一隻手把我從沉睡中揪起來。在閃爍的微光中，我看到薩米羅森冷的獰笑。接著，扎實的拳頭不斷落在我身上，還聽見他那粗啞的喘息聲。「竟然敢逃走，你這個不知死活的小黑鬼……害我辛苦了一場，一文錢也拿不到，還要四處找你……你這個畜生，我要把你拴在馬鞍上，一路拖進城去！」他一邊詛咒著，一邊揮動皮鞭，抽得我昏了過去。模糊之中，似乎感覺自己被什麼拽著似的，一路跌跌撞撞的往前奔。身上的血跡已經凝固，衣服黏著傷處，每一拉扯，就是一陣撕裂的痛楚。我整張臉像火焰燒灼過一般，血水遮去了視線，痛苦吞噬了整個知覺。（同上，73）

又如《六十個父親》裡的天寶在戰爭中逃難，身體也承受莫大的折磨：

他順手一拔，連帶的把土一塊塞進嘴裡，齒間沙沙作響的泥，惹得天寶酸水直冒。忙不迭吐了出來，餵給小光（小豬）吃。還好小光吃草，有得吃卻沒法走路。天寶心裡明白，自己快撐不下去了。飢餓幾乎要把他絞碎似的，只有在筋疲力盡昏睡過去的時候，才能暫時拋開那種噬骨的感受。爬到半山腰，天寶眼前突然冒出一大堆的黑點點，四處飄來盪去的。他趕緊放下小光，轉身靠在石頭上，一顆顆鬥大的汗珠從額間冒了出來。天寶用手指扳大眼睛，想驅散這些可怕的黑點。可是黑點卻越來越多，慢慢的膨脹逼近，透著一股陰森的漆黑，比暗夜還來得可怕。（同上，79）

從外形的描繪中，可見主角人物不管受過多大的磨難，堅韌的生命力依然屹立不搖，最後仍能平安的健康成長，其精神與勇氣值得青

少年學習。（二）青少年角色的外形刻劃多偏重於動態的描寫，而其他長者的角色大多偏重靜態的描述。如《納梭河上的女孩》主角玫‧亞曼俐雅和一群哥哥們是在農莊長大的孩子，玫‧亞曼俐雅外表不修邊幅，從沒穿過洋裝的她，動作像男孩子一樣的粗野，一點也沒有淑女樣，對於外形的描繪總是伴隨著許多動作而出現。而《鯨眼》裡的一群鎮上小男孩在海邊跳水的驚險動作，黑人莉莉小女孩耍弄手斧、爬樹盪樹等行為，看出這些山海間健壯如陽光般的少年形象角色很快的呈現在讀者面前。又如《龍翼》裡的小女孩羅萍，一出場是摔在地上，一頭紅髮加上紅通通的臉，還有膝蓋和腿上的疤痕，都流露出她的熱情洋溢、調皮可愛的模樣。以上所舉證例，都是偏重在動態的描寫，以顯現出青少年開朗活躍的形象。至於對於長者的描述多偏重於靜態的描述，如《畫室小助手》裡的侏儒尼諾，是個大男人卻有著小娃兒的身子；《碎瓷片》裡的老遊民鶴人，因為只有一條好的腿，外形像鶴一樣佇立著而得此名字；《納梭河上的女孩》裡的愛莉絲阿姨，總是穿著上好的洋裝，打扮的像個高貴的公主，跟母親的粗衣黑裙形象成強烈對比；又如《鯨眼》裡雷聲大雨點小的卡伯婆婆和輕如一片雲的賀德婆婆，人如形容詞的外形描繪；還有《龍翼》裡的惠特婁太太，有著溫柔慈愛的美德形象，這些長者的外形描繪屬於靜態的居多，以顯示出長者的外貌與風格特色。從以上的這些例證裡，我發現對於人物的外形描寫，作者們都花了許多文字篇幅來記敘，讓書中的人物形象深刻的印在讀者的腦海裡，這是創造觀型文化的作品特色，與東方的兩種世界觀──氣化觀型文化、緣起觀型文化有不同的旨趣。以上的幾本作品，對於形神兼備的人物外形皆有精采的細膩刻劃，想必也是紐伯瑞兒童文學獎得獎的重要因素之一吧！

第三節　理性的語藝：人物的語言

　　小說中的人物常由語言來表達他們的情感思想，從語言表露出人物的性格特質，甚至反映出個人的身分、地位、才智、愚賢……等等。人物的語言常是與行動一起出現的，有時是對話有時是獨白。「對話」在小說裡占了極重要的部份，因為一篇小說如果只是記敘性的描寫人物，連語言也是獨白描述居多，那麼只會讓人覺得好像是作者一個人在自言自語，讀來索然無味。小說精彩的部分就在於人物的對話，在一來一往的對話中，讓故事情節高潮迭起的發展下去，所以小說家在於人物的對話描寫上要符合人物的身分、地位、甚至地方俚語、俗語的運用，都要巧妙配置得宜的寫出來；還有配合故事情節的發展，又要能展現出書中每個人物的個性風格，這是要有相當的功力，也是小說是否吸引讀者的重要條件之一。而「獨白」的部分則是呈現出人物心理特徵居多。從獨白當中可以瞭解人物的情思、性格，可以看出作者賦予這個角色的生命力與獨特性。所以對話與獨白這兩種元素加在一起巧妙運用，就可呈現出極高的「語言藝術」，看到生動靈活的人物如聞其聲、如見其人的迸然而出。

　　語言的藝術（簡稱語藝），在西方創造觀型文化的作品裡，以理性介入的語藝較常見，而東方氣化觀型文化的作品裡，感性介入的語藝較多。西方人受創造觀型文化傳統的影響，認為上帝創造萬物井然有序，要人們依著上帝創造萬物的規律性生活著，所以人類發展出科學、哲學還有許多學問來榮耀、媲美上帝。科學是研究造物主創造萬物的現象，而哲學則是高層次的心理思維，思考宇宙萬物的道理，這當中都是以「理性」來貫穿在其中，甚至普遍在生活中使用著，所以在西方小說中，常見作者理性介入的語藝蘊含在其中。而理性介入的語藝的過程中有「比喻」及「象徵」等技巧在包裹，

強調邏輯思考的結構，凡事有前因後果不斷裂。也因為有理性的參與運作或一體成形，才能展現出人物整體內在心思的理路。從紐伯瑞兒童文學獎的作品中可以普遍發現這樣的例證。

　　以《納梭河上的女孩》為例。主角玫‧亞曼俐雅有一次被她爸爸罵了以後，負氣跑出去躲起來的情節：

> 我最討厭他（爸爸）這樣罵我，所以我就跑走了。我把小船
> 劃向納梭河，劃到了嬰兒島上，躲在那棵老魔法樹裡，直到
> 偉柏來叫我回家。偉柏是除了我之外，唯一也曉得有這棵魔
> 法樹的人，這棵樹中間蛀空了，藏一個像我這樣大小的孩子
> 正好。我告訴偉柏我死了以後想要埋在這棵魔法樹裡，他說
> 好，玫，可是你反正也不太可能現在就死。你才十二歲，人
> 要老了才會死，你不曉得嗎？我說我曉得，只是先計畫……
> 我今天就滿十二歲了，卻花那麼多時間躲在這棵樹裡。（珍妮
> 芙‧賀牡，2002：16）

玫‧亞曼俐雅在被父親罵了以後，躲在嬰兒島上的魔法樹裡，並計畫死後就埋在樹洞裡，哥哥偉柏提醒她：人要老了才會死，你現在才十二歲是不會死的。這是一般人的想法，連小孩子都認為人老了才會死，可是主角玫‧亞曼俐雅就是與眾不同，小小年紀就先計畫死後的事情，這是作者賦予主角理性的思維，在人物對話中，有較強的理性介入，這是屬於理性的語藝特徵。

　　又如《鯨眼》裡透納和一群男孩到海邊跳水的情節。男孩們都一一跳進海裡了，只剩下透納一人：

> 透納恨死了他們的勇敢。他回憶起以前還是小孩的時候，在
> 黃土飛揚、夏草如茵的棒球場上，他踏上了打擊位置，低低

的揮著棒子，手掌黏滿松脂。他把一隻腳大步往後移，故意忽略右外野線過去那大得足以容下八輪大車的水溝。可是，現在他是站在離洶湧的大海約四十尺高的地方，等待著大浪打過來再往下跳，以免自己被分屍，還要禱告別在跳之前就開始嘔吐。「你到底跳不跳？」「嘿！巴克牧師，你跳還是不跳？」……透納仍然站在崖頂，微曲著膝蓋，緊縮著腳趾……嘩啦啦的笑聲從懸崖下的岩石堆開始往上飄……兩腳還在抖，他就翻過了礁岩，往鎮上走回去。（蓋瑞‧施密特，2006：24-27）

透納非常清楚明白跳水的每個細節動作，而且根據他以前打棒球的經驗，即使有大水溝在身後也不怕，雖然都具備了這些先備條件，但是面對洶湧無情的懸崖、大浪，他的理性告訴他不能跳，他對眼前的一切這麼沒有把握，跳下去是會粉身碎骨的。透納雖然很想以跳海來證明自己的勇敢，但是謹慎小心的他情願被取笑，也不要作愚蠢無謂的犧牲來證明自己。這就是理性的語藝。作者會讓主角有理性的思想介入，以阻止他做錯誤的事，導正自己的處世方法後，繼續人生的旅程。

　　理性的語藝以蘊涵邏輯性的象徵和比喻等手法呈現，這可以從《畫室小助手》裡找出例子來印證。主角璜‧帕雷哈的第一任女主人教他識字寫字的本領，隱含著奴隸主人役使奴隸的心態，並不是真的為他好，而是想利用他為主人做事罷了。

　　我這輩子最感激她的就是教我識字。我後來才知道，她也沒念過幾天書，認得的字並不多，每回看起書來，吃力得很。如果想寫封信給葡萄牙的娘家或是馬德里的畫家姪子，就得掏空心思，耗上好幾天才行。她雖然書念得不多，倒還有幾

> 分自信……「我準備教你認字，只要專心、多練習，一定能
> 學得好。以後就可以幫我寫信，說不定將來還能看管倉庫呢！
> 你每天就利用我睡午覺的時候，好好的練習寫字。」那年，
> 我才九歲……我進步得很快，字也愈寫愈漂亮。夫人偶爾會
> 說些酸溜溜的話，顯得心裡有些矛盾，不過，幸好她的情緒
> 很快就平復了。（伊麗莎白・博爾頓・德・特雷維諾，1995：
> 29-34）

一個奴隸能夠學寫字是多麼的不容易，但卻是女主人有意的訓練，
以利於代替她寫信，可以消除她寫信的痛苦，只要役使奴隸寫就可
以了。這不是仁慈的象徵，而是隱喻著奴役的心態使然。聰明的璜・
帕雷哈瞭解女主人的心思，不敢喜形於色，以免又遭勞役。這種人
物之間的互動，所隱含的語藝即是理性的語藝表現。再舉《碎瓷片》
的例子來印證。

　　《碎瓷片》裡有一段情節是寫樹耳要幫明師傅送陶藝作品進皇
宮，但是他最掛心的是鶴人無人照顧他的三餐，而明伯母也看出了
這點，想要幫助鶴人，又怕傷了他的自尊，於是希望鶴人能代替樹
耳的工作，以提供他一餐飯食，但卻被鶴人婉拒了。

> 「您真的是太客氣了。」鶴人說。樹耳吃驚的抬起頭來，他
> 聽得出這是一種禮貌性的婉拒，鶴人在打什麼主意……樹耳
> 目送著鶴人消失在路的轉角處，然後轉身看著明伯母，眼中
> 充滿了疑惑。「為了自尊，樹耳。」她說：「他不想別人因憐
> 憫而供養他。」樹耳提起腳踢走一顆小石頭，為什麼驕傲和
> 愚昧總是緊密的相連……鶴人微笑著說，仍舊樂不可支，「如
> 果這件事對你這麼重要，我會每天到明師傅家去，這樣子你
> 滿意了嗎？」樹耳勉為其難的表示同意，這件事情算是解決

了，他知道鶴人一定會言而有信的。就這樣，樹耳的一番話
得到了他想要的結果——雖然跟他預期的不盡相同（琳達·
蘇·帕克，2003：151-155）

非常有情有義的一段對白。樹耳氣憤的想著：為什麼驕傲和愚昧總
是緊密的相連？於是他用激將法的說辭，說不是為了鶴人而是為了
明伯母好，希望鶴人能夠幫她，別讓他操心，實際上是樹耳操心著
鶴人無人供養。長期與樹耳生活在一起的鶴人，當然最瞭解他的心
思，雖然樹耳講得很氣憤，他卻聽出他的絃外之音，欣慰之餘答應
他可以常去幫明師母，好讓樹耳別再牽掛他。從人物的對話中，讓
讀者感受到他們之間隱藏的深厚情感，這種隱喻的的手法即是理性
的語藝象徵。

　　《龍翼》裡也有這樣的例子。「龍」在中國是神獸，代表富貴吉
祥，我們中國人自喻為「龍的傳人」，是希望有如龍一般的至尊至貴、
傲視群倫。可是在外國人的眼裡，龍卻是惡獸、惡魔的象徵，如何
調和其中的歧見，藉著人物的語言道出其中意涵：

　　那是一個高高的方形窗戶。框是鉛做的，裡面是小片彩色玻
璃組成的花和藤蔓，中間有一隻巨大的綠色動物，嘴裡噴著
火焰，咬著穿著盔甲的鬼子丟過去的矛……我指著那隻綠色
的動物問：「那是什麼？」「龍……你知道嗎？牠很壞，會噴
火，還會吃人，並且把整個城市摧毀……」我驚恐的看著父
親，因為這些鬼子把龍的故事整個顛倒過來了。父親卻替我
回答說：「很有趣，我們也有龍。」（勞倫斯·葉，1995a：129-130）

或許真正的龍就介於美國和中國的傳說之間，牠不全然是好
的，也不全然是壞的。而是完全與自然調和，所以就像大自

然一樣，牠有時仁慈，有時可怕。你如果喜歡牠的話，就應該接受牠。（同上，159）

「龍」的意象有好有壞，中國與西方國家的理解不同，在此書裡牠象徵著天地之間正、邪並存，隱喻著人就像龍一樣，有好有壞、亦正亦邪，我們必須學著去接受他；也比喻龍就像大自然一樣，有時仁慈（風調雨順）、有時可怕（天災巨變），就看人如何居其中，去學習著與大自然融合。這其中富含哲理的對話，饒有旨意。由此例證可以看出事件的前因後果不斷裂，顯現出合理的邏輯思維，這是屬於創造觀型文化的語言藝術。

《龍翼》裡的另一個例子：主角月影住在白人社區，常受白人小孩的欺侮，在月影的心裡造成很大的陰影與恐懼，可是他外表卻裝得很鎮定，不畏惡勢力的樣子，就是不要讓白人小孩覺得自己很害怕軟弱、不堪一擊。不過這樣的情勢最後還是靠他自己去扭轉。

羅萍站在階梯上，聽到屋外傳來鬼子男孩尖叫的聲音，突然眼睛一亮，好像完全明白了……「是啊！每個人都有弱點，就拿傑克來說吧……他是我們學校最高大的學生，可是，他妹妹梅西偷偷告訴我，傑克死也不讓人知道他怕人家打他的鼻子，因為他害怕看到血──尤其是自己的。」她端詳我好一陣子……「你是大笨蛋。」「你說我是大笨蛋？」「每個人都知道這件事。」傑克大叫一聲，開始攻擊我，他的同伴在後面興奮的大叫……我一拳打在他臉上，他撲通一聲跌坐到地上，血從鼻孔裡流出來……他把手伸出來，我抓住，把他拉起。我突然瞭解，這些鬼子小孩就像家鄉的小孩一樣，你只要打敗最大最頑強的頭頭，其他人就會接納你。（同上，170-174）

羅萍知道月影的心事（恐懼的心情），於是她不動聲色的從聊天當中，告訴月影那個白人傑克男孩最大的弱點，就是害怕看見自己流的血。月影馬上意識到了該怎麼做，才能徹底擺脫他的恐懼，於是勇敢的面對一群惡勢力，當他打敗傑克後，馬上領悟到：他可以運用自己的拳頭、腦袋和雙腳解決一些問題了，也就在這一刻他更成長了。在打架過程中，他們兩人並不是扭成一團，更不是互相謾罵，而是很乾脆俐落的一拳定江山，這種描寫方式不像一般孩子的打架，倒像大人決鬥式的描述方式——很紳士的作風（月影把傑克拉起來，而傑克竟然稱讚他好個中國小孩！），這就是典型的西方創造觀型文化的敘事方式，條理分明、井然有序，還要呈現出他們的紳士風範，具有獨特寫作風格。

綜上所述，歸納出屬於創造觀型文化思維下刻劃的人物語言，他們共同的特徵是：（一）人物的語言是經過理性介入的藝術表現。由以上的例證可以看出創造觀型文化底下的人物，在處世方法及思想上，是很冷靜理性的，有條不紊、講究層次分明，讓每個人物都很合理合性的存在，不會模糊不清的只是隨著情節發展而帶出角色而已。（二）因為理性介入的語藝，富含邏輯思維在裡面，注重前因後果不斷裂的思路，如以上的例子可以印證。不過有時也會以反邏輯為理性的另一種思考模式來呈現寫作的技巧，如《六十個父親》裡天寶在山裡逃命的時候，躲避子彈的那一幕：

> 軍醫咕噥了幾句，把天寶翻個身。他才一翻過來，軍醫的眉頭鎖得更深了，他一邊指著瘀傷，一邊不停的向大夥交代些什麼，還有人發出短促的笑聲。天寶側頭望向翻譯員，露出詢問的眼神。「醫生是說，你怎麼會弄成這樣！難不成是從山上跳下來的？」天寶也笑了。「這是漢森中尉飛機中彈的那

天，我趴在崖頂，日本人向我開了幾槍。為了逃命，我必須跑得比子彈還快，於是就這麼滾了下來。」中國人並沒有把天寶的話譯出來，因為軍醫正忙著和大夥說話。(邁德特・狄楊，1995：200-201)

我們都知道子彈的速度比人快，通常我們會說「躲子彈」，而不會認為跑得比子彈還要快，這是西方人的幽默方式，也是反邏輯的思維手法，襯托出天寶小男孩的天真想法，不顧一切的保住性命，也由此反映出少年主角的求生意志力，足以讓青少年讀者效法。(三)人物的語言藉著象徵、隱喻的方式呈現出來，不但可以看出人物的獨特性，也藉由語藝推動情節的發展，使故事主題更有張力，更吸引讀者。在紐伯瑞兒童文學獎的作品裡，人物的語言呈現方式跟東方的氣化觀型文化的敘事方式不同，由此可見理性的語藝常見於創造觀型文化的作品裡。

第四節　率性表露：人物的動作

在本章的第一、二、三節裡討論了人物生理形象的刻劃，包括人物的出場、外形和語言等，這些面向的演示幾乎是伴隨著人物的動作而呈現出來的，如果沒有人物的動作表現，那就稱不上是「小說」了。小說人物要鮮明而典型的塑造出來，端靠作者平常在日常生活中，如何細心的貼近人群的生活，將人物的生理心理都研究透徹，活靈活現的把各階層的人物描摹出來，就像生活在我們周遭的人物一般；尤其是青少年的身心狀態更要準確的掌握，否則容易跟成人小說混淆，而失去少年小說的獨特性。

　　張清榮在《少年小說研究》裡對於小說人物動作的刻劃清楚明白的揭示：小說人物的「動作刻劃」應伴隨「言語刻劃」來進行，有「言語」而無「動作」，則小說人物僅似「機器人」說話，絕對無法予人栩栩如生之感。僅有「動作刻劃」而無「言語」來顯現其心情變化，則小說人物有如「傀儡」、「戲偶」被操控，或甚至觀看一場無聲電影……「動作刻劃」的要求是「生動」，倘若有適切的摹寫技巧，則人物的一舉手、一投足、一顰一笑、一揚眉一蹙額都各具神態……為使動作的刻劃能夠生動，應該注意到「和言語互為闡釋」、「不著一字，盡得風流」、「鉅細靡遺的描寫」、「少用副詞描寫」、「多用形容詞」、「使用比喻技巧」等原則，以幫助小說中的人物具有「元氣」，在小說中各具聲容笑貌。（張清榮，2002：142-143）能夠具備以上的條件，相信讀者對小說人物的印象一定深刻難忘。

　　受創造觀型文化傳統的思想影響，西方人認為每個人都是獨立的個體，這種獨立性表現在身心言行中，也因為深信人是根據上帝的形象所造，所以在動作姿態上，要符合上帝所造完美的形象；尤其是少年小說中的主角，要符合少年應有的特質展現，不忸怩作態率性的表現出來，最終都要朝著真善美的理想境界去實踐，也才有機會得到小說獎的榮耀。從紐伯瑞兒童文學獎的作品中，可以發現許多的例證。

　　以《納梭河上的女孩》為例，裡面的人物甚至動物，都有非常多有趣、率真的動作，來呈現這部小說的真實感。

> 亞文和昳文在搖槳，偉柏在清他的槍。我這些哥哥永遠都在清槍，你會以為我們就在戰場上……偉柏給了我他的槍，我看著那長長的槍管。我也要學射擊，我說……偉柏把槍放在我手臂上，教我怎麼持槍，這槍好大，重得跟波西差不多……

> 我扣了扳機，槍聲就爆發出去……一個看起來很野蠻的人騎
> 著一匹毛亂七八糟的老馬過來，馬跟那人看起來很像，兩個
> 都很邋遢。那人舉著一把來福槍，拳頭對著我們猛揮……你
> 們這些鬼，在我把你們屁股打爛前快給我滾開！他衝著我們
> 大吼而來……我們跳上小船，快速的划走。（同上，40-48）

玫‧亞曼俐雅和哥哥們生活在農莊裡，所有哥哥會做的事她都想學
習嘗試，可是常常出狀況，讓人不禁莞爾。她的調皮惡作劇更顯示
出她的活潑好動，無一刻安靜：

> 豬圈裡小豬吰吰叫，他們以為是餵東西的時間到了。也許我
> 可以來耍一下卡妻（表哥）。卡妻往後舉起大木槌，等他開始
> 往下敲時，我讓板子掉下去，卡妻的槌子打在空氣中，那個
> 作用力把他甩進了豬圈裡，跌了個狗吃屎。這把戲耍得這樣
> 成功我實在很樂，可是他馬上翻身爬起來抓住我的頭髮，像
> 抖麵粉袋那樣抖我。你故意的，他說……他把我抓起來丟進
> 豬圈裡，也摔了個狗吃屎。我翻身起來時麥諦（大哥）剛好
> 回來……你看起來像裡面的小豬，玫‧亞曼俐雅。我抹掉臉
> 上的泥巴。（同上，86-88）

從這些惡作劇的動作以及哥哥麥諦拿水桶往她頭上倒的動作看來，
玫‧亞曼俐雅真的像個野丫頭，連哥哥們都不把她當淑女看待。還
有她常常闖禍讓父母親非常的傷腦筋，對她又氣又愛的矛盾情緒溢
於言表，這從動作的描繪中可以看出：

> 我踩進夾子時大叫了一聲，大概連愛絲托里亞的人都聽得
> 到，所有的奇努克人當然聽得更清楚了，就跑過來，看到我
> 坐在地上哭，想把腳從夾子扯出來……一個印地安人，就是

> 帶著項鍊在哭的那一個，要眇賽讓開，他打開了夾子，我自
> 由了……那感覺真是奇蹟，我再也不要吃卡婁用這可惡的夾
> 子逮到的任何東西了……媽媽跟爸爸還有眇文亞文麥諦偉柏
> 偉德都跑向納梭河邊，當他們看到是這麼一個大印地安人抱
> 著我上來時，眼球都快掉出來了……非常謝謝你，爸爸說，
> 照顧我這女兒，她實在很會惹禍，可是她是我們唯一的玫。
> 爸爸幫我撥開了臉上的頭髮。（同上，73-75）

這段敘述裡，描述了她淘氣可愛的一面，還有告訴讀者主角深具愛
心，當她被夾子夾到腳時，立刻聯想到其他動物被夾到的痛苦，當
下就決定以後再也不吃被陷阱抓到的動物了。這種自省能力及同理
心值得學習。除了惹麻煩外，當然也要呈現主角勇敢有智慧的一面。
玫・亞曼俐雅看到大家正在抓殺人通緝犯，覺得她也要參加壯丁們
的行列，結果遭到最要好的偉柏哥哥的拒絕和警告，於是她決定一
個人前往山上去逮捕壞人；到了山上沒碰到壞人，倒是看到兩隻可
愛的小幼熊，天真的孩子個性，馬上忘記危險跟小熊玩起來了：

> 突然我聽到好大的一聲吼聲，不是小熊發出來的，我慢慢轉
> 身，又聽到一聲怒吼。那是熊媽媽，哇，牠還真生氣呢……
> 牠專心的盯著我玫・亞曼俐雅・嵇克森。牠對著我衝過來，
> 我？因為太害怕了不小心就把偉柏的槍掉了，然後用最快的速
> 度爬上一棵樹……現在我卡在樹上不敢下去，因為熊媽媽跟小
> 熊就睡在樹底下，我猜牠在等我下去好把我吃掉……我一定是
> 在那棵大樹上睡著了，因為我醒來時差點從樹枝上掉下去……
> 玫・亞曼俐雅・嵇克森你現在就給我從樹上滾下來……爸爸
> 吼我，你在想什麼，你的餿主意差點把我們嚇死。我真想送
> 你去我們的淑女學校，免得你體無完膚！（同上，175-178）

雖然玫‧亞曼俐雅憑著一股正義感想要抓到逃犯，很勇敢直率的表現，可是天真的想法和作法，卻差點讓自己送命。作者藉由事件的發展，告訴小讀者不是光靠勇氣就可以達到目的，凡事必須要深思熟慮才行，像主角這樣莽撞的行為，不但無法解決問題，反而製造更多的問題讓人煩惱，讓所有的人更擔心，這些細微的道理是要讓讀者去體悟的。還好她懂得爬樹來逃命，顯示出她的生活智慧，在緊急狀況下還能保住性命，但免不了要得到一頓教訓。

　　再以《鯨眼》為例。主角透納一家人剛搬到菲普思堡的第一天，就在眾人面前與當地的一群男孩打棒球，原本在波士頓打棒球對他來說是最拿手的，可是他在這裡卻吃了敗仗，這樣的挫敗感，讓他一開始就有想逃離這個小鎮的念頭。至於打棒球這個情節，作者用了很細膩的文字敘述出打棒球的畫面，甚是精采：

> 他踏向花崗岩片，慢慢揮了幾下棒子，再伸直左腿，弓起右腿——根據經驗，這個動作通常會讓投手傻眼；不過，對眼前這位似乎不太管用。這名投手也是賀德家的人，全名叫作威利斯‧賀德。他一邊拋球、接球，一邊露出那種只有對一隻快被砍掉脖子的雞才會有的笑容。這是透納第二次萌生逃到化外之地去的念頭。他後退一步，又慢慢的揮了幾下棒子，揣摩著好球帶的位置……球先掉在本壘板，再反彈到他膝蓋，然後啪的掉下去，滾到他腳邊。「三振！」賀德執事狂吼……接下來的整場比賽都沒有人被三振——除了透納之外。（蓋瑞‧施密特，2006：14-18）

此段不但描寫了打棒球的過程，也把透納的心理狀態描述的很妥貼，讓讀者如臨現場般的真實。透納自尊心很強，不願接受他不想要的建議，他武裝起自己的心去面對眼前的人事物，反映出許多現

實生活裡的少年行為特徵——叛逆的個性。這就是率性的表露。另外黑人小女孩莉莉也有許多活潑率真的動作描述，與透納的武裝個性成對比，透納受到了她誠摯、天真的性情影響，漸漸融化了悲傷禁錮的心情：

> 他把手套丟給莉莉。她接住了，並緊抓著它，就好像抓住一個從天而降的美夢。她把球丟回給他，然後慢慢的，彷彿進行儀式般的，套上了手套……「丟球給我！」她說。他照做。「用力一點！」她又丟回來。「再用力一點！」她喊。起初她用手掌接球，很快她就抓到了竅門，學會用拇指和食指之間的部位接球，然後笑呵呵的轉個圈，再丟回給透納。「你知道嗎？」她說：「我從來沒用過手套接球。」透納看著她的胳臂和手流暢的動作，看著她修長的手指頭先將球旋轉了再投出，看著她如陽光般明媚的雙眼，忽然覺得也許不必再逃到化外之地去了。（同上，100）

透納在鎮上得不到友誼，難過的幾度想要逃到化外之地，卻因為被莉莉的真性情感動，而覺得不必逃走，有了留下來的念頭。接下來的情節發展更看出莉莉的率性不造作：

> 他們一起涉水而過，爬進了漂浮的小船。莉莉輕鬆自如的操著槳，先將船掉了個頭，才開始划行，將船頭和透納送向馬拉加島……「你這個人說話還真直接！你知道嗎？」「我爺爺也這麼說。我很直接！」「他還說了些什麼？」「他說我是上帝創造的大地上，他所見過最榮耀的生命。你爹地？他怎麼說你？」透納不必回答，因為小船這時正好抵達了岬角……她穩住身子，從船頭跳出去，激起了許多水花；又轉過身來

> 抓住小船，將它往岸上拖，透納也在後面幫忙推。然後，她
> 挺起身來，兩手插腰，露出了微笑……他想，她爺爺說的沒
> 錯。（同上，102-105）

雖然是受白人排擠的黑人小女孩，但是她爺爺給了她非常正向、積
極樂觀的想法：讓莉莉覺得自己在上帝面前是最榮耀的生命。因為
心中有著上帝的愛，所以她對透納釋出了她最真誠的友誼，讓透納
非常感動，慢慢的開啟緊閉的心扉，在馬拉加島上盡情的釋放出自
己的真性情。在以下的描述裡可以看出：

> 突然間，松林裡響起一陣海鷗般的叫聲，一聲比一聲響，緊
> 接著，四個、五個或六個，算不準到底多少個小孩，揮著胳
> 膊來來回回、前前後後的狂奔出來，然後又叫又笑的側躺下
> 來，踢得水花四濺，直到他們筋疲力盡的倒下來為止……其
> 中兩個小孩抓住透納的手。「跟我們一起飛！」他們拖他起來
> 跟著跑，他也莫名奇妙的跟著揮起胳臂在海灘上奔跑，莉莉
> 也是。他們夾雜在一窩孩子當中，喊呀喊，跑呀跑的，濺起
> 浪花，跳上岩石，在松林間追逐；跑累了、喊累了，一個個
> 倒在岬角上……透納忍不住想，這跟在波士頓公園打棒球一
> 樣快樂，甚至更好！（同上，110-111）

一群上帝的兒女，如天使般的在馬拉加島上過著快樂愜意的生活，
如在神的國度——天堂一樣；對照菲普思堡上的白人——醜陋貪婪
的心、虛偽造作的生活有著強烈的對比。從孩子們的赤子之心的行
為表露中，顯示出創造觀型文化的理想國度觀。

再以《畫室小助手》為例。主角璜‧帕雷哈和畫家主人狄耶格之
間的主僕關係，因為璜‧帕雷哈的真誠侍奉主人，無偽的付出，讓主

人非常的感動，以後漸漸視他為好朋友，產生珍貴的友誼。以下一段
情節是璜・帕雷哈在主人手受傷時，是如何無微不至的照顧主人：

> 主人勉強撐起身子，腳步蹣跚的橫過艙房，想找件乾淨的衣
> 裳。船身突然一陣搖晃，只見他一個踉蹌摔了下去，右手劃
> 出一道好深的血痕。我竭盡全力的照顧他，幫他擦洗更衣，
> 再將處理乾淨的傷口塗上藥物，仔細的包紮起來。幾天之後，
> 整隻手竟然腫了起來。主人成天蜷縮在床上，臉上的肌肉隨
> 著椎心的刺痛，一次又一次的抽搐……我小心翼翼的伺候，
> 心裡又是憐惜又是焦急……對我來說，主人的那隻手要比整
> 個熱那亞來得重要、珍貴。住進一家舒適的旅店後，我立刻
> 開始張羅要用的東西，日夜不停的為主人換藥、熱敷……連
> 日來的辛勞總算有了代價，主人腫脹的手慢慢的消了。（伊麗
> 莎白・博爾頓・德・特雷維諾，1995：200-202）

身為一個奴僕能夠這麼細心體貼的照顧主人，除了是職責外，更是
善良的璜・帕雷哈的真心流露，不是為了求回報，而是他知道主人
的手是要用來畫畫的，如同生命一樣的珍貴，無論如何都要醫好，
讓主人可以繼續畫畫，也就是璜・帕雷哈的善解人意及無為的奉獻，
讓主人更疼惜感謝他，決定要報答他的恩情。

> 「璜尼可，這隻手是你救回來的。」一天早晨，主人倚著床頭，
> 驚訝的瞧著那隻已經復原的手掌，「你可以提出任何要求，我
> 全部都答應你。」我認真思考了一會兒，想了很多事。我這些
> 日子所做的一切，全都是出自真誠的關懷與奉獻。若是要求回
> 報，豈不枉費了一番美意。何不將這份請求留待以後。「或許
> 有一天我會請求您的幫助，可是現在我什麼都不要，只要您好

> 起來，做什麼我都願意。感謝上帝的慈悲，讓您的手還能畫上
> 千百幅偉大的作品！」主人沉默不語，從他誠懇的眼神，我知
> 道這份諾言已經深深埋進他的心田。（同上，202-203）

因為瓊・帕雷哈的率真表露，讓他的主人更看重他，後來還讓他獲
得自由身，以報答他的真心奉獻。這是創造觀型文化的典型人物，
主角的塑造是善良、真誠、擁有一顆高貴純潔的心去對待身邊的人、
事、物，也就是追尋上帝的腳步，達到真善美的境界，最後就能擁
有美滿的人生。

《六十個父親》裡也有這樣的例子。天寶在山上的逃難過程中，
遇到了之前認識的漢森中尉，因為他被日本人打傷，躲進山洞裡，
命運的安排讓天寶在這個山洞裡與漢森中尉重逢了：

> 就在天寶被拖進岩縫的那一剎那，他瞧見一張髒兮兮的白臉
> 和一頭燒焦的金髮。這不就是飛行員嗎？「我的飛行員……
> 我的河神！」天寶在心中喊著。白人並沒有認出天寶，他一
> 手緊勒住天寶的喉頭，一手用勁搗住天寶的嘴……白人訝異
> 的看著小豬，再看看手中勒住的男孩，他趕緊鬆開雙手……
> 天寶當然明白，自己現在不但髒得不成樣，而且餓得瘦了一
> 圈，全身上下還敷滿了泥巴，他當然認不出來……串串的淚
> 水竟已奪眶而出。這是喜悅的淚水，慶幸自己終於有了依
> 靠……白人懂得。那是一種驚嚇過後的反應，化險為夷之後
> 的情緒宣洩。（邁德特・狄楊，1995：107-111）

這是「患難見真情」的最佳寫照。在戰火中又重逢的兩人，雖然言
語不通，但是靠著肢體語言及一顆真摯的心，就能彼此瞭解心意而
惺惺相惜，成為忘年之交。

這種真情的流露，也是率性的表徵，是上帝賜予人類非常可貴的至善至美的心。又如《龍翼》裡的黑狗，因為染上了鴉片，心智已無法自主了，沒錢買鴉片時只好偷搶別人的財物：

> 有一天，我送完貨，做完店裡的事，回家一開門，就發現黑狗在翻箱倒櫃，把屋裡弄得一團糟。他一看到我，就坐到椅子上……我聳聳肩，突然間終於明白了，「你嫉妒我對不對？你嫉妒我們的生活有所寄託了，對不對？」黑狗從靴子裡抽出一把刀……他慢慢向我逼近，手中刀光閃閃。我轉身向門外飛奔，他緊追過來……可恨的是，我的腳竟然被樹根絆到，整個人栽進草叢裡。我正要爬起來，黑狗的靴子已經踏在我腰際了。他一使勁，我整個人根本無法動彈。他蹲下來，用膝頂住我的肚臍……「來吧！要殺要割隨你。」「別嚷的太早，我看第一刀下去，你就不會說大話了。」（勞倫斯・葉，1995a：245-248）

月影為了捍衛父親的理想，勇敢抵抗黑狗，寧願被殺也不要交出錢財，率性的說：「要殺要割隨你」生死置之於度外，有英雄的氣魄！也是智勇愛的展現。「率性而為」就是創造觀型文化的人物特色之一。

　　由以上紐伯瑞兒童文學獎的作品所舉出的例子，歸納出屬於創造觀型文化思想裡的「人物動作」，其共同的特徵是：（一）少年主角率性而為的動作表露在日常生活中，並且前後一致連貫，讓讀者有同體歸屬感。（二）少年主角勇於衝撞、充滿自信。（三）從作品裡的各種人物的動作看來，幾乎是乾脆俐落、不忸怩作態，顯露出創造觀型文化傳統的思維特色。其他如《龍翼》、《六十個父親》、《碎瓷片》等三部代表作品，雖然是描述東方國家的故事，但因為作者都是美國作家，從作品裡的人物刻劃中，還是可以看出創造觀型文化的印記。

第五節　其他

　　以上四節討論了少年小說中的生理形象的刻劃，為了論述方便，所以各別分開討論。此外除了上述的四個面向外，還有其他如服飾、妝扮、姿態、表情等面向。姿態、表情雖是動態的肢體語言，但也是心理狀態的情緒反應，這留待第六章的第一節人物的情緒中一併處理，在此僅以服飾、妝扮作最後的補述討論。

　　服飾、妝扮可以看出人物的時代背景、身分、地位、喜好和個性。周慶華在《身體權力學》裡提到：服飾還有刻意表現來跟體格或姿態構成一個「相襯」或「互補」的關係。服飾的存在是以美及其相關的權力慾求為基本考量的，它在體健貌美的人身上可以使身體增價，而在體弱貌遜的人身上也可以使身體得著「彌補」的機會。這在西方還有所謂的神譴說會讓這種後天的「修補」工夫排上重新神聖化的行程：「當上帝用亞當的肋骨創造了女人，祂賦予女人不朽的面貌。但因魔鬼的誘惑，她嚐了禁果以後，就失去了這份美麗；對女人來說這是一種恥辱。現今的婦女也無能為力，只因夏娃鑄下的大錯，而失去絕大部分的美。例如一個白裡透紅的青春美少女一旦嫁為人婦，美顏就一去不返。」〔多明妮克・帕奎特（Dominique Paquet），1999：29引拉惠艾勒說；周慶華，2005：72-75〕這一去不返的美顏，就要靠美麗的服飾來挽救了。在小說裡從許多小細節中可以看出創造觀型文化的影響是在人、事、物中顯現出來，並不侷限於某一點，以服飾、妝扮來說，就可以從紐伯瑞兒童文學獎的代表作品中舉一些例子來印證。

　　以《納梭河上的女孩》為例，在本章第二節人物的外形裡提過玫・亞曼俐雅的阿姨非常時髦漂亮，頭髮又金又亮，還用緞帶綁成了「很新潮的短鬈髮」。西方人（男女都有）的頭髮除了天生的鬈髮

以外，有「鬈髮」的髮型設計，是屬於西方國家女子妝扮的特色之一。東方女子自古以來少有這樣的妝扮，不是綁辮子就是把頭髮挽起來，受了西方文化的衝擊影響，近代才引進這樣的技術，讓女人更美麗。這也可以創造觀型文化的創造觀來分析：上帝賦予女人美麗的容貌，可是卻隨著時間的流逝而美貌不再，於是創造發明了一些器具和技術來增加外在的美麗，這和東方女子在頭髮上插髮簪或髮飾有異曲同工之妙！

又以《畫室小助手》為例，璜‧帕雷哈的母親和他都以頭巾來包住頭髮，雖然頭巾的顏色很鮮豔亮麗（顯示主人的身分、財力），但是那是主人用來區分主僕之間的物品。

> 儘管我已累積了多年的經驗，仍然無法描繪出母親那副柔美的模樣……她一身樸素的棕褐衣裳、金色與粉色交錯的頭巾、閃閃發光的金色耳環……母親去世之後，夫人就把我帶在身邊，成為她專屬的侍僮。上等絲料的制服藍得發亮，再加上銀橘色的頭巾，使我整個人顯得很有精神。（伊麗莎白‧博爾頓‧德‧特雷維諾，1995：27）

主人都給了母子倆亮麗的頭巾，除了顯示主人的身分地位外，還有提醒他們是「奴隸」的身分。當時許多奴隸主認為：奴隸是帶著原罪出身的賤民，不能在服飾上作文章想要媲美主人，奴隸應有做不完的事，不准花時間在自己身上妝扮。就像是女主人教璜‧帕雷哈學寫字這件事一樣，還是支配者的權力欲望使然，奴隸主高傲的心態反應。但並非每個奴隸主都是這樣的心態，璜‧帕雷哈後來的畫家主人狄耶格是個仁慈的好主人，他就沒有讓璜‧帕雷哈戴頭巾，顯示主人並沒有要奴役人的心態，從以下的一小段敘述可見。

> 到這兒已經有一個星期了，日子過得很不錯，還領到了新衣
> 服。主人的個性嚴謹樸實，不喜歡太花俏的東西，買給我的
> 衣裳也很保守──黑褐色的夾克和及膝的羊毛褲。總算不用
> 再穿那些鮮艷的絲袍和頭巾，成天像耍猴戲似的。（同上，77）

從妝飾配件的小細節中，發現狄耶格這個主人對奴隸是很平等的，
沒有支配者高高在上的心態。這也是作者刻意在前後兩任的主人翁
身上賦於不同的個性作風，以反映出當時的時代背景（奴隸制度）
下，奴隸主種種不同的面貌。再以《鯨眼》為例。菲普思堡這個小
鎮上，有一群人他們穿著高貴的禮服、帶著高帽子、穿著昂貴的鞋
子，顯示出是地方上有頭有臉的尊貴紳士。

> 那群人穿了一身的黑禮服，頭上戴著怕被海風吹走而緊緊抓
> 著的高帽，腳上則是一雙雙擦得晶亮、恐怕從來沒真的踩過
> 花崗岩的皮鞋。明明有一群人站在那裡，看上去卻像是從同
> 一個模子刻出來的：前肥後凸，外加一身葬禮的衣著。只有
> 一個人除外。那是一個襯衫白得刺眼的男孩。為什麼那個男
> 孩要在塵世間穿著如此慘白的衣服？其中一件禮服伸手指了
> 指，然後另一個也跟著指了指。莉莉馬上知道他們在看什麼
> 地方了。（蓋瑞‧施密特，2006：37）

「黑禮服、高帽子、亮皮鞋」這是創始於西方社會屬於男人的服飾，
而且是表示身分地位的穿著。可是看在小女孩莉莉的眼裡，卻像是
葬禮的衣著，因為她知道這些人是可怕的偽善之人，會迫害他們馬
拉加島的人，所以用「其中一件禮服伸手指了指」來暗諷這些偽君
子。而那個穿著慘白襯衫的男孩就是透納。透納是牧師的兒子，他
在這個島上，從一開始就被居民用放大鏡監視著他的一舉一動，所

以他的服飾必須是「像個牧師的兒子」的穿著，來凸顯他與一般孩子的不同。

> 下午的天氣簡直熱斃了，何況他的襯衫上還有一大堆夠讓兩、三個法老王變成木乃伊的漿，讓他幾乎無法呼吸……他的身上穿著白襯衫，他感覺穿在身上的漿越來越硬，汗水在搆不著的地方越聚越多。（同上，43-44）

> 他規規矩矩的穿著另一件白得嚇人的襯衫……他走路的樣子，就好像是上帝的選民，就算是卡柏婆婆存心找碴，也沒那麼容易。透納恨透了自己必須當個牧師的兒子。他恨不得扯開衣領、跑跑跳跳或大吼大叫！可是他不能！我不是我自己的，他想，我的身體和心靈都受制於菲普思堡每一個會向我父親告狀的教徒，而這些隨時想告狀的教徒多得要命。（同上，76-77）

在此「白襯衫」代表著透納的身分──牧師的兒子。他必須每天穿著正式體面，像是「上帝的選民」一樣的榮耀上帝，在這個島上不可以有任何差錯，否則馬上就會有人向他父親告狀，這使得他心裡痛苦萬分，恨透了自己必須當個牧師的兒子，他真想要像一般的孩子一樣跑跑跳跳或大吼大叫，可是「白襯衫」就有如禮俗教條般的禁錮著他的身心靈，讓他只能過著規規矩矩被束縛的日子。而他的父親巴克明斯特牧師，一絲不苟的態度更顯現在服飾上：

> 牧師的脖子上緊箍著平整的領圈，外套上的摺痕也平整得跟大理石雕像一樣；從外套下露出來的兩支漿燙過的襯衫袖子長度一模一樣，正好可以露出銀光閃閃的袖釦，就連他雙手的指甲也修剪得恰到好處。（同上，200）

從巴克明斯特牧師的服飾穿著，可以得知他是個自我要求很高、行事作風一板一眼的標準牧師，這正是典型的創造觀型文化的人物刻劃。上帝創造萬物井然有序，有條不紊，崇拜上帝的子民，會要求自己完美如上帝，更何況是一個牧師，他們是聖靈充滿，與上帝最接近的選民了。

又以《碎瓷片》為例。每年到了秋季正值稻穀收割季節，窮人們可以在田裡撿拾掉落的稻穗，以度過沒有野生植物生長的冬天。樹耳賣力的收集稻穗，鶴人就用稻草編織草蓆和草鞋預備度過寒冷的冬天。

> 鶴人先編樹耳的草鞋……他仔細量好樹耳的腳大小，編了好幾層厚實的鞋底，再利用更多的稻草巧妙的纏繞編織成鞋邊。「完成了！」有一天晚上鶴人叫著。在最後一抹冬陽即將褪去的時後，他塞入最後一根稻草，編好了樹耳的草鞋。他把草鞋遞過去，樹耳立刻向他鞠躬致謝，把腳套進鞋裡。只見鶴人的臉往下沉，就算樹耳的腳拼命往前擠並用力拉長鞋後沿，這雙草鞋還是太小了。鶴人快快的埋怨自己，他在腰際的布袋裡摸索著，找到當時用來量腳的一條髒兮兮的細繩，拿出來比對鞋底。沒錯啊！完全相符。他哼了一聲說：「……居然這麼不夠意思，才一個月就長大這麼多。」（琳達‧蘇‧帕克，2003：81-82）

這段敘述雖是要呈現樹耳長大了，成長的速度很快，量好製作的鞋子已不能穿了。鶴人覺得不是他量錯尺寸，而是樹耳長的太快了。從這小細節可以看出創造觀型文化的印記。因為，以我們東方人的想法，父母親或長輩在為孩子添購衣物時，都會想到成長中的孩子，服飾、鞋子都不能買剛剛好的尺寸，一定要買大一點的，可

以穿個一年或幾年，否則孩子長大的很快，衣物很快就不能穿了。可是西方人的想法凡事就是要精確，具有科學實證的精神，一絲一毫都不能有差錯，這可以從他們的守時觀念，時間就是金錢可以看出；還有製作任何的物品要求都要符合標準規格，一經檢查不符標準就全部重新做過（不惜成本代價）、每個東西都有它一定的位置，不能亂七八糟的混亂成一團。例如西餐廳吃飯的規矩就很多，刀叉器皿的擺放位置、餐點的出場順序、調味料的個別用途、飲品的先後順序等都要求嚴格，不能錯亂。以上所舉例子都跟東方文化差異太大了。東方人深受氣化觀型文化及緣起觀型文化傳統思想的薰陶，做事情的態度就不像西方人的講究精確，是經過幾世紀的文化交流、衝擊，才有部分西化的現象。

　　以上所討論的有關人物刻劃的服飾、妝扮等，其實都伴隨著人物的出場、外形、語言、動作等同時或並存出現，而且都蘊藏著心理、社會、文化性格的面向，所以這些面向有其交集重疊處，以圖表示：

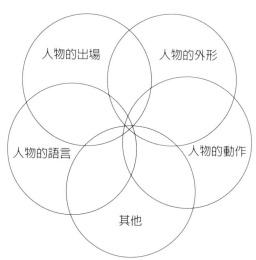

圖 5-5-1　人物生理形象關係圖

　　以上的五種面向，是人物生理刻劃所不可或缺的重要元素，缺一不可。無論是動態描述或靜態描述，作者們都用了敏銳的觀察力、流暢的文字、如畫家的彩筆將人物描摹而出，使得少年小說中的人物刻劃具有躍動的神采及生命力。以紐伯瑞兒童文學獎得獎的代表作品來討論，可以看出他們所評選的得獎作品，在人物刻劃上，都有其制定的模式存在：如人物的出場方式要很吸引人，帶出故事的第一個小高潮點，少年主角的身分及生活的環境背景要很多元豐富，以不同於非西方國家、民族、文化為因緣的內容，對同一系統中的讀者來說，可看性高，得獎機率大。在人物的外形方面，少年小說的少年主角們是活潑健壯、充滿自信的態度、樂觀積極的表現。在人物的語言方面，是經過理性介入的藝術表現，因為理性介入的語藝，使得整部小說邏輯性強、合情合理、具流暢性又富含哲理，值得讀者一再品味。在人物的動作方面，少年主角們率真的動作是乾脆俐落、不忸怩作態的，讓兒童及青少年讀者有同體歸屬感。最後在人物的服飾、妝扮上，則可以看出人物的身分地位及心理狀態。雖然如此，這些關係人物的出場、人物的外形、人物的語言、人物的動作和人物的服飾、妝扮等刻劃，因為涉及人物生理本身的「整體」性且內裡都有同一文化系統的資源在被「驅遣運用」，以致彼此就會有所相涉或相通而不再如表面那樣「條分縷析」（但基於論說的方便，必須如前幾節的處理方式將它們區別陳列，以便讀者「觀摩取鏡」）。

　　匯集以上的所有特色，人物的生理刻劃是少年小說成功的一大因素，也是能榮獲紐伯瑞兒童文學獎的重點之一。而從這些代表作品中，我發現有許多創造觀型文化傳統的思維特色在裡面，與東方氣化觀型文化及緣起觀型文化有很明顯的差異，在本章裡已詳為舉例說明，以印證我所建構的少年小說人物刻劃的理論。

第六章　少年小說中人物心理特徵的刻劃

第一節　揚露的喜怒哀懼愛惡欲:人物的情緒

　　本章要討論的是人物心理特徵的刻劃,而談到心理特徵就與心理學有密切關係。在本研究的第一章第二節裡就曾提到:所謂「心理學方法,在這裡是特指研究語文現象或以語文形式存在的事物內蘊的心理因素的方法……而該方法所蘊涵的語文現象或以語文形式存在的事物無從脫離心理機制而自行存在。」此外「心理學中的『觀察法』是指在自然條件下,對一個人的行動、言說、表情、動作等進行有目的、有系統的觀察,瞭解他心理活動的方法。」以上兩種方法都將運用在本章節,來析論人物的喜怒哀懼愛惡欲等揚露的情緒表現、啟蒙創新的價值選擇、顯性的扁圓或其他的人物性格、以及反規範與重建規範的多元思想相互撞擊下的反成長意識。

　　對於人物刻劃的內在活動與行動的關係,愛德華・摩根・佛斯特在《小說面面觀》裡曾提出對於亞里士多德認為所有人物的「人情悲喜都在動作中表現」的說法不盡贊同,他自己提出更獨到的見解:悲喜之情還可存在於內心不為人知處,及個人的內在活動中,小說家對此已有所接觸。內在活動是一種沒有外在徵象的活動,也不如一般人所想像的,可以從一個偶然的言語或表情中觀察得出。一個不經意的言詞或表情,其實跟長篇大論或謀殺行為一樣是外在徵象;它們所表現出的活動已經脫離內在活動的範圍,而進入動作的領域了。(愛德華・摩根・佛斯特,1993:73)由佛氏的創見中我們得知內在活動就是內在的情思,會轉化為外在的動作表現出來,

而外在的動作就由人物的表情、對話中顯現出來。張清榮在《少年小說研究中》就提出:「心理刻劃」要能傳神,必須注意到「心思」(內在的想法),以及「心思」所反映在外的「對話」、「表情」及「動作」上。只有「心思」而無「表情」、「動作」及「對話」,很容易流於小說人物「喃喃自語」,或是小說作者「夫子自道」,並且只有「靜態說明」的沉悶,而無「動態表演」的生動。因此,「心理刻劃」的技巧應注意幾個細節問題:(一) 由「敘述心思」來展示。(二) 由「動作」來演示。(三) 由「表情」來顯示。(四) 由「對話」來表示。(張清榮,2002:151) 以上的論述已經把人物的心理特徵解析的很清楚了。

我們在少年小說裡發現人物的生理形象刻劃都很鮮明生動外,人物心理特徵的刻劃也會藉由外在的行為表現出來,好讓少年讀者能夠很快的感受到人物所要呈現的喜怒哀懼愛惡欲等內在想法,所以是揚露的情緒變化,而不像成人小說的心理層面可以深奧到要讀者去心領神會的意境。特別是西方深受創造觀型文化的影響,認為上帝所創造的每個人都是獨立的個體,都有其獨立的思想與行為,所表現出來的情緒也都是很分明的,尤其呈現在少年小說裡,更要讓讀者感受到人物的內心世界,進而引發同理心的效應,跟著人物內心世界的轉變,達到閱讀的興味。以下就以紐伯瑞兒童文學獎的少年小說為例,舉證創造觀型文化的人物心理刻劃所重揚露情緒的特性。

以《納梭河上的女孩》為例。玫・亞曼俐雅家自從耐心奶奶搬來家裡住以後,耐心奶奶的壞脾氣是全家人最不能忍受的,尤其是對玫・亞曼俐雅更是看不順眼,一有機會就想教訓她。以下這段的描述是寫耐心奶奶是如何挑起玫・亞曼俐雅和全家人的情緒的情節:

耐心奶奶從樓上砰砰下來了……玫・亞曼俐雅，去給我泡杯茶……這是你的茶，我說。她喝了一小口就皺皺眉頭，這不夠熱，她說，再泡一杯……這回很燙了，還在冒煙……她啜了一口……你沒放一點蜂蜜嗎女孩……拿走再給我一杯，她很兇的說。我保證你是這屋裡最沒用的小孩。男孩都抬頭看我們……偉柏和偉德同時站了起來好像想做什麼，這讓她更生氣……她舉起那根可怕的新枴杖……用全力重重的打下來，不是打在我身上，是打在搖椅上我那漂亮的瓷娃娃上，瓷娃娃碎成了一百萬片。我是哭到睡著的……爸爸離開房間一下又回來了，把他那件很好很好的粗呢布外套蓋在我身上……爸爸那件大粗呢布讓我暖得像在夏天裡。（珍妮芙。賀牡，2002：124-129）

這段情節把玫・亞曼俐雅對耐心奶奶的厭惡、氣憤的情緒由開始的小火苗，到最後忍無可忍的極限所爆發出來的怒火，描述的很精彩生動；也把耐心奶奶的暴怒之氣發洩在瓷器娃娃身上的動作描繪的很傳神。接著看到玫・亞曼俐雅因為「瓷娃娃碎成了一百萬片」的傷心難過哭到睡著，又怕耐心奶奶的惡意告狀而害怕的心情，讓讀者彷彿感同身受的被牽引著，後來父親的慈愛關懷撫平了她的情緒，又把讀者的心情帶到合理溫馨的情境中。這一整個事件的始末，讓我們看到了人物明顯的情緒變化，是率性的、揚露的情緒描寫，很符合創造觀型文化的人物情緒表現。

　　再來舉《鯨眼》的例子。透納因為莉莉及馬拉加島上的居民的處境，感到悲憤焦急，心中燃起了一把「不平之火」。連續幾天莉莉都沒有來卡柏婆婆家一起聽他彈琴時，他的心情跌到谷底了。

他的心情低落得一如漂流在新原河上的木筏。「那個黑丫頭？」卡柏婆婆忽然問。「我不知道！」透納說：「我不知道她去哪裡了，我也沒辦法去看。我甚至不知道她還在不在島上，或是已經跟其他人離開了。上帝明鑒，他們根本沒有做什麼應該遭受這種懲罰的事，連自己的家園都要被奪走，而我一聲再見也來不及說！要是她已經走了，我又能怎樣？」他停下來喘了一口氣。卡柏婆婆驚訝的看著他，眼睛大得像剛升起的太陽。（蓋瑞‧施密特，2006：220-221）

透納將他心理的話一股腦兒的宣洩出來，這種無奈悲憤之情連卡柏婆婆都驚訝的很！接著卡柏婆婆所說的話，也表露出她的真情：

「就連我也開始喜歡上她了，滿喜歡的。」「我沒說我喜歡她。」「透納‧巴克明斯特！你不需要分分秒秒都當個牧師的兒子。」……透納從沒想過，有的時候他也可以當別的人。這個想法讓他震驚不已，就好像幾乎摸到了鯨一樣。「我是喜歡她！」他終於說。「那當然！管他菲普思堡鎮上的人說什麼，都不值個屁。沒錯！老太太也會罵髒話……你不會以為我讓黑人丫頭進來聽你彈琴，人家都不說閒話……」於是……透納從卡柏婆婆家跑了出來他覺得自己好像是站在懸崖邊，俯瞰著碧綠的波浪在下面嘶吼洶湧，頂上還翻攪著黃色的泡沫，而他已經準備好要一躍而下。（同上，221-223）

卡柏婆婆的一席話，點醒了透納「不用分分秒秒都當個牧師的兒子」，讓透納的心裡起了很大的震撼，原來他分分秒秒都扮演著牧師兒子的角色，想成為上帝最佳的選民。但是能適時的表達出自己的真情與大愛，去做該做的事，才更貼近上帝的心吧（就好像幾乎摸

到了鯨一樣）！而卡柏婆婆也將喜愛黑人小女孩的感情表露出來，從她實際常常讓莉莉進出她的屋子，可以看出她不怕惡勢力的心，還有她鼓勵透納勇於表達自己的真愛不要壓抑。這段文字敘述出透納和卡柏婆婆對鎮上惡勢力的不滿情緒，也描述出他們兩人因坦承自己心裡的想法後，所帶來的輕鬆愉快的心情。這段情節把人物從悲憤之心到喜悅之情的情感表露描寫的很動人！

再舉《六十個父親》的例子。天寶被救到美國轟炸機隊營區後，終於有機會跟漢森中尉見面了，興奮之情表露無遺：

> 「難道……難道……就是他！金髮飛行員，我的河神！」天寶興奮得像失了控，扔下小光便直往吉普車奔去。「漢森中尉！漢森中尉！」他激動的語言還帶著一股自豪，為自己喊得出名字而高興……「漢森中尉。」天寶輕聲喊著，恨不得翻譯員就在跟前，能夠立刻轉述他內心的感受和一肚子的話。石縫中漫長的一天、山裡的那一夜、分開之後的種種，有太多太多的事想一股腦全告訴他。興奮的天寶根本靜不下來，他忽的站起身，微往後傾，驕傲的展示身上那套軍服，甚至還掏出那疊鈔票，一邊晃著，一邊哈哈大笑。（邁德特·狄楊，1995：232-233）

小孩子的天真喜悅之情描述的很生動，從他不停的說話、開懷的大笑中一覽無遺。接著當他看到戰鬥機時，突然一個念頭閃進他的腦海裡：

> 戰鬥機的出現，又燃起天寶新的希望，絕望之後的生機使得他激動不已。漢森中尉凝視著天寶興奮的臉龐，示意翻譯員趕緊上前……「這個要求或許太過分了……不知道漢森中尉

> 願不願意，帶著我沿著軌道飛……要是找不著他們，再帶我
> 找其他的路……求求你們一定要幫我！」……大夥靜默的聽
> 著，這股靜默好似千斤重的巨石，壓得天寶又羞又愧。「不要
> 怪我，千萬不要怪我！」……吉普車緩緩駛下坡道，天寶的
> 雙眼已經濕潤，喜悅和感激充斥了整個心房……只見翻譯員
> 倚在天寶和中尉之間，一會兒細聽，一會兒轉述，忙得簡直
> 喘不過氣來。（同上，234-238）

天寶看到戰鬥機後馬上燃起了「希望」，祈求著漢森中尉能幫他找到
家人，因為自己覺得好像提出了天大的要求，心裡又急又害怕。急
的是想趕快找到家人、害怕的是這樣的請求被拒絕，所以複雜的情
緒交錯著，讓他不知所措。後來得到漢森中尉的幫助後又轉懼為喜，
感動萬分，隨即又恢復了孩子的本性，興高采烈的說個不停。這樣
的情緒錯綜複雜的交替著，充分顯示出孩子率真的本性，毫無掩飾
的表露出來，這裡流露出創造觀型文化的印證，讓主角自然的、合
邏輯的呈現情緒的反應。在《畫室小助手》裡也有很好的例子。主
角璜・帕雷哈為了要實踐自己在聖母面前的懺悔與誓言，他決定向
國王及主人懺悔告白他偷偷學畫的事，而這樣心理的情緒轉折在這
一情節中表露的非常真摯感人：

> 「祈求陛下息怒……這是我畫的。這麼多年來，我一直偷偷
> 臨摹主人的作品……我知道自己是個奴隸，根本沒有資格畫
> 圖！主人什麼都不知道……我知道錯了，願意接受任何懲
> 罰。」……「該怎麼處置這個……不守紀律的奴隸？」陛下
> 轉向主人……主人扶著我站起來然後他塞給我一封信……
> 我，狄耶格・委拉斯開茲，同意賦與奴隸璜・帕雷哈自由之
> 身。從今天起，他將享有一切的權利與榮耀。我並以此函聘

璜‧帕雷哈先生為副手……狄耶格‧委拉斯開茲親筆」主人
接著將那封信轉呈陛下。陛下一邊看，一邊笑開了嘴。那是
一抹爽朗、毫無保留的笑容，也是我一生中見過最美麗的笑
容。（伊麗莎白‧博爾頓‧德‧特雷維諾，1995：237-242）

　　這段情節把故事帶到另一個高潮。從璜‧帕雷哈帶著恐懼萬分
的心向國王懺悔，以為會受到嚴厲的審判的心情，國王對於這突如
其來的事件，心情也被震驚的不知如何是好，接著主人的鎮靜、沉
著的心及馬上寫信呈奏給國王，宣佈他將賜給璜‧帕雷哈自由之身
之後，那份寬厚又仁慈的心理轉化，還有國王讚許的真誠的美麗笑
容，到最後璜‧帕雷哈喜極而泣、感激涕零的激動之情，都是未經
掩飾的真情流露，情緒由最低點到最高點的描寫，是心理狀態達到
高潮迭起的精采片段。這三位重要的角色人物，分別呈現了人性最
真（國王）、最美（狄耶格）、最善（璜‧帕雷哈）的心靈，所表露
出來的真情讓讀者深受感動，也為這段真實的歷史佳話，留下最美
麗的註腳。

　　由以上的例證中可以看出屬於創造觀型文化的人物情緒刻劃是
非常明顯的揚露型態的。在人物心理刻劃上發現它們共同的特徵
是：（一）人物的情思由敘述來展示，並以動作演示出人物的情緒。
由以上所舉的例子中發現：作者們用了很多文字敘述人物細膩的情
感，並且由動作演示出來。例如：率真的玫‧亞曼俐雅，讀者能從
文字中瞭解小女孩的喜怒哀懼的心理轉折，也從動作中感受到她的
率性；還有被教條禮俗約束的透納，心裡情緒激昂，所表現出來的
動作也就喜悅奔放；處境可憐但性情天真可愛的天寶，也從他情緒
快速的轉變中，看到他豐富的肢體語言；由奴隸變成自由身的璜‧
帕雷哈，他百感交集的情緒，化為行動展現出來的感激之情，演示

得很生動感人。(二) 以豐富的表情來顯示人物的情緒,並以對話來表示出來。主角和次要角色都有豐富的表情及對話,使整個情節精彩生動的展現。例如:耐心奶奶喝茶的表情就描寫得很生動:「她喝了一小口就皺皺眉頭」、「她抿著那乾癟癟的嘴脣很詭詐的笑著」、「一、二、三,她舔舔嘴脣看看我們這些孩子」、「她的嘴巴扭曲起來開始邪惡的吼罵我」等豐富的表情;卡柏婆婆的表情也很有趣:「卡柏婆婆驚訝的看著他,眼睛大得像剛升起的太陽。」;還有國王自然流露的表情:「那是一抹爽朗、毫無保留的笑容,也是我一生中見過最美麗的笑容。」這些人物豐富的情感由表情顯露出來,再加上對白的設計,使故事更精采動人。這也是創造觀型文化對於人物心理刻劃的影響。因為上帝造人每個人都是獨一無二的,個人的情緒無須壓抑,很自然的就表現出來讓別人知道心裡的感想,可以一目了然無須揣測,跟東方氣化觀型文化的人物情緒表現很不一樣,而這是紐伯瑞兒童文學獎裡很重視的一環,也是那些少年小說得獎的重要因素之一。

第二節　啟蒙創新的價值選擇:人物的信念

　　在本研究的前一章裡提過:少年小說裡的主角大多會經歷一段英雄式的啟蒙歷程,才能達到最後的理想目標,所以小說裡的主角是要具有健康、積極樂觀、充滿生命力與挑戰力的創造自己的前程,這樣才能成為兒童及青少年所仿效的模範人物。而「啟蒙」的意義為何?啟蒙是歐洲哲學的一個觀點,可以透過十七世紀與十八世紀幾位主要哲學家的著作來加以探討,例如:伏爾泰(Voltaire)、俊·雅克·盧梭(Jean-Jacques Rousseau)、大衛·休謨(David Hume)

與弗蘭西斯・培根（Francis Bacon）等人的著作。啟蒙思想家重視理性的力量，尤其是科學，因為理性能去除世界的神秘性，並對抗迷信、神話與宗教思想。於此，人類創造力、理性與科學探索被視為是標示出與傳統決裂，以及促使現代性來臨的力量。啟蒙的傳統之一是喬根・哈伯瑪斯（Jurgen Habermas）所謂的「工具理性」。這可理解為一種過程，藉著這個過程，理性邏輯與科學被用來服膺於人類存有的管制、控制與宰製。啟蒙產生一種批判理性，能夠將人類從剝削與壓迫中解放出來。啟蒙哲學的主要批判在於，它致力於追求普世真理，並宣稱它已經獲得了真理，然後再致力於尋求滅絕任何另類觀點的可能。因此，後啟蒙哲學：弗里德里希・威廉・尼采（Friedrich Wilhelm Nietzsche）、路德威・維根斯坦（Ludwig Wittgenstein）、雅克・德希達（Jacques Derrida）、米契爾・傅柯（Michel Foucault）、理察・羅蒂（Richard Rorty）主張，知識並非形而上的、先驗的或普世的，而是因時間空間而有所不同。因此，沒有一種全觀的知識可以去攫獲世界的「客觀」特性。相反地，我們都擁有、也需要多元的觀點，藉此得以詮釋複雜的、異質性的人類存在。雖然如此，傅柯仍主張，我們無須「贊成」或「反對」啟蒙，也無須挑戰在啟蒙與後啟蒙思想之間存在著一個清晰、截然與最終的斷裂概念。這並非關於接受或拒絕啟蒙理性的問題，而是關於問及何種理性以及理性如何應用到理性的歷史結果、限制與危險的探索上。〔克瑞斯・巴克（Chris Barker），2007：80〕

在人類思考理性啟蒙的過程中，馬克思・霍克海默（Max Horkheimer）和西奧多・阿道爾諾（Theodor W.Adorno）合撰的《啟蒙辯證法》一書，對於啟蒙運動有過全面的審查和批判，他們認為「啟蒙總是致力於將人們從恐懼中拯救出來並建立他們自己的權威，然而經過啟蒙的地球無處不散發著得意洋洋的災難」。人類追求

理性和進步自由，卻步入毀滅的絕境。而從更深一層來看，理性還含有兩個面向：一個是以人類精神價值的創造和確立為旨歸，力圖改變人類被奴役狀態而向理想情境邁進的「人文理性」；一個是使人陷入計算規範，以度量釐定世界並馴服自然的「工具理性」。人文理性和工具理性在早期資產階級啟蒙思想家那裡和諧統一，表現為對自由、理性、社會公正和自然秩序的追求。只是工業文明的迅速發展，打破了二者的和諧統一，而導致一種以科技為主導的「科技理性」，它完全盪滌了天賦人權和自由理想，而代之以標準化、工具化、操作化和整體化，以精確性為唯一標準對「人文理性」大加撻伐，壟斷了人類生活和社會事務的各個方面。通過啟蒙，人的靈魂脫離了蒙昧，而卻又可悲地置身於工具理性的專制之中。（王嶽川，1993：145-146；周慶華，1997：28-29）以上的論述已經扼要的點出了啟蒙的「來龍去脈」。

受創造觀型文化的影響，西方人總想仿效上帝來創造事物，而啟蒙運動所帶來的長遠正向的影響，就是積極趨向於理性的思考、創新的價值選擇。西方人認為人的理性和自由意志是一體的，理性啟蒙強調人不斷的創新、超越極限以媲美上帝，凡事有自己的自主信念、自由意志，而不受別人的影響。所以我們可以在紐伯瑞兒童文學獎得獎作品裡發現：有關人物的刻劃，尤其是主角的型塑，在啟蒙的成長過程中，都具備有挑戰命運的意志力，並勇於開創自己的理想前途的信念，而對於正確的價值選擇，除了自由意志的信念外，還會有生命中重要的人物給予引導與啟發（至於啟蒙的負面性，還未從成人世界滲透到少年小說裡，所以在此無法舉出以「呼應前論」）。

《鯨眼》裡有很好的例子可證。卡柏婆婆過世後將她的房子遺留給透納，而鎮上的惡霸史東先生卻想要將此房子變賣得到利益，

結果透納說出了他想把房子送給馬拉加島的黑人女孩莉莉‧葛里芬和依森家的想法後，沒想到他的父親第一次勇敢的挺身而出，捍衛他的兒子的想法。

> 透納看到父親像亞尼斯帶著兩隻長矛站起來，挺立在燃燒的特洛伊城旁，決心將一切留在背後，迎向更開闊的世界。「您希望我說什麼？史東先生，你要我說我的兒子不應該去幫助需要幫助的人嗎？你要我說我的兒子不應該關心弱勢的人嗎？」他也彎身將手撐在書桌上。「主啊！你要我說因為我沒有挺身而出，我的兒子就不應該挺身而出，來反對這個鎮的金錢勢力，反對這個鎮為了招攬從波士頓來的觀光客，就去摧毀一個從未傷害過它的聚落嗎？你要我這樣告訴他嗎……史東先生……從今天起，我不會站在你這邊，和你一起摧毀馬拉加島。相反的，我選擇跟我的兒子站在一起。」（蓋瑞‧施密特，2006：284-287）

透納一直想幫助馬拉加島上的居民，終於有機會可以奉獻出房子給他們住，讓他們不致於流離失所了。但是，這樣的決定卻讓史東先生暴跳如雷，他以為父親也會像以前一樣的為他的行為感到失望，沒想到他父親受到透納的堅持後改變想法，挺身認同兒子的理想信念。透納因為從小深受父親啟蒙引導，一直堅持上帝愛世人的信念，去幫助需要幫助的人，他的父親也受到他的信念所感動，作出牧師應有的價值選擇，迎向更開闊的世界，不再屈服於惡勢力而選擇和透納站在同一陣線上，一起保衛馬拉加島的居民。這是創造觀型文化中的人物心理刻劃非常典型的範例。

再舉《畫室小助手》的例子。璜‧帕雷哈從開始有了想學畫畫的想法後，就不斷地努力偷偷臨摹主人的畫，因為沒有錢可以買顏

料，於是常偷主人的顏料來畫畫，這使得他一直充滿了罪惡感，終於他受不了良心的譴責決定向好友牟利羅告白，牟利羅馬上帶他去教堂告解。

> 排在等待告解的人群中，我的心篤定而平靜，不再有任何的煎熬與掙扎。我跪伏在神父面前，坦承自己犯下的各種罪行，祈求上帝的寬恕和慈悲。我赤裸裸的敞開心扉，誠心的懺悔，渴望再次投入天主的懷抱。神父為我舉行懺悔式後，我悄悄跪在牟利羅身旁，內心的感激化為一串串喜悅的淚水。因為他的仁慈，讓我的罪孽得到赦免，讓我的心再次擁抱天主的恩澤。我默默的起誓，願用一生的真誠回報他，就像伺候主人一般……牟利羅我從狹隘的執著中拯救了出來，引領我邁向真理的坦途。他不時的提供我顏料、畫布和畫筆，讓我遠離罪惡的行徑。（伊麗莎白‧博爾頓‧德‧特雷維諾，1995：196-198）

璜‧帕雷哈知道奴隸不能學畫，但是這份潛能被主人啟蒙以後，就停止不了學畫的狂熱，一直偷偷的堅持著學畫的信念，即使偷拿主人的顏料讓心中充滿罪惡感，還是不願放棄。還好他有牟利羅這樣一位正直又善良的朋友，當他向牟利羅告白自己的罪行以後，牟利羅不但沒有責難他，反而引導他作了正確的懺悔行動──向神父告解。經過這樣的啟蒙歷程，從此生命得到救贖，再次擁抱上帝，做個上帝的好選民，並且繼續快樂坦蕩的邁向他的生命旅程，開創更美好的未來。

　　再以《碎瓷片》為例，樹耳一心想跟明師傅學陶藝，有一天他終於鼓起勇氣向明師傅說出心中的渴望，可是明師傅卻回答他陶匠的行業是世襲的，只能父傳子、子傳孫，因為樹耳不是明師傅的兒

子，所以不能傳給他這項技能，樹耳聽完後相當傷心，鶴人卻給了他很好的安慰與鼓勵。

> 鶴人繼續說：「不過，牢不可破的傳統，通常比法律有說服力。」樹耳點點頭，最起碼他現在知道，就算離開苗浦另行拜師學藝也是無濟於事。鶴人站了起來，倚著枴杖伸展了一下那條健全的腿，他瞄了樹耳一眼，說：「我的朋友，一陣風吹來關上一扇門的同時，通常也會吹開另一扇門。」……有時候，他得多花一點時間才能想通鶴人謎似的話，但是他寧可絞盡腦汁，也不願意鶴人告訴他其中的含意……樹耳從角落取出一把黏土放在手裡揉捏著，不經意的捏出了花瓣的形狀……樹耳把花瓣壓回原狀，變成一團黏土。這段日子以來，他第一次露出了笑容，看來這另一扇門已經吹開了。（琳達‧蘇‧帕克，2003：143-147）

樹耳的這段心路歷程流露出他學陶藝的信念非常的堅定，因為有鶴人的啟發引導，使得他相信、也證實了鶴人所講的：「關上一扇門的同時，通常也會吹開另一扇門。」不過這句話其實就是西方的諺語：「當上帝關上一扇門時，將會開啟另一扇窗。」這句話常用來鼓勵世人：上帝是不會放棄任何一個子民的，他賦予每個人獨立的個體、高貴的靈魂，就看每個人如何去創造自己生命的奇蹟（這句話也可看出作者受西方創造觀型文化影響的印記）。所以鶴人以此話來勉勵樹耳，就是希望他不要氣餒，繼續堅持他的理想，而樹耳也從自我摸索中，開創了屬於自己的一條成功之路──雕塑。也因為他創新的好手藝，後來被明師傅看見了（樹耳送給鶴人的一隻小猴子雕像），加上他為明師傅所做的一切，最後終於感動明師傅收他為義子，並願意正式教他陶藝的功夫。樹耳自我創新的價值選擇，是少年小說人物心理特徵的最佳印證。

　　再舉《龍翼》的例子。《龍翼》裡月影的父親深信自己前世是龍王宮裡的龍，因犯錯而被貶為凡人，夢裡龍王告訴他：「必須重新證明有成為龍的資格，才能恢復原來的樣子。」所以他一直有要飛上天證明自己是龍的夢想，甚至還另外取了前世的名字「乘風」來提醒自己。在舅公的眼裡總覺得他父親太不切實際，怎麼可以相信夢境？只有月影瞭解父親偉大夢想的背後意義，他決意要與父親一起達成夢想，而這樣的信念如同完成自己的理想一樣的堅決。

> 「父親，請讓我跟著你，我不會惹麻煩的，況且，你需要人幫忙。」我說。父親拍拍我的頭。「我知道，我也希望你跟我在一起。」「那你為什麼不問我？」「我不想強迫任何人做他不想做的事，即使是自己的兒子也一樣。」「我們明天就收拾行李！」舅公又傷心又疑惑的看著我們。「為什麼？為什麼會是這樣？」「那是我們必須去做的。」我試著解釋，但是舅公早已聽不進去……父親把手放在我肩上，雖然我的心裡很難過，但父親的手給了我莫大的鼓舞。我覺得驕傲，他是乘風，我是他兒子。（勞倫斯・葉，1995a：234-235）

月影的父親不斷地想要完成偉大的飛行夢想，卻困於現實環境及無人支援，所以感覺力不從心，而月影覺得父親來歷不凡，定能有一番大作為，決定捍衛父親的夢想，也內化成是自己的理想一樣的努力，這讓父親的信心大增，決定繼續堅持這份信念，靠自己的雙手實現夢想。而他們的飛行夢想，在所有人眼裡是不可能達成的，這份創新的價值選擇，如果沒有非常強的信念支撐是很難成功的。月影是靠自己的自主意志來幫助父親的，不管舅公如何堅決反對，父親也沒有強迫他要跟從，而是他以自己認為對的抉擇來過自己的人生，這樣的心理特徵非常符合創造觀型文化所許可的人物刻劃。

　　從以上所舉的例子，發現這幾本紐伯瑞兒童文學獎獎勵的少年小說，其人物心理刻劃有幾個共同的特徵：（一）少年小說的主角都有長者或好友的引導啟發、受到感染，才能達成英雄式的啟蒙歷程。作者們對於人物心理的刻劃都非常的細緻，主角在成長的過程中一定有啟蒙導引的人協助，例如：透納從小受父親的啟蒙，所以他有智慧去作價值選擇，不受任何惡勢力的脅迫，堅持自己認為對的信念，雖然這樣的信念並沒有幫助到馬拉加島的居民，但是這樣的正義勇氣堅持到最後，終於獲得小鎮居民的認同與真正的友誼。而月影受父親的夢想啟發，願意與父親同甘共苦的完成理想，經歷一段艱苦的啟蒙歷程，最後感動了親朋好友們來幫助父親飛上天，實現了夢想。除了父親的啟蒙外還有好友的啟發引導，讓少年主角有了正確的價值選擇。像樹耳從小有鶴人在身旁亦父亦友的啟發引導，讓他身心都健康的成長，在面對人生的難題時，鶴人就會適時的牽引他作正確的選擇，所以樹耳的成長啟蒙歷程中，鶴人扮演了有如父親般重要的角色。瑨・帕雷哈因為有牟利羅這位好友的啟發，才讓他從痛恐的深淵拔出來，重見光明、重新擁抱上帝，心中了無遺憾的繼續往前走。（二）少年主角勇於堅持自己的信念，具有創新的價值選擇。以樹耳和瑨・帕雷哈兩位主角的例子來說，他們都不因為自己的身分卑微而放棄理想，反而是不向現實低頭，努力認真的不斷學習，打破傳統，開創出屬於自己的光明大道，這樣的勇氣與堅持的價值選擇，是少年的一種模範。而透納是堅持自己的信念，去做認為對的事，他純潔善良的心與大人貪婪汙濁的心成強烈的對比。而月影捍衛父親創新的價值選擇更屬不易，小小年紀就會以父親的理想抱負為己志，而且以父親的志向為榮，這樣的樂觀與毅力連大人都感動，是典範型的人物刻劃。（三）少年主角都有強烈的自由意志，完成自己的啟蒙成長歷程。這四位少年主角都有強烈的自

主意識，不會人云亦云，更不受現實環境或任何人為因素影響，在成長啟蒙的過程中依然努力不懈，為自己的理想信念堅持到底，是少年非常好的模範！這樣細膩的小說人物心理刻劃，應該也是得獎的重要因素。

第三節　顯性的扁圓或其他：人物的性格

　　小說家要創作一部動人心絃的小說，他筆下的人物個性定要非常明顯，才會使整部小說生動有趣、感人肺腑，讓讀者留下難忘的記憶。而人物的個性也就是性格，就是一個人的氣質秉性及心靈深處的展現。在日常生活中處理各種事情時，還有人際關係的互動中，都可以看出一個人的性格，所以小說家的觀察力和心思比一般人更要敏銳，因為他要把觀察或考察到的人物的時代背景、生活環境、身分地位等定位好後，再來塑造靈巧愚拙或奸貪讒佞等不同性格的人物，還要把錯綜複雜的情緒帶進去，才能創造出小說裡一個個鮮明獨特的人物性格。

　　在本研究的第二章第二節裡曾提出愛德華・摩根・佛斯特對於人物的二分法——扁平人物和圓形人物的論點，愛德華・摩根・佛斯特指出：一本複雜的小說常常需要扁平人物與圓形人物出入其間，二者相互襯托的結果可以表現出人生的複雜真相。扁平人物他們依循著一個單純的理念或性質而被創造出來。真正的扁平人物可以用一個句子描述殆盡。普魯斯特的小說中多的是扁平人物，如巴瑪公主或勒格蘭汀二者都可用一句簡單的句子形容殆盡。巴瑪公主說：「我必須謹慎翼翼心地慈祥」，她就是這樣一個人。她的一切行事都以此為準。她處處謹慎翼翼，而使其他較複雜的人物感受到她

的心地慈祥，她的這兩個行事標準是互為表裡的。《依凡‧哈林頓》一書中的女伯爵，她說：「我們以父親為榮，但是我們必須隱藏起對他的懷念。」她的一切作為都由此而出，她是一個扁平人物。扁平人物的好處之一在易於辨認，只要他一出現就被讀者的感情之眼所察覺。如果一個作家想要將他的力量集中使用一擊中的，扁平人物就可派上用場。因為對這類人物不必多費筆墨，不怕他們溢出筆端，難以控制。第二種好處在於他們易為讀者所記憶。他們一成不變的存留在讀者心目中，因為他們的性格固定不為環境所動。追求永恆的心，人普遍都有。對某些純真的人而言這就是藝術創作的主要原因。我們都嚮往不受時間影響人物始終如一的作品，以作為躲避現實變幻無常的場所，扁平人物於是應運而生。而圓形人物必能在令人信服的方式下給人以新奇之感。如果他無法給人新奇感，他就是扁平人物；如果他無法令人信服，他只是偽裝的圓形人物。圓形人物絕不刻板枯燥，他在字裡行間流露出活潑的生命。小說家可以單獨的利用他，但大部分將他與扁平人物合用以收相輔相成之效，他並且使人物與作品的其他面水乳交融，成為一和諧的整體。如《戰爭與和平》中的主要人物；杜思妥也夫斯基筆下的人物；部分普魯斯特小說中的人物──如老管家，查勒士先生，和聖魯普等；福樓拜的包華利夫人──她與摩兒‧佛蘭德絲一樣都是生氣勃勃，似欲振翼飛出書外的人物；部分夏洛蒂‧布朗黛的人物──特別是露茜‧絲勞等等，不一而足，都是圓形人物。（愛德華‧摩根‧佛斯特，2004：59-68）當然，把人物性格二分法並不能窮盡人物百態，但為了指稱方便，本節將以此二種人物性格來擷取人物樣貌，而不屬於扁、圓形人物性格者，則都列於其他項來討論。

　　在創造觀型文化的觀點中，上帝造人都是獨一無二的個體，每個人都具有獨特的個性。在紐伯瑞兒童文學獎得獎作品中，發現許

多作品的人物都具有顯性的扁、圓性格，主要人物的刻劃都是精雕細琢的獨特人物，個性都很鮮明，所以才能讓讀者過目不忘，榮獲得獎的機會。以下就以幾部代表作品來討論人物性格的特徵。

以《畫室小助手》為例，主角璜・帕雷哈就是很明顯的圓形人物，他身為奴隸，曾服伺過兩個主人，面對這兩位主人時，他就出現不同的性格來應對；中間還經歷過被吉普賽人薩米羅的輕視虐待，為了生存下去，他又出現另一種性格來迎接乖舛的命運。從他的生命歷程來看，可以明顯的看出性格的變化非常大。

> 我生來就是一個奴隸，很快就瞭解自己所要面對的命運。當夫人第一次揮扇打我的時候，內心竟然沒有絲毫訝異，倒是那股疼痛感，惹出了滿眶的淚水。（伊麗莎白・博爾頓・德・特雷維諾，1995：28-29）

> 至於我，已經學會偷些蔬菜或是水果，運氣好的話，還能在路邊撿到些乾麵包……有些日子，我得挨家挨戶討些東西吃，我的模樣已經夠可憐的……臉上和身子總會帶著薩米羅肆虐之後的血跡。（同上，64-65）

> 這個世界本來就是不公平的，我也不求什麼。但是我相信上帝，天堂是唯一公平的地方……我不是一個懂得反抗的人，更何況，我愛我的主人和夫人。」（同上，194-195）

璜・帕雷哈的性格隨著主人的變換而有所不同。對於第一任主人反覆無常的個性，他必須小心翼翼的去應付；碰到殘酷無情的薩米羅，為了自保性命，還學會偷竊食物、行乞來過活；最後遇到好主人後，他恢復善良的個性，盡力扮演好奴隸的角色，全心全意的服伺他的主人。因著生活環境的不同，他能以不同的性格去面對命運的考驗，

最後創造自己的成功之道，是典型的圓形人物刻劃。而璜・帕雷哈的摯友牟利羅則是書中扁平人物的代表。他一出現就有歡樂和笑聲，他對人、對上帝的真誠始終不變，是個充滿光明人性的扁平形人物。

> 自從牟利羅住了下來，沉寂多時的宅院再度洋溢著歡樂的歌聲和笑聲。每天晚上，他都會抱著吉他說說唱唱，各式各樣的笑話逗得夫人開心極了。（伊麗莎白・博爾頓・德・特雷維諾，1995：187-188）

> 他一把抱住了我，把我拉往屋裡，拉進那喧鬧、擾攘的世界……我們一邊興奮的談著，一邊走進那間偌大的畫室……我還來不及訴說自己的遭遇，告訴他自己已獲得自由的喜訊，牟利羅已對我展現如此誠摯的情誼，對於一名奴隸來說，這是何等珍貴的恩賜……令人欣慰的是，我們的友誼是建立在全心的真誠，而不是身分的顯赫或卑微上！（同上，271-273）

牟利羅對上帝的愛是聖潔光輝的，對人的愛是真誠無私的，不因璜・帕雷哈是奴隸之身而有所改變，這種謙和、仁慈的性格不但感動著璜・帕雷哈，也感動著讀者，是頗對人性真實的人物刻劃，也是典型的扁平形人物。至於璜・帕雷哈的妻子羅莉絲原本是扁平人物的描寫，她每次的出場都予人新鮮的感覺，她是有著真實思想情感的人物，但是後來一段話的描述又將她伸展為有點像圓形人物，她說：

> 「我痛恨身為一名奴隸。」她仰起頭，神情十分專注，「痛那種被擁有、被束縛的感覺，痛恨時時刻刻都得看人臉色、受人擺布的滋味。上帝給了我們生命，每一個人都應該是自由

> 平等的，誰也不屬於誰，誰也不能擁有誰！只有到了這裡，
> 我才有些微的平靜，這裡的每一個人都是那麼善良、那麼體
> 恤。我願意盡最大的努力，好好照顧夫人，伴她走完最後的
> 日子。我跟你不同，你總是充滿了感恩慈悲的心，沒有絲毫
> 的埋怨。我卻恨極了這種被擁有、被奴役的感覺！」（同上，
> 249-250）

羅莉絲對於被奴役的想法，提出了獨立及出人意外的道德感言，使
得她有伸展為圓形人物的態勢，但是在小說結束時她又恢復為扁平
人物，所以這種介於扁圓之間的人物就把她歸類為「其他」類型的
性格。

　　《鯨眼》裡也有很典型的人物代表例子。主角透納自從踏上菲
普思堡以來，就開始了他人生很大的轉捩點，從做一個聽話的牧師
兒子的小男孩，蛻變成一個勇於面對惡勢力挑戰、創造自己的命運
的少年，這其中巨大的心理轉折及性格的轉變，是本書顯性的圓形
人物刻劃代表。

> 雖然他是一個小男孩，也應當盡力去克服自己的劣根性，以
> 免讓父親蒙羞；他應該在眾人面前當個榮耀的基督徒，就像
> 威利斯・賀德一樣……他決心不要犯下任何會讓靈魂下地獄
> 的過錯。（蓋瑞・施密特，2006：73-75）

> 「等我父親稍有好轉，我們都會搬出牧師宿舍，住進卡柏婆
> 婆的房子。我母親要我告訴你們：她一點也不需要各位的憐
> 憫……你們愛怎麼投你們的爛票，就怎麼投吧……哦！『爛』
> 這個字是我自己加上去的！」透納說完，離開了執事團的會
> 議室。（同上，314-315）

> 「搬過來跟我們一起住吧！」透納說。賀德太太看著他，賀
> 德先生也看著他……賀德先生則低頭看著地板，兩隻手僵硬
> 的扶著身旁的椅背。（同上，350）

透納在菲普思堡生怕犯了過錯讓父親蒙羞，時時刻刻都扮演好當個牧師的兒子的角色，不敢逾矩。但是當他開始想要幫助馬拉加島上的黑人女孩莉莉及其他族人時，不惜與大人世界的惡勢力為敵，他的意志力堅強、個性堅毅不容改變，讓善良的居民暗暗佩服他的勇氣（無人敢對抗教會執事團的惡勢力）。到最後透納原諒了傷害他們的人──賀德執事，以上帝的慈悲寬恕了惡人的罪，甚至接納他們一家人與他們共同生活在一起。這樣寬宏的胸襟，足以顯示透納的成長與善良無私的心理，真的是上帝最佳選民的好表率，也是非常典型的圓形人物。

　　本書扁平人物的代表則有卡柏婆婆、莉莉和史東先生。卡柏婆婆從頭到尾都展現出她毫不掩飾的率真性格，是個希望自己活得很有尊嚴的獨居老人，即使到死的那一刻，也都要想好令人難忘的遺言才肯離去，真是具有獨特性格的老人。莉莉是個非常瞭解自己的處境的小女孩，她知道他們黑人族群是無法見容於菲普思堡的白人世界，所以她無奈的接受被人歧視、摒棄的生活，甚至最後無力抵抗命運的安排，讓白人把她送進瘋人院而死在那裡，是個悲劇型的扁平形人物。而史東先生則是呈現出人類貪婪、奸詐、狡猾、殘酷無情的性格，為達到目的不擇手段，到最後還捲款而逃的壞人。這種負面形象的扁平形人物，是小說裡不可或缺的角色，可使小說充滿張力，增色不少。

　　除了以上兩種人物代表外，透納的父親巴克明斯特牧師原本是標準的扁平形人物，一成不變的表現著牧師應有的風範，但是到了

後來他開始捍衛兒子的信念，與兒子站在同一邊後，性格的轉變使他慢慢的由扁平人物轉向圓形人物，最後為了保護兒子而死，讓透納和讀者都極為傷感。這樣的人物刻劃也是介於扁圓之間，把他歸於「其他」類來說明。

再舉《碎瓷片》的例子。主角樹耳雖然是個孤兒，但他的個性樂觀知足，跟隨明師傅當學徒以後，磨練出堅忍、勇敢、負責任的性格，成長以後是個朝著自己的理想奮勇前進的少年。隨著不同的環境，塑造出不同的性格來，他努力實踐理想的信念，是那麼令人感動與信服，所以他也是本書顯性的圓形人物代表。

> 沒有什麼比得上鶴人和這座橋，就算給他一個家，樹耳也覺得不需要了。那天的早餐豐盛極了：他們把一小撮米放進一隻撿來的陶壺裡，熬成一鍋粥，盛在葫蘆瓢製成的碗裡。鶴人還很大手筆的在粥裡加了兩根雞骨頭。骨頭上光禿禿的，沒有一絲肉屑，他們還是開心的咬碎骨頭，盡情的吸吮著裡頭的骨髓。（琳達‧蘇‧帕克，2003：21）

> 他不疾不徐的對士兵說：「我和負責陶瓷藝品的皇家特使有約。」……這個骨瘦如柴、衣衫襤褸的小孩，居然聲稱和皇室有約？然而……他知道自己的到來是受到期待的，他有權來這裡……他深深的吸了一口氣，低頭看著那塊碎瓷片……「只剩下這塊碎瓷片了，尊貴的特使。然而即使只是一片碎瓷片，我相信也足以展現我主人的技藝。」（同上，198-204）

> 他要思考的事情太多了……一個屬於自己的轉盤……一個跟明師母一起生活的家，以及一個新的名字……明師傅要教我拉坯……他會耐心的走下去，直到作出完美的作品來。（同上，220-222）

跟著遊民鶴人在橋下生活長大的樹耳，在鶴人的教養之下，他並沒有自卑或自怨自艾，生活的很樂觀開朗。而當了明師傅的助手後，被明師傅嚴厲的磨練，讓他學習陶藝的心更堅定。他自告奮勇的要為明師傅把最好的作品送去皇宮給特使，在途中遭遇了強盜的侵奪，破壞了明師傅的作品，但是他仍毅然決然、不畏艱難的將碎瓷片交到金特使的手裡，所展現出的堅毅性格令人感動。最後他得到了以前不敢奢望的一個家、一個屬於自己可以拉坯的轉盤，但是他並不驕傲，反而滿心的期待自己以後要製作出如何出色的陶藝品。樹耳的性格正是圓形人物的代表。而扁平形人物的代表是鶴人和明師母。鶴人是個生活哲學家，他是樹耳的良師益友，從頭到尾他都恰如其份的扮演著樹耳生命中的導師，指引著、啟發著樹耳，讓樹耳有健全的思想，樂觀積極的人格，在書中扮演著舉足輕重的角色，是扁平形的人物刻劃。明師母是一位溫柔婉約的女性角色，不管遇到明師傅發多大的脾氣，她依然平靜以待，對樹耳就像是母親般的關懷，讓樹耳相當感動，對她又敬又愛，甚至為了報答她的恩惠，自願為明師傅送陶藝作品到皇宮，所以明師母扮演著關鍵人物的角色，其不變的溫婉個性也是扁平形人物的代表。

明師傅的性格是從頭到尾都顯示出他是個自我要求極高的人，脾氣暴躁易怒，對樹耳不曾透露出一絲的情感，但是在樹耳從皇宮趕回來向明師傅報喜訊時，明師傅卻因為鶴人的離世，對樹耳說出了心中的遺憾。

> 「我非常遺憾，樹耳，」他終於說了。「你那位橋下的朋友……」……明師傅傾身向前，把手放在樹耳的肩膀上。「當時的水溫太低……你的朋友年紀大了，衝撞的力量過大，他的心臟承受不住。」樹耳有一種奇異的感覺，就好像靈魂出

　　　　竅一樣，看著自己坐在那裡聆聽明師傅的話。就在這種靈魂
　　　　抽離的狀態下，樹耳發覺明師傅的眼神竟是如此溫和，表情
　　　　是如此親切。這是樹耳第一次見到明師傅這般的神情。（同
　　　　上，212-213）

明師傅原本是扁形人物，卻在此時有圓形的趨勢，可是隨後又恢復
了原來的扁平形性格，所以明師傅的人物刻劃放在「其他」類別來
說明。

　　前面曾提過圓形人物能在令人信服的方式下給人新奇感。如果
他無法給人新奇感，他就是扁平人物。圓形人物絕不刻板單向，他
在字裡行間流露出活潑的生命，但大部分作者都將他與扁平人物合
用以收相輔相成之效，並且使人物與作品的其他面水乳交融，成為
一和諧的整體。如《六十個父親》裡的天寶、《龍翼》裡的月影、《那
梭河上的女孩》裡的玫‧亞曼俐雅等都是作者精心刻劃的圓形人物。
《六十個父親》裡的漢森中尉、翻譯官；《龍翼》裡的惠特婁太太和
羅萍；《那梭河上的女孩》裡的玫‧亞曼俐雅的奶奶和哥哥們等等，
不一而足，都是扁平形人物的代表，但是作者們都賦予這些角色生
氣勃勃的生命和性格，使讀者看起來興味十足而不枯燥乏味。

　　綜上所述，可以看出紐伯瑞兒童文學獎得獎作品的人物心理刻
劃，在性格的描繪方面有共同點如下：（一）人物個性鮮明，重要的
角色都具獨特性格，符合創造觀型文化的特色──上帝造人，每個
人都是獨一無二的，所以呈現出來的角色都各具生命力，一如真人
般的靈活呈現在讀者面前。（二）精彩的小說定會有正、邪或好、壞
的人物性格刻劃，讓小說展現出現實生活的人生百態，而人物帶動
高潮迭起的情節，才能令讀者再三玩味。以上所舉的作品就是最好
的印證。（三）以上列舉作品的人物刻劃，都具顯性的扁圓性格，不

是顯明可見的都歸類於「其他」來討論。就如上述所舉的例證,當扁平人物的性格突然有所伸展就會趨向於圓形人物,但隨即又恢復扁平狀態的,就歸於其他類的人物性格,於此就不逐一而論了。

第四節　反規範與重建規範:反成長的意識

少年在成長的過程中,會逐漸發現自己的興趣、志向和自我的價值觀,但不一定成熟、正確,所以周圍的人也不一定會接納他的想法或做法,尤其是父母和長輩們,都會灌輸孩子什麼是該做的,什麼又是不該做的,希望孩子能明辨是非不犯錯。可是當成長中的少年跟隨著時代在進步,但是長輩們的思想都沒有跟進時,在溝通上就會形成代溝,甚至如果他們對成人世界的諸多現象或言行舉止,有許多不認同的看法時,就可能會做出違背大人心意的言語或行為,以顯示他們的不滿,這在父母和長輩的眼中看來,他們就是有了叛逆的心理和行為產生了。每個人的成長過程中,一定都會有或多或少的反抗心理,只是有沒有表現出來而已,這是成長必經的過程,除非發展不健全的人。因此叛逆心理並非是罪惡,運用得當反而使一個人在求新、求變的過程中,有了非常好的創意,不但開創自己的命運,更有可能創造、改變人類的歷史,許多古今中外的偉人或發明家就是最好的例子。所以這樣的反成長意識放在少年小說裡,讓人物去顯示出反規範與重建規範的歷程,可以增加閱讀的吸引力,對少年讀者來說,也可達到另一種啟蒙效果。

本節所要討論的核心是:少年小說的人物心理刻劃,是否有呈現出反規範與重建規範的反成長意識?這樣的反成長意識不完全是發生在少年角色身上,大人也有可能呈現,因為人的心智是不斷成

長的，不受年齡的限制，可以不停的延伸，所以說「活到老，學到老」也有可能「變到老」！成人總是會為成長中的兒童或青少年訂定許多規範，但他們不一定會認同，所以會有反規範的行為產生，而在不斷地反規範的過程中，他們本身如果具有自主性的創意來重建規範，最後創發出新的境界、新的規範時，那麼就會成功地達成英雄式的啟蒙歷程。在西方世界強調每個人有自主的個體、自由的意識，所以有反成長的意識行為產生，正符合了創造觀型文化的特色。弗朗茨‧烏克提茨（F.M.Wuketits）在他的著作《惡為什麼這麼吸引我們？》裡提到：「我們的耳朵裡從小就灌滿了：我們應該做這個而不能做那個，我們必做有些的事情而其他的有些事情則不能去做。於是我們心裡也就逐漸形成了概念，什麼是善，什麼是惡；哪些行為符合人們的預期，而那些行為則為人所不齒。任何一個五官健全的人都明白自己的行為，知道自己什麼時候做的是對的、什麼時候是錯的。不過，這倒並不意味著他就一定會不斷努力去做真正對的事情」（弗朗茨‧烏克提茨，2001：序言 1-2）。接著他又說：「社會和文化對我們道德和不道德行為的影響是非常強大的。各種團體和文化都各有各的特定歷史，當中也包含著特定的價值觀；而這些東西也會隨著時間的推移而發生變化，而且他們事實上也發生了變遷」（同上，5）。在日新月異的現代生活中，人們反規範的行為日漸增加，是因為社會文化正急速的變遷，在不穩定的條件下，一種本質的使然現象。所以把這樣的反成長意識的心理特質，用來審視少年小說是否有反應這樣的現象，由此也可看出作者的文學精神特質。以下就以紐伯瑞兒童文學獎的作品來舉出實例說明。

　　以《畫室小助手》為例，身為奴隸的主角璜‧帕雷哈，在知道西班牙法律禁止奴隸學畫後，依然不減學畫的慾望，反而私底下自己非常努力的偷學著主人的畫，這已明顯的反規範了，再加上他會

偷主人的繪畫顏料，所以他的罪惡感日漸加深，還好到最後他得到了主人寬大仁慈的原諒，並獲得自由之身，為十七世紀的西班牙藝術史上留下美麗的佳話。璜‧帕雷哈不但開創出自己人生的光明大道，在當時奴隸制度盛行的社會制度下，也重建了新的規範。在這部小說的最後，作者有留下「後記」，來說明這真實故事背後的寫作因緣，也證明瞭璜‧帕雷哈真的是十七世紀成功的奴隸轉自由之身的黑人畫家。

> 學畫一直是我的期盼、我的夢！避開主人工作的地點，我找到另一間畫廊，規模小了點兒，來往的人倒是不多。我掏出身上的炭枝和畫布，在這異鄉羅馬，畫出生命中的第一幅畫……儘管罪惡感經常浮現心頭，卻怎麼也擋不住我作畫的那份喜悅，兩種極端的情緒相互糾纏，沒有絲毫的妥協餘地。（伊麗莎白‧博爾頓‧德‧特雷維諾，1995：142）

> 走在回家的路上，我忍不住放眼四望，原本熟悉的街頭，此刻卻籠上了一抹新興的氣象。我踏出的每一步都帶著充沛的生命力，嶄新的感受，前所未有的喜悅溢滿整個心頭。我伴著偉大的恩師，以自由人的心情昂首闊步。（同上，243）

璜‧帕雷哈不畏奴隸制度的枷鎖，反規範的偷學主人的畫，但是因為他的勤奮學習，使得他的畫也受到西班牙國王及畫家主人的肯定與接納，再加上他對主人一片赤誠的忠心，所以換得了自由之身。而從作者在小說的「後記」裡提出了他對於這個史實的考據說明：

> 根據有限的資料記載，委拉斯開茲是由賽維爾的親戚那兒，繼承了黑奴璜‧帕雷哈，而後賦予他自由之身，繪製帕雷哈畫像的同時，也就是委拉斯開茲在義大利為羅馬教皇英諾森

> 五世作畫的期間……那個年代的西班牙，的確禁止奴隸習
> 畫，所以我猜想是帕雷哈多年暗中學習的成果。他似乎是在
> 一夜之間成名，所繪的作品至今仍懸掛在一些歐洲的博物館
> 裡……根據種種跡象顯示，委拉斯開茲與陛下之間，已建立
> 起深厚的情誼與相互的尊重；而他與璜‧帕雷哈的感情也是
> 不容忽視的，所以畫師不但給了帕雷哈自由，還任命他為自
> 己的助手。（同上，後記 276-279）

以上所述證實了璜‧帕雷哈真的是突破了當時的規範，也重建了新
的規範，成為當時西班牙著名的畫家，至今歐洲一些博物館裡還有
他的畫作。他實在是一個成功的反成長意識的人物。

　　再以《碎瓷片》的例子說明。主角樹耳本是住在橋下的孤兒，
後來因緣際會的關係，自己勇敢的向陶匠明師傅爭取當助手的機
會，一年後他想請明師傅正式教他製陶手藝，可是被明師傅拒絕了。
樹耳雖然傷心難過，但是他仍然不怕苦、不怕難的繼續跟隨明師傅，
並且偷偷的學陶藝技術，終於自己找到了雕塑的創意靈感，開創了
另一扇門。這在當時來說也是反規範的行為，不是陶匠的兒子是不
可能學陶藝技術的。最後是他對明師傅和明師母的真誠奉獻之心感
動了他們，收他為義子後，他才真正的可以開始學做陶藝。樹耳反
規範的結果，也是重建了新的規範，讓他邁向成功之路。

> 明師傅的聲音低沉，因極力克制而微微發抖，「陶匠的行業是
> 世襲的，父傳子、子再傳孫。我曾經有過一個兒子。我的兒
> 子，韓穀，他已經不在人世了，我要教的人是他，而你……
> 你不是我的兒子。」（琳達‧蘇‧帕克，2003：141）

> 一個屬於你自己的轉盤？明師傅該不是要教他拉坯了吧？樹耳
> 忍不住回頭張望，臉上掛著一副傻氣十足的笑容……「我們想

給你取一個新名字，要是你同意的話，我們打算從現在起叫你韓璧。」……這是同胞手足才會取的名字，樹耳何其榮幸！今後他將不再用「樹耳」這個屬於孤兒的名字了。（同上，219-220）

樹耳不向命運低頭，努力不懈的工作，默默的付出，雖然不能學拉坯陶藝，但是他還是偷學陶匠的技藝，私底下不斷地摸索練習捏塑和雕刻的手藝。樹耳學習的慾望非常強，他努力的練習技術，這算是反規範的行為，可是他依舊堅持自己的信念。後來明師傅看見了他的作品，還有被他的真誠付出所感動，所以收他為義子，從此改變了樹耳的命運，不再是孤兒，有了真正的家，也有新的好名字，更可以光明正大的學拉坯製陶了。他開創了自己的命運，也成功的重建了規範，是反成長意識的典型範例。

　　再舉《鯨眼》的例子。在本章第二節裡有討論到這部作品，透納的父親為了捍衛兒子的信念，不惜與史東先生劃清界限，不再屈服於鎮上的惡勢力，決定一起保護馬拉加島的居民。我們知道西方社會的教堂就是居民的精神所在，所以教會的理事會可以決定地方上的大小事，而裡面的執事們的思想和做法，就會影響著整個地區的福祉或命運。很不幸的菲普思堡的教堂第一公理會，被幾位只重個人利益的執事們掌控著，變成他們的想法就代表了上帝的旨意，無人敢違抗。所以透納想把卡柏婆婆的房子送給莉莉和依森家住時，引起一片嘩然，沒有人願意讓黑人住進他們小島（即使有也不敢表達出來），所以此舉反而讓執事團加速剷除馬拉加島的居民，以達目的。在這些惡勢力的執事們眼中，巴克明斯特父子倆就是反規範的異類，他們甚至決議要趕走異類：

當我們鎮上正在做善事，要將那些比較弱勢的人送到可以照料他們的地時，巴克明斯特牧師不但未善加履行職責，反而

回頭攻擊我們的警長。當然，我也很難過他受了傷；不過，
如果他不去任意干涉，那他現在就會是好端端的坐在這
裡……「要跟聖人一起生活是很困難的，紐頓先生。通常都
會落得個被燒死的下場。」紐頓先生啞口無言的呆了半晌……
被嚇呆的人似乎不只紐頓先生，其他的執事個個都好像被千
金重的大手壓在肩上似的……「既然沒人有意見，」他說：「那
就進行表決吧。」（同上，311-314）

教會執事團被少數別有居心的人掌控著，他們的想法就可以左右大
家，不管對錯，只要是反對者就會遭受迫害。他們假借著上帝的名
義行事，卻做出令人不齒的事，可是沒人敢反抗，讓錯誤的事不斷
發生。而巴克明斯特一家人顯然就是違反了鎮上的規範似的被判出
局。後來巴克明斯特牧師過世了，透納和母親並沒有屈服於鎮上的
惡勢力，繼續住在菲普思堡，這種勇氣與決心非一般懦弱的人做得
到的。最後在史東先生捲款而逃後，愚昧的居民才恍然大悟，他們
只是被利用的一群可憐人，只有透納和他的母親倖免於這個厄運。
於是惡勢力消失了，菲普思堡恢復了寧靜的生活，他們又重建了新
的生活規範。透納為了保衛馬拉加島的居民，不惜反抗鎮上的陋規，
然而也因為他的堅持，父親為保護他而死，更加速了馬拉加島的居
民被遣散的命運，這種反規範的結果，看似徹底的失敗，可是故事
的結局是小鎮的惡人離開了，他們又重建了良善的生活規範。所以
雖然是透納的失敗，但是他與母親的正義與勇氣還有寬容的大愛（把
賀德執事一家人接來家裡住），卻是喚醒居民的一帖良藥，所以反規
範的結果終究是重建了良好的規範。

　　從以上三部作品的探討來觀察人物心理的刻劃，可以看出作者
們的精心雕琢，還有所要傳達啟蒙的意義所在。有關描寫叛逆心理

的題材，少年小說家可能會有些保留或迴避，以免有「反教育」的
負面影響產生。「反成長的意識」對於孩子的教育，師長要如何給予
正確的引導和施教？這個議題非常值得探討。以《碎瓷片》和《畫
室小助手》為例，樹耳和璜・帕雷哈都是出身較為特殊的人物，例
如《鯨眼》這部作品，因為透納的一意孤行，造成他心愛的人一一
離去，這樣的內容議題，兒童及青少年可以理解、接納或仿效嗎？
在此書的中譯本「故事導讀」中，鄧美玲就提出了她的看法：「故事
很好看，有時候讓你邊看邊笑，有時候讓你揪著心，痛到了極點。
我一路看一路想：國小五、六年級或者國中階段的孩子，若老師父
母想用這本書作閱讀引導，可以從哪些角度，帶孩子學習面對自己
跟群體的衝突……『在改變自己適應環境』，跟『寧為玉碎不為瓦全
的堅持原則』這兩個極端之間，有沒有調和、轉進灰色地帶可供選
擇……其實，這就是品格教育面臨的問題……我們之所以要閱讀，
是為了想藉別人的故事，拓展我們的思路，並以理性的眼，來處理
自身的事。」（蓋瑞・施密特，2006：故事導讀）誠如以上所言，我
們給孩子的教育不是教條式的道德訓示而已，而是要帶領著他們邁
向豐富多元的精神層次的領域，提昇對生命的視野，學會分辨是非、
善惡，懂得判斷、分析時勢，以智慧及理性來建立正確的自我價值
觀，這才是教育最重要的課題，也是少年小說家應有的文學精神和
使命感。

第五節　其他

　　以上四節討論了人物心理的特徵：有揚露的喜怒哀懼愛惡欲（情
緒）、啟蒙創新的價值選擇（信念）、顯性的扁圓或其他（性格）、反

規範與重建規範（反成長的意識）等人物的心理刻劃。當然人的心理狀態是非常複雜多變，不會只有上述的四種而已，但是少年小說的主題、精神都具有「成長」與「啟蒙」的意義，為了顧及少年讀者群的身心發展，心理特徵的刻劃還是有範圍的，不像成人小說有許多的心理面向可以無限發揮。本節所要補充討論的是有關潛意識、才藝的展現、自虐的意識等等心理刻劃，因為這些心理刻劃不是出現在每一本小說裡，所以不像前面幾節「專門」的勾勒討論，於是納進來「其他」類一併處理。

　　首先討論人物潛意識的心理刻劃。方祖燊曾提出西格蒙‧佛洛伊德在他的「精神分析學」中，指出我們的頭腦有「聯想」活動，假使讓它自由馳騁，一些不相干的人事情景，就會從前意識與潛意識的世界浮現了出來。我們知道人常常會由眼前的一些人物事情，而想起跟這人物事情有關的其他的人物事情；這種心理現象，就是前人所謂「觸景生情」、「睹物思人」，也就是西格蒙‧佛洛伊德（Sigmund Freud）所謂「自由聯想」。（方祖燊，1995：185-186）而精神分析學所衍生出來的語文研究法，就是「精神分析學方法」。

　　精神分析學方法是用來解析語文現象或以語文形式存在的事物受制於潛意識的事實。它為西格蒙‧佛洛伊德於二十世紀初所創，而後衍發為許多批評流派所支取併攝（如馬克思主義、女性主義、後結構主義等等）且流行了大半個世紀。（周慶華，2004a：111）雖然如此，精神分析學方法所要解析的對象還是侷限於文學與藝術這種語文現象或以語文形式存在的事物。（西格蒙‧佛洛伊德，1988：491-519）因為它嚴格區分了受制於潛意識的與受制於意識的兩種不同型態的語文現象或以語文形式存在的事物：受制於意識的語文現象或以語文形式存在的事物在發用時所遵循的是「續發思考法則」或「邏輯法則」，整個過程受時空地等客觀因素的限制，遵守邏輯原

則推論因果關係（如數學、物理、化學、法律條文等等的構設就是）；
而受制於潛意識的語文現象或以語文形式存在的事物在發用時所遵
循的是「原本思考法則」或「非邏輯法則」，整個過程不受時空地的
限制，而以情感、慾望為因果關係（不依邏輯原則推論因果關係），
並且常以「濃縮」、「轉移」、和「象徵」等方式表達（如詩歌、神話、
童話和繪畫等等的創作就是）。（周慶華，2004a：112）而西格蒙·
佛洛伊德的學生卡爾·古斯塔夫·榮格（CarlGastavJung）不滿他的
老師的潛意識說侷限於「個人化」（可以稱為個人潛意識），而把潛
意識推進到集體的「原始類型」（卡爾·古斯塔夫·榮格，1994）。「卡
爾·古斯塔夫·榮格認為個人潛意識之下，更有一個原始的集體潛
意識；這種潛意識乃是全人類的共同精神遺產，無人無之，無人不
似。卡爾·古斯塔夫·榮格以為人類『構築神話』的本能，就存在
於集體潛意識，表現出來的成果就是『原始意象』或『原始類型』。
卡爾·古斯塔夫·榮格認為神話不源於外在因素如季節或太陽的循
環，實則是人類內在精神的外向投射，而以文學藝術為它投射的媒
介」。（顏元叔，1976：135-136）在前章節裡談過創造觀型文化的思
維是以上帝的形象造人，人類為了榮耀上帝，盡力的模仿祂、媲美
祂，著重在外在的精神探索，自從二十世紀流行了西格蒙·佛洛伊
德的學說後，發覺內在世界如此豐富，人類對於外在世界的掌控可
以轉移到對內在世界的掌控，更運用在文學藝術創作上。

　　二十世紀以後盛行的文學作品，對於內在心理世界的探討無不
用心著墨，有時是作者不自覺流露的潛意識在作品裡，有時是呈現
出人物個人的潛意識，有時呈現集體潛意識，或是作者有意描繪人
物心理的潛意識，來表達作者所要傳達的意念。這是西方創造觀型
文化演變出來的特色，是氣化觀型文化及緣起觀型文化裡所沒有
的；而經由中西文化交流後，東方世界才漸受影響。

《畫室小助手》這部作品裡對於潛意識的作用有很好的例證。主角璜‧帕雷哈自從開始偷偷臨摹主人的畫以後,心中總是充滿了罪惡感,因為他知道奴隸是不可以學畫的,他的內心時常痛苦的掙扎著。他渴望聖母的慈愛能赦免他的罪孽,於是一股強烈的衝動讓他畫出了心目中的聖母模樣:

> 我的手不由自主的揮舞,筆鋒像失了控似的,繪出了奇異的畫面。聖母的臉龐蒙上了一抹淡淡的陰影,五官的線條變得柔和而豐腴。白晰的眼底襯得黑色的眼珠分外閃爍,寬闊的鼻梁延伸出渾圓的鼻頭,厚實的雙唇輕輕抿起,帽緣散落出濃密鬈曲的黑髮。眼前的聖母竟然幻化成一名美麗的黑少女,我會不會是受了魔鬼的誘惑,才會畫出黝黑的聖母,讓我自覺優越,自認為是上帝的選民?我的情緒幾近崩潰,掩面哭了起來……主人能畫出西班牙人崇高尊貴的姿態,為什麼我不能表現自己同胞獨特的美感?矛盾的思緒澎湃起伏,啃噬著我徬徨無依的靈魂。(伊麗莎白‧博爾頓‧德‧特雷維諾,1995:192-193)

璜‧帕雷哈心裡希望作個上帝的最佳選民,又希望得到聖母的寬恕,所以把對聖母的崇敬之意畫出來。可是潛意識裡更希望自己的膚色能被認同,手足同胞能被上帝公平的愛戴、受到聖母的垂憐,所以用最誠摯的心畫出心中的聖母像,卻發覺像個黑人女孩,是否自己的民族意識太強烈了?其實這樣的民族意識的「潛作用」就是一種集體潛意識。他將心裡的想望、睹物的雜感、前意識與潛意識中的種種情思,借聖母像表現出來,流露出奴隸的心酸與悲痛、矛盾與無依。這段細膩的心理描繪,可以看出作者刻意將集體潛意識彰顯出來,以表達他對奴隸制度的不滿。這樣子的學說肇始於西方,所以是創造觀型文化的特色。

　　再來討論人物心理刻劃如何呈現在「才藝」上，接著以這部作品繼續作另一番討論。當璜·帕雷哈得知主人不能教奴隸作畫以後，一度非常沮喪，可是看到主人臨摹許多偉大藝術家的畫，以充實自己的才藝時，引發了他學畫的動力，他也開始偷偷的臨摹主人的畫，因為主人不能教他，所以只好發奮圖強的自己練習。

> 「為什麼要臨摹這些作品？」「是陛下吩咐的。更何況在臨摹的過程中，我也能學到很多。就好像這些偉大的畫師都來到跟前，仔細的教導我，指引我一般。」我再度沉默下來，一股強烈的誘惑使得我內心翻攪不安。既然能從臨摹中學習，我不就可以自己練習了嗎？（同上，140-141）

璜·帕雷哈的主人狄耶格從臨摹偉大的畫家作品中去不斷自我學習成長，這種做法啟發了璜·帕雷哈學畫的靈感，從此開始了學畫的歷程。他跟隨在主人身旁，瞭解他的主人作畫是相當重視「真實感」的。他曾告誡學生：「藝術應該是表現真實，完全不經修飾的真實才是美……你們必須牢牢記住，應該把原來的樣子畫出來，是美也好，是醜也好，絕對不要加上虛偽的矯飾。你們要不斷提醒自己，藝術就是全然的真，不能有半點虛假。」（同上，115-116）狄耶格認為藝術就是呈現最真實的一面，不能做作造假，這個觀念也深深的影響著璜·帕雷哈。

　　創造觀型文化傳統以為所有美好的人、事、物為上帝所造，藝術就是要把這些美表現出來還有保留下來。在二十世紀前，西方盛行「模象」或「寫實」的風格。以他們所信守的創造觀來說，在藝術方面就是模擬或仿效上帝所造的萬物，講究光線的明暗、色調、層次，以幾何、透視、寫實構圖等等的方法，把現實中很多存在的面向在畫布上呈現出來，保留上帝造物的原貌，並藉以榮耀上

帝。這跟氣化觀型文化和緣起觀型文化很不一樣。如氣化觀型文化是講究縮結人情、諧和自然的文化傳統，所崇尚的是如「氣」流動般優雅瀟灑的寫意畫；而緣起觀型文化是講究生死與共、淡化欲求的傳統，所崇尚的是靜修「依止」描繪的瑜珈行者的寫實畫（周慶華，2005：254-256），彼此有著寫實／寫意／另類寫實的差異。

再來討論人物心理刻劃的「自虐意識」。西方的創造觀是肯定造物主（神／上帝）以及揣摩造物主的旨意來創造發明，於是引發了工業革命、資訊革命、生化科技革命等等，不斷地將世界往前推進，造成資本主義資訊社會和後資訊社會的興起與演變，人在面臨社會的激進與變遷的同時，所面對的壓力愈來愈大，心靈在空虛無助的時候，會產生逃避現實的心理，於是「毒品」就應運而生，藉著毒品來暫時麻醉自己不去面對現實。但是毒品是會上癮、使人墮落或喪命的。隨著世界大戰的爆發，各類毒品被商賈、政客有意的散播出去，更有用毒品來統治他者；尤其是對殖民地，讓殖民百姓無力反抗，更從中獲取暴利。滿清時代的中國，就是飽受鴉片荼毒的國家，當時還被譏為「東亞病夫」。以鴉片來麻醉自己，逃避現實社會的摧殘，這種心態可說是「自虐意識」。在此就舉少年小說裡的例子來印證。

在《龍翼》一書裡，黑狗這個角色，就是吸食鴉片的犧牲者，也影射著那個時代被鴉片所害的千千萬萬的中國人的悲哀。

> 黑狗是姨太太所生的……他在唐人最艱困的時期來到金山……黑狗開始瞧不起自己的父親，常常和在唐人街開妓院、賭館、賣麻藥的流氓鬼混，最後還迷上吸鴉片。（勞倫斯‧葉，1995a：40）

　　「你知不知道為什麼有鴉片？」他問我。「是英國鬼子逼中國
　允許他們賣鴉片的。」我說。「那是騙人的，我告訴你吧……」
　黑狗諷刺的笑著說：「我是為了他們兩個才抽鴉片的。那個醜
　八怪妻子的名字叫生活，丈夫的名字叫人……」我不太懂他
　說的故事……他扭緊我的辮子，重重的捶打我的背，並搶走
　我藏在襯衫裡的錢袋……他用奇怪的聲音說：「你根本不懂什
　麼叫痛！」然後用腳不停的踢我，我昏了過去。（同上，94-97）

這段敘述傳達出中國人在美國生活的不易與痛苦，也諷刺著中國人在
外國討生活，不但不團結自立自強，還開賭館、賣麻藥來毒害自己的同
胞，對現實生活不滿者如黑狗，就迷上了鴉片，沒有體力做事，需要更
多的錢財來買鴉片，於是搶奪月影的錢財（那是舅公派月影去向客戶所
收的洗衣費），並且把對生活的不如意、心中的痛苦與悲憤，一股腦兒
的發洩在月影身上，把他打到暈厥過去。這是小人物的悲哀，也是成千
上萬受鴉片荼毒的中國人的縮影。

　　在少年小說中觸及「毒品」議題的不多，作者也小心的在作處
理，免得造成「反教育」的效果。從《龍翼》這部作品來看，發現
黑狗呈現出人物的「自虐意識」，自虐是自己用外力、物品或內在的
意識來自殘，從中得到發洩與快感，黑狗就是用鴉片來自虐，傷己
又害人，最後的下場是被發現橫死在外地，躺在棺材裡被送回來。
作者藉由黑狗為例，傳達沾染毒品的悲哀，沒有教條式的道德勸說，
給讀者作為自我警惕的借鏡。這是小說人物自虐意識的心理刻劃，
也流露出作者賦予人物的集體潛意識，讓鴉片殘害中國人的悲劇在
書中呈現出來，以「無聲的譴責」引起讀者的共鳴。

　　以上所討論的有關人物心理刻劃的特徵，在小說中是同時或並
存出現的，所以這些面向有其交集重疊處，以圖表示：

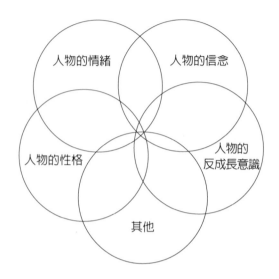

圖 6-5-1　人物心理特徵關係圖

　　以上的五種面向，是人物心理刻劃非常重要的特徵，缺一不可。
作者們用了敏銳細膩的洞察力、洗煉的文字，將人物的各種心理狀
態描摹出來，使得少年小說中的人物刻劃具有栩栩如生的生命力與
丰采。以紐伯瑞兒童文學獎得獎的代表作品來析論，可以看出所評
選的得獎作品，在人物心理的刻劃上，有其可以依循的模式：如小
說裡各個重要角色的情緒處理都要拿捏得當，恰如其份，人物所流
露出的喜怒哀懼愛惡欲等情緒描寫要很寫實，反映出現實生活中形
形色色的人物心理，帶出故事情節的許多高潮點，這樣可看性高，
才能吸引讀者的興趣。在人物的信念上，少年小說的少年主角們要
具有啟蒙創新的價值選擇，來凸顯他的主體性與啟蒙歷程，因為堅
持好的信念，所以達到圓滿的結局，引發少年讀者內在的思維、信
念，得到他們的認同與共鳴。在人物的性格方面，有顯性的扁圓人
物或其他類形的人物穿梭期間，讓讀者隨著人物的性格，深入探索

心靈世界的變幻，使得整部小說生動有趣又感人，值得讀者一再品味。在人物的反成長意識的呈現方面，傳達出反規範與重建規範的意義，讓少年讀者用智慧的判斷力和理性的批判力，來閱讀小說中所要傳達的喻意及旨意，拓展自己的思路，拉高生命的視野，來面對人生的許多難題。最後在人物的潛意識、才藝的展現、自虐的意識中去分析，則可以看出人物的心理狀態及作者所要表達的意識。同樣的，這些關係人物的情緒、人物的信念、人物的性格、人物的反成長意識和人物的潛意識、才藝、自虐意識等刻劃，也因為涉及人物心理本身的「整體」性且內裡都有同一文化系統的資源在被「驅遣運用」，以致彼此就會有所相涉或相通而不再如表面那樣的「著實區劃」（但也基於論說的方便，必須如前幾節的處理方式將它們分別看待，以便讀者「採擇想像」）。

　　綜合以上所有心理刻劃的特色，可見人物的心理刻劃是少年小說成功的重要因素之一，也是能榮獲紐伯瑞兒童文學獎的特色之一。而從這些代表作品中，我發現有深重的創造觀型文化的印記在裡面；這種文化印記的強力伸展，甚至影響到東方氣化觀型文化及緣起觀型文化在當今的變遷，這也是我建構少年小說人物刻劃理論的重要層面。

第七章 少年小說中人物社會向度的刻劃

第一節 平等兩性關係：關注性別的教育

　　本章要進一步將人物社會向度的刻劃以關注性別的教育、針砭階級制度、開啟族群意識的新途徑和昇華權力意志的另類表現，以及征服與教化等社會議題，試著加以論證，期能從紐伯瑞兒童文學獎得獎作品中，找出這些西方作家們在創造觀型文化傳統的影響下創作所體現的文化印記，以及那些作品在徵獎機制的挑選下是否也有著一些相關的共通性而可以獲得評審委員的肯定。

　　首先討論兩性關係的社會向度。在《聖經》裡揭示了：上帝創造萬物和人，先創造了亞當，再從亞當身上取出一根肋骨創造了女人。（香港聖經公會，1995：2-3）所以古來西方人根深蒂固的想法就是：女人是男人的附屬品，是為了服侍、取悅男人和繁衍種族而生的。這種男尊女卑、不公平、不合理的性別待遇，在東方國家至今雖然都還存在著，但近代西方國家，尤其是美國的女性主義興起了，不願被「受造」觀念所桎梏，開始為女性爭權益。這從十九世紀以來就不斷地有女權運動的事件發生；到了二十世紀，美國女權運動有了重大的突破；而二十一世紀的今日，女性已非常自由的和男性公平競爭並享受禮遇。美國的婦運帶動全球的女性展開解放運動，也是所有關心女性權益的人努力研究與擷取經驗的重要典模。

　　縱使有人對於女權意識有所批判：「女權批評似乎有以下幾個問題亟待澄清：（一）意識的開放解構，也就是男性文化能被推翻，表示它並不是一貫或封閉的……女性主義倘若要繼續發展，絕不能拿

『辯證』代替『互動』，以『對立』扼殺『對話』的機會。（二）歷史的因果變化，目前的女權批評往往以十九、二十世紀的觀點，去重新考察歷史上的某一件事或作品，完全忽略了文化差異……也許我們最好注意到個別時期的特殊文化現象，看男、女性如何發言，道出他們的權力，而不應只看他們是否出了聲。（三）女權批評家對文學和社會的關係，大多以男、女性的典範為主，因而對社會的複雜藝術條件，如技藝、機構、經濟因素無法提出圓滿的解釋。（四）如果女性主義堅持男女二元論，最後勢必走向『抑或』的雙重束縛：女性不應像男性，因為在生理、心理、社會上，女性是受壓迫的、被否定的性別；女性應該像男性，同樣爭取權力、自由、獨立。（五）以女性的觀點讀作品，如何避免讓女性本身的利益流於專制，以致於無視於作品中的其他成分。」（廖炳惠，1990：168-169）但他所批判的兩性在生理、心理、社會及文化上的差異而不能完全放在天平上比較一類的事項，卻無法改變全世界拜西方女權運動所賜，不管在婚姻、家庭、經濟、工作和政治參與權等等方面許多女性所爭取到的自主權；而這樣的自主性也已呈現在現實生活的各個層面。以文學的創作來說，許多作品都流露出濃厚的女性主義色彩，而以兩性關係為議題的作品比比皆是。至於少年小說，也不乏相應的呈現方式；但多半以「關注性別的教育」為主體，避免有過度的批判或教條式的言論出現，以免有反教育的效果。

　　《納梭河上的女孩》一書裡有很好的例證可舉。主角玫‧亞曼俐雅一直想與哥哥們享受同等的待遇，她希望可以自由的在外面玩耍、爬樹、划船、游泳、甚至學射擊，而這些都是她父親不准她做的事；她父親總認為女孩子在外面很危險，最好乖乖的待在家幫媽媽做家事就好了。

> 爸爸就是不喜歡女生，尤其不喜歡我。媽媽肚子裡有個孩子，爸爸說孩子啊，我希望你媽媽再給我們生個男孩，因為我不能忍受再來個玫‧亞曼俐雅。他這句話是當著所有男生面前講的。（珍妮芙‧賀牡，2002：15）

> 幫我把頭髮剪了，偉柏，我說。你發瘋了嗎，玫？他問。幫我把頭髮剪了，這樣我就可以跟你到賓‧安牧司壯的木材場去要份工作。我會穿工作褲，看起來就像個男生。可是你是小淑女啊玫，你聽到媽媽講的。別又提了偉柏，我向來都不能像你們男生這樣做好玩的事，不公平。（同上，137-138）

玫‧亞曼俐雅一直認為爸爸討厭女孩，所以對她很兇，哥哥們也都認為她是女生，要有小淑女的樣子，不可以做許多男生做的事，這樣太危險了！可是玫‧亞曼俐雅覺得不能像男生一樣做很多有趣的事，很不公平，她強烈的抗議，而且用最直接的行動表達出來。無奈的是身邊的人都是這樣的想法，連同是女性的媽媽、奶奶、老師、小女孩同伴都一致認為：女孩子要有淑女樣，不可以像男生一樣的粗野，這使得玫‧亞曼俐雅更不以為然了。

> 你不像任何我見過的小女士，耐心奶奶很兇的講，你是個醜八怪。耐心母親，媽媽不高興的說。我說不公平，偉柏就可以去，他也不是什麼紳士，其他那些男生也都不是……不行，玫，媽媽很堅持的說，去用熊骨鉤針給小寶寶鉤條毯子。很清楚了，我就是得跟這些動物還有大人坐在家裡，不能有好玩的。（同上，142-143）

> 水手！麥伊玫老師叫了出來，好像嚇一大跳……嗯！這是很刺激，玫，但你想你家人願意讓一個小淑女這樣闖蕩世界嗎？

你怎麼不留在納梭河跟我一樣當老師……不管麥伊玟老師怎麼說我都不覺得當個有教養的小淑女是件有趣的事，真的，每個人都知道小淑女得隨時在家，刺繡縫衣、什麼都收得乾乾淨淨的。乾乾淨淨這點是我最難做到的，我跟男生一樣一下就弄髒了。當男生比較好玩，這是不用再說的。（同上，132-134）

藹美跟我一樣大，只有十二歲，但有時她講起話來像大人，像麥伊玟老師……她說，你開始跟男生想法一樣了……我說，好像都只有男生可以做好玩的事，女生就得被丟在後頭，我不要被丟在後頭。（同上，233-234）

這部小說描寫的時代背景是十九世紀末，玫‧亞曼俐雅是一個出生在拓荒時代美國華盛頓州的芬蘭女孩。在那個時代裡，許多人對性別的想法還是很傳統封閉的，認為女孩子就要有淑女的樣子，並且要乖乖的在家做家事，要把自己妝扮的乾乾淨淨的才會有人喜歡，甚至不可以拋頭露面做屬於男性的工作。由上述的例子，印證了兩性關係的不平等。然而，玫‧亞曼俐雅除了會做家事外，還有農場的大小事也都會做，她不甘示弱，一再地要證明她也可以做許多男生可以做的事：游泳、划船、爬樹、射擊、看守羊群、給漁網上油、到木材場去應徵工作等等，雖然常常惹出許多麻煩糗事，可是也因為她會許多的生活技能，所以逃過好多次的劫難而保住性命，故事內容高潮迭起，趣味橫生。玫經常嚷著：「不公平！」於是用實際的行動去對抗不平等待遇。從玫不斷地打破傳統對女孩子的束縛的行為舉止來看，可以瞭解作者所要傳達的兩性關係的議題，提醒讀者對於性別教育的關注。

　　《鯨眼》裡也有很可愛的小女孩莉莉，她天真活潑，態度輕鬆自然，馬上讓透納喜歡和她做朋友。可是因為她是馬拉加島上的黑人女孩，所以被父親禁止和她做朋友。

> 「透納，在那個島上沒有人適合當牧師兒子的同伴。沒有！天知道他們在搞些什麼名堂！不過，無論如何，那邊都不是一個心靈高尚的人應該逗留的地方……」「莉莉不是那樣的！不管你所謂心靈高尚的人怎麼想，莉莉絕不是他們想的那樣！」「……今天晚上的事，很可能會要了你的命！」「難道，你叫我眼睜睜的看她在海邊流血，什麼都不管嗎？」「你根本不應該去海邊的。你應該待在鎮上，跟別的男孩做同樣的事。你應該跟他們一起打棒球、游泳。可是，你沒有！你卻跟一個黑人女孩跑到海邊去玩，又被潮水帶到了海灣。」（蓋瑞・施密特，2006：148-149）

透納的父親認為他應該跟鎮上的小男孩玩，而不是一個「黑人女孩」，這不但傳達出族群意識，還有性別意識在裡面：男孩子就應該跟男孩子玩，怎麼會跟女孩子扯在一起，更何況她是黑人！可是透納卻沒有性別歧視，只知道她是一個好女孩，而且她受傷了更應該幫助她。由此可以看出在孩子的世界裡根本沒有種族、性別的對待問題，而是大人給強為灌輸的觀念。

　　莉莉會的事很多，例如丟手斧、在海裡划船（還跟鯨群獨處過）、爬樹盪鞦韆、用石子和漂流木投球、打棒球、會挖蛤蜊等等，這些是來自波士頓的透納所不會的，從下面一段對話中可以窺見莉莉的生活常識要比透納強多了：

> 莉莉交給透納一把小刀。「你會不會撬開蛤蜊？」「兩分鐘之後就會了。」「你以為憑你自己就學得會？」「不，我想你會教我。」「哦？是嗎？」「那當然！你會而我不會的東西，你

> 怎麼可能不教我？你會受不了的！」「那我一定教了你不少
> 東西嘍！因為我會而你不會的東西可多了！」莉莉的確教了
> 他一大堆。（同上，227-228）

海島長大的孩子，理當會很多的生活技能，可是作者沒有安排給一
個小男孩的角色，而是由一個小女孩的角色來擔綱，除了增加故事
的可看性外，很明顯是要把對於性別的關注也納進來。兩性關係的
互動，是每本小說的重要佈局，也是吸引讀者的關鍵之一！這部作
品裡還有兩個特別的女性角色，那就是卡柏婆婆和賀德婆婆。她們
兩位是獨居老人，不但沒有被受重視，反而被歧視，認為老而無用，
甚至賀德婆婆的兒子為了得到她的房產，殘忍的把老母親送去精神
病院。以下是卡柏婆婆對透納說的一段話：

> 他們接下來要做的，就是把我送去波納爾（精神病院）！對，
> 我知道發生在賀德婆婆身上的事。她那個兒子把她送到波納
> 爾去，好賣掉她的房子，再拿她的錢去投資。除此之外，你
> 還想得出來別的理由嗎？（同上，222）

這裡不但凸顯了人性的醜陋，還顯示出他們對女性的歧視：因為「老
婆婆」沒有反抗的能力，似乎可以任人擺布。於此讓讀者對於老人
和性別的問題加以思考反芻，同時也無意透露出西方傳統社會沒有
家庭倫理觀念，不會孝順老父老母，而是交給社會福利機構，讓政
府來收養，這就是創造觀型文化的傳統思想觀念。

　　再舉《龍翼》的例子。這部作品裡主要兩個女性角色就是惠特
婁太太和小女孩羅萍。惠特婁太太是個熱心、仁慈又有智慧的成熟
女性代表；羅萍則是聰明伶俐、可愛又帶點淘氣的小女孩。在前幾
章節裡有陸續引文介紹這兩個重要角色。現在要特別舉出對於惠特

婁太太這個女性角色的刻劃，作者傳達了平等的兩性關係給讀者，並且賦予女性仁慈、智慧和過人的勇氣。

> 「要飛飛機了嗎？」「差不多可以了。」我轉頭告訴她們。「我來拉線。」羅萍急忙說道。「我來拉。」我抗議。「是我先說的。」她轉向她姑媽，「對不對，姑媽？」「羅萍，淑女是不會亂蹦亂跳的。」惠特婁太太告誡她。「女士優先！」父親說：「然後才換月影。」「好嘛！」（勞倫斯・葉，1995a：163-164）

這一段描述是父親教導月影要懂得尊重女士，這是西方紳士的風度表現，也顯示出兩性的良好關係，是要建立在相互尊重的心態上。

> 惠特婁太太把我們從震驚中喚醒……「我們可以找人幫忙。畢竟，我們來到世上就是要彼此幫助……」……惠特婁太太往街上走去，然後像母雞帶小雞一樣，奇蹟似的聚集了一群人。她用溫和而堅定的態度，將這些人組織起來，一起清理有人被活埋的土堆。（同上，186-190）

> 「地震把最邪惡和最善良的人都震出來了。」她揮揮手，好像把小偷當成迷途的小狗一樣……那個小偷站起來，好像不太相信自己已經自由了。（同上，196）

> 我們正要上馬車時，她卻阻止我們。「你們的同胞可能需要幫助。」……馬車離開視線後，左撇轉身跟我們說：「她好像是一個不錯的鬼子女人嘛！」「她是個了不起的女人！」父親說道。（同上，206-207）

一場地震可以震出人心的善良與邪惡。大家自顧不暇的逃難，沒有人停下來伸出援手去救助被困在土堆裡哀嚎的同胞，月影和父親，惠特

婁太太和羅萍卻在地震後，發揮人性最光輝的一面，留下來救助被困的同胞。惠特婁太太冷靜的想辦法聚集人群救災救難，還原諒了小偷放他走，所表現出來的大愛精神和智慧贏得男性的尊敬和佩服！也藉由惠特婁太太這個角色的表現，化解中國人對西洋人的誤解。這部作品沒有強烈的凸顯性別意識，卻從許多情節裡流露出兩性和諧平等的關係，還有可貴的情誼。讓讀者在潛移默化中已得到良好的性別教育。

　　以上所舉例證，歸納出屬於創造觀型文化思維下，少年小說中對於人物平等的兩性關係刻劃，共同的特色是：（一）作品裡對於兩性關係都會關注到性別的教育，可以看出兩性平等、和諧的良好互動。《納梭河上的女孩》這部作品裡，雖然透過玫・亞曼俐雅強調兩性的不公平處，也一再的證明女性可以做很多男性的事，可是她卻不斷地闖禍，而家人如父親和哥哥們對她還是一樣的疼愛與包容，所以表露出來的兩性關係是互諒互愛的。（二）由以上的例證可以看出兩性關係是建立在互相尊重、禮讓的態度上。從很多情節中透露出因為兩性懂得互相尊重、欣賞，讓讀者接受到正向的、良好的性別教育，沒有特別強調性別意識，而是兩性平衡的發展，所以故事才能引人入勝。這種兩性平等的思維在作品裡體現出來，可以看出作者的人文素養，也是作品能得獎的重要因素之一。以上所歸納的幾項重點，在其他的作品如《碎瓷片》、《畫室裡的小助手》、《六十個父親》裡也都有如此的特色，在此就不逐一舉例說明。

第二節　突破重圍：針砭階級制度

　　「階級」作為一個學術名詞，最早出現在羅馬時期，是對羅馬人民的財產所做的區分，十七世紀英文字中出現了「階級」，指一個

群體或一個部門，到 1770-1840，才具有現代意涵：以經濟關係作為社會分層的術語。在此之前的社會結構中，沒有階級概念，以出身作為社會秩序的準則，譬如貴族與平民，貴族是一種身分，平民是一種身分，貴族終其一身，身分不會改變，平民也是如此。階級不然，它代表了個人的流動，從一個階層移動到另一個階層，此後階級一詞有了新的意義。1772 年下層階級一詞被採用，1820 年上層階級漸被使用，而中產階級，則是一個自覺的名詞。至 1830 年代階級代表「生產」，指的是有用的階級，與貴族呈對立之勢，1840 年後「工人階級」開始被廣泛使用。（林立樹，2007：121）階級在中西方的制度又有不同的意義：在中國，貴族的身分比較沒有不變性，改朝換代之後，原來朝代的貴族的身分便消失（某家族如果喪失了皇帝這個職務，該家族的貴族身分跟著消失），也就是說，一個人地位的高低比較，由其職務來決定，可以說中國講究的是素樸的實力原則，以成敗論英雄，而不是以出身論英雄。在歐洲，貴族的身分比較有不變性，人地位的高低比較，是由階級來決定的，貴族的身分可以世襲，而且不因改朝換代而變動，顯示出西方創造觀型文化傳統與東方氣化觀型文化傳統在階級制度上的差異性很大。

到了近代對於階級的定義更受國家社會和文化的影響而有不同的意義：「階級是馬克思主義、社會學以及文化的廣泛研究裡的關鍵語……階級的社會學定義強調了另一組因素，諸如背景、教育、職業、地位和品味……近來有關失業、無家可歸和滿懷憤恨的青少年的某些討論，也採用了『底層階級』這個範疇來描述那些掉落在勞動市場之外，或者從未加入勞動市場，也不是積極的消費者的人，因此傳統和較新的範疇都無法適用在他們身上。」（彼得·布魯克，2003：48-50）綜上所述，階級制度從古至今變易性極大，而且存在於社會的各種層面，所以在討論人物社會向度的刻劃時，「階級制度」

是不可或缺的一環，還要從人物的刻劃中看出：人物如何突破階級制度的重圍，達到成功的境地。

《碎瓷片》裡有很好的例子可說明。樹耳是孤兒，從小和鶴人住在橋下，被視為遊民，是屬於底層階級的人物，也是屬於社會的邊緣人物，在人們的心中他們是貧賤與不祥的代表。但是他們活得很有尊嚴，因為他們不乞討食物也不偷取別人的財物，他們是自食其力的生活著。

> 在苗浦，孤兒被視為不吉祥，鎮上的孩子一看到他靠近，通常立刻閃避，年紀小一點的還會趕緊躲到母親的裙子後面。自從他為明師傅工作後，雖然其他陶匠的助手默許他出現，卻從不曾友善的招呼他。（琳達・蘇・帕克，2003：92）

> 樹耳從鶴人那裡學到很多。鶴人說，不管是在林子裡、垃圾堆裡找食物，或是秋天時去撿落穗，這些都要付出時間和勞力，所以是堂堂正正的行為。可是，如果是去偷或向人乞討，那就比狗還不如了。「付出勞力使人有尊嚴，偷竊讓人尊嚴掃地。」鶴人常常這麼說。（同上，15）

雖然是底層階級的小人物，但是鶴人教育樹耳要靠自己的能力，才能活得有尊嚴。而陶匠的行業，則是因為社會人民的需求而漸受重視，從底層階級晉身為比較有錢的階級，由以下的文字敘述可看出：

> 這幾年，有許多有錢人購買瓷器送給皇室和寺廟，村裡好幾座窯因此賺了不少錢，師傅們也躋身新的有錢人階級。（同上，25）

樹耳一心想跟明師傅學陶藝，不是為了想成為有錢人的階級，而是為了實踐自己的理想，可是當他請求明師傅教他製作陶罐時，被明

師傅斷然的回絕，理由是：樹耳不是他的兒子。陶匠的技藝是父傳子、子傳孫，代代相傳的，而樹耳是孤兒，無法得到此種技藝。

> 早期陶匠做的陶是為了實用而不是美觀。事實上，在以前，陶匠是一種貧賤的行業，沒有人願意讓自己的兒子過如此卑下的生活。年復一年，越來越多陶匠的兒子離開這一行，到後來，從事陶業的人口大量減少，根本無法供應民眾的需求。所以國王下令，陶匠的兒子必須繼承家業。」樹耳搖搖頭，擠出了一抹不敢苟同的苦笑，他想，那些兒子避之唯恐不及的行業，卻是他一心嚮往的。「我不知道現在的法律是不是還這樣的規定。」鶴人繼續說：「不過牢不可破的傳統，通常比法律有說服力。」（同上，144-145）

「牢不可破的傳統，通常比法律有說服力。」無形的階級制度，使下層階級的人難以突破往上晉級。當樹耳知道了這個事實後非常沮喪，可是後來他找到了自己人生的另一扇門，那就是「雕塑」（本研究第六章第二節已引文討論過）。最後明師傅夫婦收養了樹耳為義子後，樹耳成功的突破重圍，也突破了階級制度。這給讀者很好的示範：英雄不怕出身低、有志者事竟成；只要努力不懈、力爭上游，就會有改變命運的機會。

階級制度裡還包含了古代的奴隸制度在裡面，這種制度是最不符合人性，卻持續了好個世紀，釀成許多人類的悲劇。中古世紀的歐洲有傲人的歷史文明發展，可是其中的社會經濟、國力的富強，一大部分是由奴隸的血汗與付出性命的代價而成的，這一部部的血淚史，由許多的歷史學家及文學家披露出來，在少年小說裡也不乏作家寫出相關的主題故事。如《畫室小助手》一書，就寫出十七世紀前期，西班牙黑人畫家璜‧帕雷哈一生的故事，他本是奴隸身分，

可是後來受到主人的恩賜還他自由之身，這部小說是描寫他如何突破奴隸制度的重圍，而成為傳奇人物的。

故事描寫主角璜‧帕雷哈一出身就是奴隸的命運，但是後來遇到的主人是西班牙的著名畫家狄耶格‧委拉斯開茲，從此他的人生有了不同凡響的轉捩點。璜‧帕雷哈長期受主人耳濡目染的薰陶，啟蒙了他想學畫的念頭，以為仁慈的主人會答應他，可是沒想到卻被主人搖頭拒絕，這讓他的心情馬上跌宕到谷底。

> 「你可以教我畫畫嗎？」我興奮的喊著，內心充滿好奇和渴望。主人堅決的搖搖頭，一言不發的轉向身後的畫架……「我真希望自己也能跟主人學畫！」儘管我一再叮嚀自己，不要再提這件事，還是忍不住說溜了嘴。「可不是嘛！」夫人停下雙手，溫柔的瞧著我。「可惜西班牙的法律禁止奴隸學畫，凡是任何有關藝術的都不行，只能學些普通的手藝……別難過哦！」我滿心的疑問總算解開了，雖然還是有些難過，卻不再有任何的怨言。
> （伊麗莎白‧博爾頓‧德‧特雷維諾，1995：84-87）

這段文字說明了西班牙當時對於奴隸的限制，「只能學些普通的手藝」，不能學習任何有關藝術的技藝。這是獨裁者對於奴隸的控制手法，怕奴隸有超越白人的成就，不容許他們有翻身的機會！而璜‧帕雷哈在當下也明白了主人為何不教他作畫的原因，心中也就沒有怨言了。奴隸被奴役久了，只要主人對他好一點，生活環境不太壞，他們就很知足了，也不會有反抗的心理出現，這就是很多被奴役者的心態，即使可能有機會改變命運，他們也無心去設想了。除了少數自我意志堅強，民族意識強烈的人才會努力的想過完全自由的生活，起而抗爭。璜‧帕雷哈雖然不會抗爭命運，但是他卻深受主人的影響熱愛繪畫，所以他背地裡偷偷的學畫，這對善良的他來說，

好似犯下了大罪，因為他已違背了奴隸應遵守的制度，他非常的痛
苦，決定找牟利羅告白他的罪過。

> 「畫得真好！一看就知道是委拉斯開茲大師教出來的學
> 生！」牟利羅流露出愉悅的神情。「你應該高興才對，為什麼
> 愁眉苦臉的？」「奴隸作畫是違法的呀！」牟利羅睜大了眼
> 睛，不相信的說：「怎麼可能？」「這是西班牙的法律，奴隸
> 只能學些普通技能，絕對不可以從事藝術。這些年來，我都
> 是偷偷臨摹主人的作品，不敢讓別人知道。」「簡直是不可思
> 議！」牟利羅重重嘆了口氣（同上，194）

　　在十七世紀的前期，整個歐洲盛行著奴隸制度，奴隸的子孫還是
奴隸，除非主人還他自由之身，否則一輩子難以突破重圍。這是大時
代下的悲劇，也是歷史的傷痕，多少可貴的自由靈魂，在生下來的那
一刻就被宣判「終身奴隸」的悲慘命運！黑人女孩羅莉絲就是因為這
個原因不肯答應嫁給璜・帕雷哈，因為她不想要她的孩子一出身就是
奴隸的命運。幸運的是主人・委拉斯開茲狄耶格・委拉斯開茲的一句
話就讓他的夫人當下也給了羅莉絲自由之身。這對璜・帕雷哈和羅莉
絲來說，是達成了最奢求的夢想，也是突破了「生命的重圍」！

> 「親愛的羅莉絲，現在你已經自由了。」夫人溫柔的將那封
> 信塞進羅莉絲的手中……羅莉絲將那封信緊緊貼上胸口，一
> 向堅強內斂的她，竟也激動得流出眼淚來。（同上，248）

> 「一切都已經過去了，我們的孩子不再是奴隸，生下來就可
> 以享受自由的生命。」「有幾個人能像我們一樣？還有多少的
> 同胞得繼續過著奴役的生活，我為他們感到不平，感到痛
> 心！」「將來會有這麼一天的，」我的口吻堅定，充滿了信心，

「到了那一天，所有的人都將得到自由！」「你可知道還要等多久！付出多少代價！」羅莉絲的語調哀怨，流露出無限的悲淒。（同上，250）

璜‧帕雷哈和她的妻子羅莉絲是非常幸運的遇到了慈善的主人，才可能還他們自由之身，那也是璜‧帕雷哈忠心伺主的結果，才能成功的「突破重圍」。但是有多少奴隸即使勤奮了一輩子，沒有遇到好主人還他們自由，他們的子孫仍難逃命運的枷鎖，所以作者藉由羅莉絲的口說出了無限悲淒的感嘆！

　　從以上兩部作品的探討來觀察人物社會向度的刻劃，可以看出作者們對於階級制度的針砭，還有所要傳達人性平等的意義所在。西方人受傳統受造意識的影響，認為每個人都是獨立自主、自由的個體，誰也不能支配誰，更不能奴隸別人，雖然奴隸制度肇始於西方世界，但也是在人權自由平等的意識下被推翻。少年小說家對於奴隸制度的刻劃，是要給予讀者正向的人權教育的導引，這個議題非常值得探討。以《畫室小助手》為例，歐洲在十七世紀的前期是一個光輝耀眼的時代，這一段期間孕育出很多的名人，開創了科學、藝術的新境界。這段時期是英國詩人莎士比亞、西班牙作家塞萬提斯筆下的《唐‧吉訶德》盛行的時代；也是法國的哲學家笛卡兒、義大利物理、天文學家伽利略、英國科學家牛頓的時代；在藝術方面，法皇路易十四登基的時候，狄耶格‧委拉斯開茲正擔任西班牙的宮廷畫家，而他的助手就是璜‧帕雷哈。（同上，前言 23-24）作者在這部作品的前言中記載著：「在這麼一個輝煌燦爛的時代，新的思潮和藝術澎湃發展之際，我卻選擇一名黑奴作為本書的主角。從摩爾民族入侵歐洲大陸，奴隸制度就盛行於整個歐洲，包括西班牙。希臘的民主理念也是以奴隸體制為基本架構，甚至連崇尚自我覺醒的

猶太人都擁有奴隸。就當時整個世界來看，販賣奴隸的行為比比皆是，這是何等蔑視人權的罪孽！」（同上，前言 24）「我誠摯的希望，藉著璜‧帕雷哈的故事，凸顯奴隸制度的悲哀；藉著委拉斯開茲與璜‧帕雷哈之間特有的情誼，引導後代的白人與黑人競相仿效，創造出千千萬萬同樣感人的故事。年輕時代的他們，以主人與奴隸的關係拉開序幕；在成長的過程中，主僕之間存在著相互倚賴的情誼；到了最後的時刻，他們已經成為平等的朋友。（同上，後記 279）」作者這段感人的敘述，充分的顯示出她悲天憫人的人文情懷與文學的精神。

誠如以上作者所記載，奴隸制度是蔑視人權的封建思想，而階級制度的形成也是隨著社會及文化的不同，從古至今仍存在於東西方的一種社會型態，不停的演變著，只是名稱不同罷了。現代人因為身分地位還有職務的不同，而有所謂的底層階級、勞工階級、藍領階級、白領階級、中產階級等等名稱。但是這些階級會因個人的努力、奮鬥、突破一層一層的階級而改變自己的身分地位。除了外在社會賦予的價值判斷，決定某種職務或所得的高低來裁定階級的不同以外，內心對於自我不斷要求，積極力爭上游的人，也可以努力的突破重圍，達到自己想要的階級。所以在少年小說裡有階級制度的議題在裡面，人物奮發向上的生命歷程啟發讀者，可以擴充少年讀者的思惟，朝豐富多元的層面去思考，並且做好適當的引導，讓少年讀者們從中去體會領悟，進而幫助他們進入成人的世界。

第三節　自覺與覺他：開啟族群意識的新途徑

族群是指不同的人群聚居在一起，或者是不同群體的接觸頻繁，族群與其他各種組織和群體交織在一起，構成了複雜的、多元

的文化。族群一詞約略是 1930 年代開始使用,被用來描述兩個群體文化接觸的結果,或者是從小規模群體再向更大社會中所產生的涵化現象。到第二次大戰以後,族群一詞被用來取代英國人的「部族」(Tribe)和「種族」(Race),運用也就更為廣泛。到第二次大戰以後,族群一詞被用來取代英國人的部族和種族,運用也就更為廣泛。許多人類學、社會學家給族群下的定義是指在一個較大的文化和社會體系中具有自身文化特質的一種群體。族群意指同一社會中共用文化的一群人,尤其是共用同一語言,並且文化和語言能夠沒有什麼變化的代代傳承下去。族群意指同一社會中共用文化的一群人,尤其是共用同一語言,並且文化和語言能夠沒有什麼變化的代代傳承下去;族群是一個有一定規模的群體,意識到自己或被意識到與周圍不同並具有一定的特徵,好與其他族群相區別。這些特徵有共同的地理來源,遷移情況,種族,語言或方言,宗教信仰,超越親屬、鄰里和社區界限的聯繫,共有的傳統、價值和象徵,文字、民間創作和音樂,飲食習慣,居住和職業模式,對群體內外不同的感覺。這些特徵有共同的地理來源,例如:遷移情況、種族、語言或方言;宗教信仰、超越親屬、鄰里和社區界限的聯繫;共有的傳統、價值和象徵,文字、民間創作和音樂;飲食習慣、居住和職業模式;對群體內外不同的感覺等等。

　　人類自古就受族群意識的牢籠桎梏著,尤其受創造觀型文化的影響,白人自認為是上帝所優選的子民,是依造上帝的模樣而生,這種強烈受造意識所產生的優越感,認為有色人種是帶著原罪而生,所以長期存在著不合理的族群意識,用有色的眼光看待異色種族的同胞。從歷史的記載中發現:為了保存所謂的「優質血統」而殘害異族群爆發的衝突或戰爭(如日爾曼人屠殺猶太人),或是為了政治、權力和財富等因素,而日漸造成的種族歧視、奴隸制度的消

長、族群的對立等等問題，都隨著歷史的演進，在各國的族群之間不停地上演著，至今仍不止息。這樣的族群意識在文學作品中也以種種不同的風貌呈現出來。有許多作家不受族群意識的宰制，在作品中抒發出自己的想法。在少年小說裡，如果主題能夠彰顯平等的族群意識，藉著情節的鋪陳，讓主要人物先自覺族群意識所衍生的不平等待遇，然後起而抵制、反抗族群的對立或迫害，影響到周遭所有的人慢慢覺醒，突破族群意識的禁錮，進而開啟族群意識的新途徑，達到「自覺與覺他」的境地。這樣的小說不但能傳達出民族自由平等的觀念給讀者，還有達到潛移默化、正向教育的功能，所以能得到紐伯瑞兒童文學獎的肯定。

以《鯨眼》為例，內容裡有很好的例子可以討論族群意識的議題。菲普思堡的白人非常歧視馬拉加島的黑人，認為他們是阻礙鎮上發展觀光資源的一大阻礙，亟欲剷除他們，於是希望藉由牧師的名望及地位，幫助他們加快達成目的，由以下的敘述可見：

> 史東先生說：「巴克明斯特牧師，我們來這裡，是要呼籲您幫助我們一起拯救這個城市。您已經見識過馬拉加島的情況了。那邊住的不是酒鬼，就是小偷。我們也企圖要教育他們，還在那邊設了學校，請了老師，全都是花鎮上的錢！可是，一點用也沒有。」「是呀！」艾爾威警長也幫腔，「要教育那些人，比教狗用後腿走路還難。他們只想當寄生蟲。」……「也許，是上帝領你們來的吧！既然如此，第一公理會的牧師除了選擇和你們站在一起之外，還能說什麼？」「這就對了！牧師，這就是我們要的！」史東先生說……就在那時候，透納終於瞭解他們的意圖了。他不管說什麼，都只會助長那個陰謀。（蓋瑞‧施密特，2006：119-124）

小小年紀的透納意識到這樣的陰謀，更想要拯救馬拉加島的同胞了（自覺意識的開啟）。作者藉由透納來揭開馬拉加島的黑人生活面貌，描述他們純真善良的個性，期待受重視、被尊重的情感，內心卻隱藏著始終被歧視的悲情性格（其實這正是所有黑人同胞的心情寫照）。透納想幫助他們，想把卡柏婆婆遺留下來的房子，送給馬拉加島的黑人朋友住，他的想法首先獲得母親的認同：

> 透納的母親拍掉透納髮上的雪。「房子是你的！」她說：「別管人家說什麼！她留給你，就是想要把他交給你。」透納點點頭。「我知道她希望我怎麼處理它。」「那你最好照做。」「可是如果史東先生不喜歡我的處置怎麼辦？」「那麼，」巴克明斯特太太抬頭挺胸的站著，臉上被熱血燒得泛紅。「也只好讓史東先生大失所望了！」她搖搖頭，然後和他一起站在雪花紛飛的派克黑德路上，在教堂的臺街上，哈哈大笑，完全不在乎是否會引人非議。「你就放手去做吧！」她最後對透納說：「儘管放手去做！他要失望，就讓他失望！」於是透納決定放手去做。（同上，271-272）

第一個覺醒者也就是與透納站在同一邊的，就是他的母親，然後第二個覺醒者是他的父親。當史東先生質問他父親，對於兒子要把房子送給黑人女孩莉莉有什麼話說時，他父親表示從此以後會選擇跟兒子站在一起。第三個覺醒者是紐頓先生，他在教會執事團的會議中對賀德執事說：「執事，我知道您這樣想，史東先生也這樣想……不過我知道我們在馬拉加那邊所做的，可稱不上是善事。硬要說是的話，那也只是在自欺欺人而已。那些人就算在那邊再住個一百二十五年，也可以跟我們相安無事的，我們卻非要趕他們走，這才是事實……而那個孩子，看見了一個無家可歸的人，想要為她盡點力，

我很慚愧自己沒有跟他站在一起。我很慚愧我們整個執事團竟然沒有半個人跟他站在一起！」（同上，313）等到史東先生捲款而逃後，大家才完全清醒過來，但是已人事全非了。

　　因為透納的自覺意識開啟，而讓身旁的大人也漸漸地覺醒，希望能消弭可怕的族群意識，可是卻一一的失敗：整個馬拉加島的黑人有的死亡，有的放棄而遠離，黑人小女孩莉莉則被送到精神病院；透納父親被警長推下懸崖而死；執事團被少數惡人控制著沒人敢抵抗，整個過程令透納心痛又悲憤。結局是馬拉加島的黑人徹底的從菲普思堡的白人世界消失了，想要將族群融合的意識看似完全失敗，可是在讀者心裡才是真正開啟了平等的族群意識的大門。看完這部作品後，相信讀者們能感受到不平等的族群意識所帶來的悲劇，反芻其中族群意識的深沉意義，然後懂得尊重人權的自主、生命的可貴，不因種族的不同而有所歧視或傷害。作者藉由作品所強調的族群意識，如果能獲得讀者的共鳴，那麼才是真正的開啟了族群意識的新途徑，也就是達到自覺與覺他的功能了！

　　再舉《龍翼》的例子。這部小說開始是描寫華人在美國受到白人的排擠，族群歧視與對立的情況不斷地發生，更顯得黃種人要打入白種人的世界是多麼的不容易，必須付出許多慘痛的代價。月影初到美國與父親相聚時，馬上就見識到了洋鬼子破壞唐人街的情形：

> 鬼子不時在唐人街上叫囂，說唐人搶走了他們的工作。他們毆打無辜的唐人，用唐人自己的辮子把唐人綑在燈柱上……透過街上的煤油燈光，我看到大家肅穆的神情。他們已經經歷過無數次這種場面了。鬼子用他們的話大聲叫罵。父親的臉都脹紅了，兩隻拳頭握緊又鬆，鬆了又握緊。（勞倫斯・葉，1995a：40-42）

> 起初，舅公並不同意我和父親一起去收送衣服，因為唐人街
> 以外的地區很危險。有人被打得頭破血流、有人折了胳臂、
> 有人斷了肋骨，只是因為他們不小心越過了唐人和鬼子的邊
> 界，倒楣的時候，連鬼子小孩都會向我們丟石頭……我到鬼
> 子的地方已經有段時間，可是卻從未踏出唐人街一步。（同
> 上，63）

　　由以上兩段文字的敘述，可見早期華僑在白人世界是受到多大
的迫害，即使在唐人街也一樣會被傷害，更何況出了唐人街以外就
更危險。這嚴重的種族歧視在幾百年前如此，時至今日，雖然沒有
流血衝突發生，但是部分的白人受創造觀的影響，那種傲慢的優越
感還是存在，在面對有色人種時（黃種人或黑人），不經意流露出來
的神色，還是有輕視的心態在作祟。而小說中的人物如何突破族群
意識的藩籬，勇敢堅毅的生存下去？只有自我覺醒的加倍努力、力
爭上游，才能開啟族群意識的新途徑。

> 有時候，我們也不太清楚鬼子是善意還是惡意，不過為了安
> 全起見，我們通常都是迴避他們，免得惹禍上身。然而遇到
> 愛爾哲先生卻是一次例外……「需要我幫忙嗎？」父親問……
> 「知道哪裡有修車廠嗎？」……鬼子開始對著父親吼，好像
> 父親是聾子，他必須放大音量才能讓父親聽懂他的話。這種
> 情形在兩個講不同語言的人之間時常發生……引擎軋的一聲
> 發動了，整輛車子開始搖動起來……父親搖頭「不用錢。很
> 高興有機會看看你的車。」鬼子愣了一下，好像聽到小狗突
> 然開口說要去聽歌劇一樣，驚奇的看著父親……「我願意雇
> 用像你這樣誠實又能幹的人，你隨時可以來找我。」（同上，
> 66-68）

月影的父親自然流露出善良熱忱的本性，幫助有難的洋人，並且不求回報，讓洋人刮目相看，雖然言語不流利，但是肢體語言及真誠的心態，就是打破人與人之間隔閡的最好方式，也是突破族群意識的開始。而且自重者才能得到他人的尊重，馬上他就獲得洋人愛爾哲的肯定，表示願意雇用像他這樣的華人。後來月影跟父親離開了唐人街，真的去找愛爾哲先生雇用他，而且兩人在白人地區住下來，開始了他們的新生活。所幸他們遇到了好房東惠特婁太太和羅萍，讓他們對白人也產生了好感與信任。後來經過生活上的許多苦難波折後，他們之間更有甘苦與共的深厚情誼，洗衣公司的親朋好友們與惠特婁太太和羅萍也慢慢成為朋友，改變了他們對洋人的刻板印象，打破了族群意識的迷障。在小說的結尾可以看出族群意識在良性的互動中已漸漸的化解了。

> 父親和我搬回公司又新又堅固的大樓……那段期間，我們一直和惠特婁太太她們保持聯繫……有的禮拜天我會到渡船碼頭，搭船到奧克蘭和她們碰面，有的禮拜天我會在金山等她們過來。我不敢說惠特婁太太和舅公已經成為好朋友，但是他確實能慢慢欣賞他以前所不恥的鬼子女人了。（同上，279）

月影和父親在白人社區努力克服了生活上的種種困難，當然重要的部分還是慢慢的突破族群意識的障礙，與白人和平快樂的相處。月影的父親就是扮演著自覺與覺他的角色。他自覺到必須自重自愛，沒有自卑的心態和洋人打交道，才能與白人平起平坐，並且在工作或是待人處世上以誠信相待，必能贏得別人的尊重。因為他們父子倆成功的在白人地區生活下去，讓其他的華人也覺醒到其實洋人並不是全都很壞，也有善良可靠的好人，化解了心中一些仇恨對立的觀念，能欣賞起洋人的優點，也就是做到自覺與覺他的功夫了。

　　作者藉由這部作品，希望能開啟族群意識的新途徑，從他在小說的「後記」中流露出來的赤誠可以看出：「對於數百年前來到美國西岸的中國人的種種，我們一無所知。這些中國人一直是模糊、不露臉的整體，他們成為滿足社會學家的統計資料，或是史學家筆下無生命的抽象概念……藉著故事中『金蘭洗衣公司』的各個角色經歷，我企圖將古舊的歷史陳蹟，轉變成鮮活且具有生命力的一段唐人奮鬥史……此外，我希望推翻以前呈現在媒體中的窠臼：傅滿州大夫和他的部眾、靠小聰明發財的陳查理、電視電影中的廚師、洗衣工以及各種喜劇中的僕役，那都是美國白人心目中的中國人，不是真正的中國人。我希望藉著這個剛到美國的中國小孩的所見所聞，以及他父親為了追求理想而奮鬥的故事，刻劃出當年胼手胝足、流血流汗的中國人的真正形象。」（同上，283-284）

　　在其他的紐伯瑞兒童文學獎得獎作品——《六十個父親》裡天寶在戰亂中，被美國空軍部隊的軍人救起，天寶一下子多了六十個白人父親疼愛他，並且在美國軍官漢森中尉的協助下，找到了失散的父母親；《納梭河上的女孩》裡玫‧雅曼莉亞和他的哥哥偉德曾被印地安人救過，她在愛司托里亞城還認識了中國小男孩甌託一家人，對她非常親切和善，使她覺得很溫暖；《畫室小助手》裡主角璜‧帕雷哈得到許多白人朋友的友誼，並且受到國王和主人一家人的尊重與關懷，最後和妻子蘿莉絲都得到主人夫婦還以自由之身的幫助，畫家狄耶格用實際行動消弭了族群問題。以上這些作品的作者們都把族群之間和諧、和平、快樂相處的情形描繪出來，表達了族群之間應互信互助、尊重包容的情懷，作者們用心良苦的呈現出自覺與覺他的精神，意圖就是要開啟族群意識的新途徑，對於少年讀者的啟發意義深遠，所以能成為得獎作品，真是實至名歸！

　　對於族群意識的重視與關懷，我們給孩子的引導不是道德式的宣達而已，而是要帶領著他們從小說中去接觸世界，邁向生命更寬廣的領域，提昇對人權的尊重，學會自愛和愛人，懂得關照弱視勢族群，以悲憫之心代替仇恨對立，建立正確的生命價值觀，這才是教育重大的意義所在，也是少年小說家應有的責任與使命感。

第四節　捍衛一種形式：昇華權力意志的另類表現

　　在現實生活裡，每個人都會有權力慾望，這種權力慾望又稱為權力意志，它遂行於人際關係的網絡中，在不同的環境，就有不同的表徵。如果權力意志過度的膨脹，就會有強力支配者的姿態出現，造成被支配者情緒的緊張與壓迫，如果長期不合理的對待，更會造成被支配者的抗拒與反彈。在少年小說裡可以發現人物的刻劃，少年主角的角色通常是不會表現出過度的權力意志，甚至會扮演潤滑或催化劑的效用，促使人際關係的平衡和諧。可是如果遇到他者施於自己或別人過度的支配力時，他就會有起而抗爭的行動產生，反抗成功了，他的成長經驗或生命的視野就開闊了。而作者賦予人物昇華權力意志的另類表現，也就是讓他在與人互動中將捍衛這種形式的心態與作法顯露出來，所以在少年小說中人物社會向度的刻劃，權力意志的伸展議題也是非常值得重視的。

　　權力這個術語和我們在歷史上所看的社會發展與情境是一樣的，主要談的是優勢、控制和隸屬之間的來源、手段與關係，權力可以純粹是壓制的，包括那些為了要維持優勢而使用直接懲罰身體的力量。但也可以是社會上能夠接近使用以及分配這些基本資源的

產物；這些基本資源也許是所有權、財富、科技或原料的物質意義，
也可以是知識、閱讀書寫的能力、科學以及其他文化資本型態的象
徵符號的形式……我們有時候會以為權力是一種在政治領域之中的
東西，但是權力其實是在所有的社會關係和互動中不斷地進行角力
或競爭的，它一直在個人和團體之間，進行結構和劃分彼此的相互
關係……權力不一定是以直接壓抑及強制的手段呈現出來或經驗得
到的。我們可以將它看作是合法權威的運用或經驗。〔提姆‧歐蘇利
文（TimO'Sullivan）等，1997：302-303〕米契爾‧傅柯也認為：「權
力是一種關係，而不是所有物。它這種關係就是許多社會關係的一
部分，就像創造不平等的關係一樣。權力不是由菁英或在上位者施
行於在下位者身上的，而是貫穿所有的人。權力可說是來自於下方，
這不是因為我們住在一個完美的民主社會中，而是因為我們全在這
張權力網中。」〔提姆‧喬登（Tim Jordan），2001：23〕而約翰‧布
睿格（John Briggs）說的更貼切：「我們不斷被灌輸著如下的觀念：
只有在我們擁有足夠的權力時，才能夠順利地過我們想過的生活。
我們深信，如果我們有權力控制整個狀況，就會覺得更安全……事
實上，我們迷戀權力，或許只是因為感受到自身的無力感。圍繞我
們的龐大團體組織以及社會壓力，似乎正塑造著我們的命運……當
我們說，覺得自己充滿了無力感，這意味著自覺沒有足夠的力量去
對抗組織機構、官僚體系、系統制度、別人的強勢個性，或是某個
潛伏在我們心裡剛愎自用的某人……飄浮在處處權力的世界裡，我
們該如何前進？通常的回答是：設法從中得到一些權力。」〔約翰‧
布睿格，2000：51-54〕是的，權力處處飄浮在我們生活的周遭，在
文學作品裡更是常見。

　　小說家在小說裡會弱化這樣的權力意志而予以昇華，甚至為捍
衛這種形式而轉成一種另類的表現。尤其是創造觀型文化的社會，

是強調獨立自主的社會，誰也不能支配誰，自由平等的民主社會是人人所追求的，而且不分種族性別。所以在少年小說裡會發現，當情節鋪陳人物的權力意志升高到失衡時，重要的角色人物就會跳出來對抗抵制，當他反擊成功，在作者的意欲來說，不啻就是將權力意志弱化式的昇華轉成平等企求式的昇華了。這是帶動小說高潮迭起的重要佈局之一，當然也是得獎的因素之一。

在《納梭河上的女孩》裡有很好的例證可說明。玫‧亞曼俐雅的耐心奶奶，對於晚輩有著很深的支配慾望，希望子孫都聽從她的話，如果一不順從，馬上就有苦頭可吃了，從以下的描述可見耐心奶奶所呈現的支配者心態有多重：

> 你是一個壞心腸的老巫婆！在偉柏阻止我之前我已經喊出來了……耐心奶奶很兇的對著我咬嘴唇，我知道我一定得為剛說出來的話付出代價的……耐心奶奶真是魔鬼的化身，我絕對相信這一點。耐心奶奶用她的枴杖重重的打在我肩膀上，我上床前換衣服時看到內衣上都是血，在血下面有個雞蛋那麼大的瘀青。（同上，119-121）

> 我和偉柏看看對方，耐心奶奶死了！真不敢相信我耳朵。她怎麼死的？偉柏說。山谷流行猩紅熱，很多人都病得很嚴重，爸爸說……真不幸耐心奶奶蒙主恩召了，可是她一輩子也很完滿，她很老，對於老人走了也沒必要太傷心，生命就是這樣。（同上，255-257）

耐心奶奶的專制與跋扈，就是權力意志過度膨脹的表徵，只會讓人厭惡與抵抗。就像偉柏說的：「我知道我們應該要尊敬長輩，可是她實在一點也不值得尊敬，那個壞老巫婆，我一定要給她嚐點苦頭。」

（同上，122）即便對像是長輩，但是權力意志已經造成晚輩的傷害時，一定會遭反抗。不過在人倫道德上，晚輩不能太過忤逆長輩，即使不合理也只能勸諫，所以作者要昇華這種權力意志的另類表現，就是讓這樣的角色消失或死亡，從弱化強勢的權力意志到人際關係的平衡和諧狀態。就像耐心奶奶在家裡即使全家都不喜歡她，但還是必須包容她，以致她依然可以頤指氣使別人的生活著，直到死亡為止，這時權力意志才消失。

　　再舉《碎瓷片》的例子。樹耳不小心打破了明師傅的陶器作品後，自願留下來用工作當作賠償，明師傅勉強答應後，樹耳相當的開心，因為這是他有生以來的第一份工作，但是等他開始工作後才發現，明師傅是個脾氣非常暴躁又難以相處的老闆。從以下的描述可見老闆對於員工所行使的權力很強硬時，可以讓員工吃盡苦頭：

> 樹耳大步走向明師傅家，一進院子，就聽到明師傅正喋喋不休的在責罵他……樹耳沒有勇氣抬起頭來，他覺得自己像一隻雙頭獸，一邊是羞愧，另一邊是不平，羞愧的是自己沒有確實完成工作，不平的是明師傅交付的指令並不完整：「把推車裝滿」──是當時的命令，而他也達成了，難不成還指望他能解讀明師傅的心思。一陣內心交戰後，羞愧最終還是佔了上風，他擔心自己還沒學會製作陶罐就被趕走……明師傅轉過身來，不耐煩的說：「你到底來不來，小乞丐，你是雕像嗎？杵在那裡做什麼？」樹耳很高興明師傅原諒他了，然而喜悅卻像一縷輕煙，很快便在明師傅的指令下煙消雲散。（琳達・蘇・帕克，2003：43-45）

　　樹耳為了要賠罪還有賠償明師傅的損失，自願為明師傅工作來償還，可是明師傅的壞脾氣，讓樹耳吃了許多苦頭。在古代的東方

社會特別重視工作倫理，老闆的權力非常大，而員工就是要懂得謙卑的向老闆學習。樹耳後來請求明師傅收他為助手，他們的關係又變成是師徒了。

> 明師傅說：「有事快說。」「如果能夠讓我繼續為您工作，將是我無上的光榮……如果您能考慮……」「我可沒辦法付你錢。」明師傅沒好氣的打斷他的話，但這句簡短無禮的話在樹耳聽來，卻像久旱逢甘霖一般。「我沒辦法付你錢」，不就是等於「答應」了嗎？內心的喜悅讓樹耳高興得連話都說不出來了……他低聲說：「能夠為這麼一位大師做事，就是最大的報酬了。」明師傅說：「每天從寺廟的晨鐘響起，一直到太陽下山。」樹耳發現自己趴在地上，五體投地表示感激，要不是這樣，他恐怕會忍不住一路跑回橋下告訴鶴人這個好消息。「今天是黏土，不要木柴。」這是明師傅第十天的工作指示。（同上，50-51）

當了師傅的人可以頤指氣使的要徒弟作任何事，而當徒弟的就要懂得逆來順受，做好份內的工作，否則很難得到師傅的真傳（從這裡也可以看出東方氣化觀型文化的社會型態）。不管是老闆對員工，或是師傅對徒弟，明師傅所表現出來的就是典型的權力意志的強烈表現，而要如何昇華到自由平等的相互對待？最後的結局安排了樹耳被明師傅夫婦收養為義子後關係就昇華了，這就是作者捍衛這種平等形式所顯露的另類表現，正符合創造觀型文化的特色。

再舉《鯨眼》裡教會的權力意志遂行影響到個人意志的例子。巴克明斯特牧師被任聘來菲普思堡擔任教堂牧師，教會對於他的期望非常高，甚至希望他能照著教會的目標行事，而不要有太多個人的意見在內，由以下的敘述可見：

> 「牧師，教會會告訴您它的想法以及它要您怎麼想。」史東
> 先生的話就像是帶刺的鐵絲網，纏住了巴克明斯特父子……
> 「牧師家井然有序，教會才會井然有序；如果牧師家沒管好，
> 教會就會失序。」史東先生一邊高談闊論，一邊露出微笑，
> 似乎對自己的話感到很滿意……透納的媽媽握著他的手肘。
> 「牧師，教會將會告訴您它『要』您怎麼想！」（蓋瑞‧施密
> 特，2006：151-152）

> 「牧師，如果您想要有個可以傳教的小鎮，您就應該開始運
> 用一下您的影響力……牧師，要是造船廠垮了，那我們唯一
> 能做的就只剩下這個了。寫信吧！」史東先生大搖大擺的出
> 去了。透納和父親看著他盛氣凌人的走在路上，連海風也不
> 敢靠近。（同上，215-216）

很明顯的牧師家庭不能有太多的想法和作法，因為牧師得配合教會
的運作，但實則教會是被像史東先生這類的人所把持著，他們一切
以私人利益為主，只要有妨害利益的事：譬如馬拉加島的黑人會影
響他們的觀光業，所以他們急於剷除，而牧師只是他們的一顆棋子，
被利用的工具，當然不希望他們對黑人有憐憫之心，連接觸也不行，
所以透納與黑人女孩莉莉在一起的行為，是不被教會所容許的。
當這些少數把持教會的惡人現出猙獰的面孔時，權力濫用惡化的結
果就是傷害了維護正義平等的人：

> 「主啊！警長，你走得未免離正道太遠了點！一個會為了奪
> 走人家的土地，就將小女孩送去瘋人院的男人，連走上了歧
> 路都還不自知。」「歧路就是這條！」警長一把抓住透納的外
> 套，就像透納的父親剛才抓他一樣。他將透納半舉起來摔向

身後，完全不管他會摔落何處。等到透納再轉身抬頭看時，他
父親！他的父親！正和警長互相拉扯著，在岩石上扭打……，
等到透納完全站起來時，警長已經放手後退，而他父親，手在
月光中像風車般的旋轉了一陣，整個人摔下了礁岩。透納最後
看見的，是他父親映著月光的眼睛。（同上，306-307）

透納的父親為了保護兒子，也為了伸張自己遲來的正義而對抗警
長，沒想到卻在警長的暴力下犧牲了。在西方社會裡教會的地位是
相當崇高的，教會的執事團代表們可以決定地方的大小事，而牧師
的影響力也相對的提高，但是如果教會被有心人士為了私人利益所
操控時，他們就會假借教會的名義行使權力意志，而牧師就會變成
「集體」權力意志下的傀儡；如有不順從就會被解聘，甚至所有向
權力意志挑戰的人，都會有同樣悲慘的下場：

紐頓先生慢慢的開始說：「作牧師的人當然必須支援我們鎮
上。但是……您剛才的意思，好像是說牧師必須遵從我們鎮
上所決定的事，不管對或錯。但是，我認為我們需要的，或
許應該是一個能夠引領我們去分辨是非對錯的牧師吧！」「對
鎮上有好處的事，就是對的事。」……「要跟聖人一起生活
是很困難的，紐頓先生。通常都會落得個被燒死的下場。」
紐頓先生啞口無言的呆了半晌……「……還有其他人對建議
教會解聘巴克明斯特牧師的事有意見嗎？」被嚇呆的人似乎
不只紐頓先生，其他的執事個個都好像被千金重的大手壓在
肩上似的……（同上，310-314）

當教會的權力意志過度膨脹時，也勢必會遭到善良之士的反擊，如
透納一家人、紐頓先生一家人；但是善良百姓的權力意志太薄弱無

法抗衡時，作者就會安排情節來弱化這樣的權力意志，讓惡勢力在最終時瓦解。所以我們看到作者最後安排了始作俑者史東先生倒債捲款而逃：

> 五月中，史東先生的造船廠倒了。他拋下高級地段的房子，帶著半個小鎮投資所剩的錢跑掉。整個菲普思堡的居民都氣炸了……只剩下一堆沒領到上個月薪水的造船廠工人。還有賀德家！由於投資血本無歸，他們一文不名了……在史東先生倒債跑掉後，紐頓太太帶著婦女縫紉團的人來拜訪他們，並邀請他們回去做禮拜……於是透納和母親又回到第一公理會……拍賣會之後的那個星期天，賀德家坐在教堂的最後一排，個個看起來神情呆滯、憔悴，而且垂頭喪氣。這裡的人都認為麻煩具有傳染性，所以沒有人想接近，他們一直孤孤單單的坐著（同上，347-351）

在情節的舖陳安排下，教會裡強力行使權力意志的中心人物最後崩散了，教會重新恢復平衡和諧的關係。而昇華權力意志的另類表現在這裡也夾帶進來「寬恕」與「包容」的潤滑劑，由透納和母親的行誼可見。這也是作者捍衛自由、平等這種形式的最佳表現。

在《畫室小助手》裡主角的第一任女主人對他有著奴役者的權力支配心態，指使著他做事情，情緒又喜怒無常，璜·帕雷哈得小心翼翼的伺候著她，免得挨罵。第一任主人夫婦都去世後，由吉普賽人薩米羅將他帶去第二任主人家，途中對他百般虐待，迫使他得去偷東西、去行乞才有食物可吃。吉普賽人和奴隸同樣是在社會上被歧視的弱勢族群，可是一抓到機會，薩米羅竟然利用階級制度來行使權力意志，奴役他認為比他更低階的奴隸，人性的悲哀一覽無遺。第二任的主人畫家狄耶格就很仁慈的對待璜·帕雷哈，不但沒

有奴役他，還讓他和妻子獲得自由之身，看到了人性光輝的一面，
這就是典型的權力意志昇華的另類表現。

以上這些作品的作者們都把權力意志的各種表現方式呈現出
來：有長輩對晚輩（納梭河上的女孩）、老闆對員工、師徒之間的（碎
瓷片）、機構與個人（鯨眼）、主僕之間的（畫室裡的小助手）等等
情形精采的描繪出來，表達了權力意志如何施行在社會的各個角
落；但是當這些權力意志過度行使的結果，迫害到自由平等的人權
時，作者就會利用情節的轉變，弱化不合理的權力意志，讓人際或
社群關係恢復平衡和諧的狀態，把人性光明的一面展現出來。尤其
是少年小說，作者要讓少年讀者們更懂得珍惜、尊重、包容身邊的
家人或朋友，將心境更提升，捍衛這種形式的情懷，就是作者們企
圖喻示昇華權力意志的另類表現的必要性所在。

第五節 其他

以上四節討論了人物社會向度的刻劃：有關注性別的教育（兩
性關係）、針砭階級制度（突破重圍）、開啟族群意識的新途徑（自
覺與覺他）、昇華權力意志的另類表現（捍衛一種形式）等。但社會
向度應是很多面向的，不只是上述的四種而已，少年小說為了顧及
少年讀者群的心靈發展，有關社會向度的刻劃會自設範疇的，不像
成人小說有許多的面向可以發掘闡釋。因此本節所要補充討論的是
有關武力／暴力、破壞／犯罪等社會向度，因為這些社會向度不是
出現在每一本小說裡，所以不像前面幾節特別的提出分析討論，只
把它們歸在「其他」項一併處理。

　　首先是人物武力／暴力的社會向度。武力是指人的重力肢體動作，它在相當程度上也是體格的「應機」性的動態表現，差別只在它還可以結合其他媒介（如意識型態、情慾等等）、來合理化或偏執化自我而造成一個高度「壓迫」性的影響或支配態勢。由於武力的外向性及其內在權力欲求的積極驅策，所以它比起體格以及體格延伸出去的姿態、服飾等權力媒介更屬單向的影響力或支配力作用範疇。武力的強加他人身上以索得屈服的承諾一事未必可以如願；以至在預料對方將有所不從或反彈的情況下，它就會以「預存」形態來威脅，以便權力欲求的遂行。而使得武力還是得被收編為權力媒介的一環。這種權力媒介，在大多時候還會透過武器或其他強制手段（如集體施暴、制度性壓迫等）來衍生效應而造成難以估計的殺傷力。武力原可以是威嚇性的（未必要具體施展），但當它一旦淪為「鬥狠」或「屠殺」的工具後，就無法擺脫惡性相向的暴力色彩。而這種暴力色彩，在大規模的毀滅性戰爭中最為明顯，也最容易引起譴責的聲浪。（周慶華，2005：103-105）

　　《六十個父親》裡描寫二次世界大戰對中國所造成的無數傷害，就是遂行武力的慘烈結果。本書藉著天寶逃難的經過，描繪出在戰爭下被日本蹂躪的中國人，如何過著慘不忍睹的日子。

> 子彈恣意的飛竄在彎彎曲曲的街道，射穿一幢幢泥造房子。屋裡屋外盡是人們驚恐的呼喊、無助的求救……日本飛機從雲端裡衝出，俯衝向河面上一艘艘舢舨船……天寶的父母親仍舊挺直了腰桿，沉默而堅定操著槳。舢舨在火紅的河面上緩緩前進，逐漸駛離血腥的河道。（邁德特‧狄楊，1995：26-29）

> 一群男孩和女孩，背上背著竹籃子、手裡握著鐮刀，正往山頂走來。他們的模樣就像上了年紀的人，弱不禁風的慢慢走

著，面頰像風乾的橘皮般泛著蠟黃。還沒上得山頂，他們就停了下來……揮動鐮刀開始割草。天哪，他們竟吃起草來！只見一把一把的草塞進一張張乾癟的小嘴……甚至有個小男孩抓起地上的一把泥土，猛往肚裡吞。天寶整個人呆住了。(同上，71-73)

不管對象是自己同胞或是侵略他國的武力行為，戰爭為的就是要征服人民使之服從，也是施行武力的最殘酷作法！而百姓是最無辜可憐的犧牲者，手無寸鐵無從抵抗。反抗的方式就是作者安排主要角色逃難成功，免於戰爭的禍害，這樣才能展現出主角英雄式的啟蒙歷程。也從主角天寶逃難的過程中，看到苦難的人民如何過著民不聊生的日子，代表作者無聲的控訴、嚴厲的譴責武力所帶來的浩劫！

　　再來談暴力。所謂暴力是指對一個客體或人，有著強烈和直接行動的進犯行為。暴力是武力的高度「非正常」的表現，但它稍一滑動就會轉為反向操作的一種模式。塔特強調：「暴力可以是合法或非法的，昨天非法的行為，到了今天可能變成合法，而反之亦然。從明顯的身體攻擊，到言辭的爭辯、沉默或退縮，都可能是暴力呈現的一種方式。而暴力的指向也同樣如此。一旦『受挫者』太過強而有力時，他可能會選擇一個真正的受挫者作為他直接攻擊的目標。」(提姆‧歐蘇利文等，1997：421)

　　《畫室裡的小助手》一書裡所提到薩米羅對主角璜‧帕雷哈暴力相向的行為可以說明。吉普賽人薩米羅只是負責運送璜‧帕雷哈到第二任主人家，可是在途中對於奴隸所施加的暴行，不但是肉體上的凌虐，還有言語、精神上極為蔑視的行為，都是施行「暴力」的行徑。

　　車夫突然挨了上來，一拳打上騾子的鼻子，只見牠兩個鼻孔鮮血直冒。騾子露出滿臉的驚愕，一動也不動的站著。「看到

了吧，小黑鬼。誰要是找麻煩，就是這個下場！」車夫一臉的霸氣，讓人根本不敢有絲毫違背的念頭。（伊麗莎白・博爾頓・德・特雷維諾，1995：60）

我全身上下早已是傷痕累累了。我想逃，想一個人往馬德里去。可是聽人家說，吉普賽民族精通讀心術，我的一點心思是絕對瞞不過薩米羅那雙習刁鑽的眼睛。（同上，65-66）

「竟然敢逃走，你這個不知死活的小黑鬼……害我辛苦了一場，一文錢也拿不到……你這個畜生，我要把你拴在馬鞍上，一路拖進城去！」他一邊詛咒著，一邊揮動皮鞭，抽得我昏了過去……微微睜開眼睛……渾身錐刺著劇烈的疼痛，讓我喪失思考的能力。唯一做得到的，就是縮緊身子，不敢發出任何聲音……「真是可憐……那些傷口得洗乾淨才行！」（同上，73-74）

可憐的璜・帕雷哈無力反抗這樣的暴力行為，好不容易掙脫，結果被薩米羅找到後下場更悲慘。還好到了第二任主人家後，主人看到被肆虐後的可憐奴隸，就把吉普賽人趕走。這個趕走的行為即表示：一、這個主人非常生氣吉普賽人的暴行，把他趕走；二、主人看到自己的奴隸如此被虐待心疼不已，趕快想給他食物吃，還有幫他療傷，由此可知他是位仁慈的主人，沒有奴役者的心態。主人把吉普賽人趕走，就是反擊這種暴力行為的作法。如果不是仁慈的主人，可能還會給吉普賽人一筆獎金，感謝他把逃走的奴隸押回來。

當人使用武力／暴力想要達到征服與教化的目的未遂時，被激怒到惱羞成怒或「為破壞而破壞」的情緒時，繼之而來的就是破壞／犯罪。破壞／犯罪很難劃分開來，基本上這兩種都是脫序的行為。脫序，是伊梅爾・塗爾幹（EmileDurkheim）所提的概念，指的是當

個人與團體被剝奪或失去了讓他們感到安全而有意義的規範去管理他們的期待與行為時，所可能出現的狀態。脫序是因為缺少了適當的社會與道德的管理所造成的結果，而且還可能會造成一些沮喪、異常的狀態出現，在一些極端的案例中，甚至會導致自殺或殺人。這個理論認為，這些看起來像是個人的「心理狀態」，事實上必須將它放置在社會與文化條件的產物與回應的脈絡中來理解這個問題。伊梅·塗爾幹認為，脫序是現代生活中日漸增加的人格特質，因為急速變遷和不穩定條件下的社會關係本質使然。R.K.莫頓（R.K.Merton）更用這個概念去解釋異常。他認為某些團體在經驗到自己的社會目標（也就是物質上的成功），與他們想達成這個社會目標的可能性或手段上發生衝突的時候，脫序的狀態就可能產生。因而行為上的異常（例如：搶銀行）就被視為是一種脫序的緊張或「緊繃」所造成的結果。（提姆·歐蘇利文等，1997：18-19）這些脫序行為就會演變成破壞與犯罪。在少年小說裡，也會出現這樣的情節，讓少年讀者從故事中去學會明辨是非，並且接觸到社會黑暗的一面，知道如何運用智慧去面對。

　　《鯨眼》裡有白人破壞黑人所居住的小島的例子。史東先生為了私人的利益，一直想發展菲普思堡的觀光業，而馬拉加島上的黑人族群正是阻礙他美夢的絆腳石，他結合了一些惡人把島上的居民遣送到精神病院「波納爾」去，甚至把埋在地下的黑人祖先墳墓也全部挖掘起來，把整個島的所有建築通通燒掉，可說破壞的非常徹底！

> 威利斯把馬拉加島上發生的事告訴透納。他說史東先生找了些造船廠的工人去挖墓碑，破壞結冰的地面，掘出棺材或裡面僅存的東西，再把那些東西裝進五個板條箱，運離小島……兩天之後，威利斯不說，透納也知道島上發生的事。史東先

> 生的工人還沒完工，依森家已經被燒成了灰燼，現在火燒到
> 了萬里芬家，並挨家挨戶的燒過去……一陣陣的白色煙霧掩
> 蓋了馬拉加島，被海風吹向了內陸……飛過了卡柏婆婆和賀
> 德婆婆的房子，飛過了牧師宿舍……又繼續飄向史東先生的
> 豪宅。（蓋瑞·施密特，2006：320-321）

破壞殆盡的作法，使得島上的黑人同胞家破人亡，無一倖免。只有
透納一家人想援助他們，但仍不敵惡勢力的摧殘。最後是情節的安
排讓史東先生的造船廠倒閉，這些貪婪的投機者所投資的錢全部血
本無歸，如賀德一家人等。於是我們看到這些破壞者的下場是家財
散盡，一切從頭來過，甚至賀德一家人還得到透納母子的諒解，全
家搬去透納家住。這種對破壞者的寬容與昇華的情操，沒有報復行
為，也沒有產生仇恨心，以上帝的愛救贖這些惡人的罪，正是創造
觀型文化的特色。

再舉《龍翼》裡犯罪的例子。在美國的唐人街裡，中國人自組
幫派作一些非法的營利事業，如賭場、妓院、賣毒品，而這些幫派
裡很多是流氓，他們私底下用暴力來解決自己同胞的事情，很少交給
洋人警察，所以如果有犯罪事件發生，通常都是拿錢給幫派，讓他們
出面解決或是與洋人官商勾結擺平事情。這樣的幫派通常不是保護同
胞，而是欺負同胞、榨取他們的錢財。月影和父親就碰上這種事：

> 父親撿起那個人掉在地上的槍，把裡面的子彈全卸出來。虎
> 將軍和他的手下走出來。他舉起雙手，帶著歉意的說：「這本
> 來應該是你和黑狗兩人之間事……還是讓你和黑狗自己解決
> 吧！」他對一個手下說：「……黑狗以後不是我們的弟兄了，
> 他老是不聽話……這樣你滿意了嗎？」……父親轉身對虎將
> 軍說：「這是我個人的事，別找公司的麻煩。」虎將軍抱著雙

臂，想了一會兒，說：「你最好離開一陣子，避避風頭。我個人是不在乎這兩隻豬，可是有些人對弟兄被殺，可能會感到不滿。」（勞倫斯·葉，1995a：107-109）

月影的父親因為殺了人，又不願意花錢給幫派了事，所以被迫帶著月影離開唐人街，到危險的白人區生活。這樣的犯罪事件發生在其他族群的社群裡大概也是會有這種情形。就是許多族群裡，發生了械鬥、殺人、犯罪等等事件後，會用自己族群的懲戒方式解決，而不希望交出去給外族人處置，更不會交由國家法律來制裁。所以月影的父親雖然殺了流氓，但是一旦他離開了唐人街，就等於是離開了華人的保護區，生命跟留在唐人街一樣危險，只是暫時不會被幫派組織的人追殺。而作者安排這一「脫離」的情節，形同是一種反犯罪壓迫的形式，為講究平等的創造觀型文化再作一印證。

　　以上所討論的有關人物社會向度的刻劃，在小說中是同時或並存出現的，所以這些面向有其交集重疊處，以圖表示：

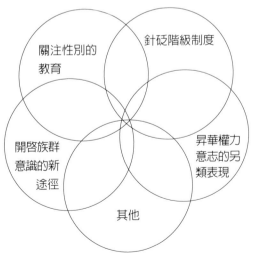

圖 7-5-1　人物社會向度關係圖

　　以上五種面向，是人物社會向度刻劃非常重要的環節。作者們用心的體察各種社會面向，以高潮迭起的情節帶出種種的社會生活，把人物的「立體性」細膩地刻劃出來，使得少年小說中的人物具有真實感且能獲得讀者的認同。以紐伯瑞兒童文學獎得獎的代表作品來討論，可以看出在人物社會向度的刻劃上，有其共同依循的模式：如小說裡對於兩性關係的處理要得當，要把關注性別的教育融入，讓少年讀者有性別平等的觀念，懂得兩性之間應互信互諒，互相尊重體貼包容，沒有性別不平等的待遇，沒有偏執的觀念，這樣讀者接受度才會高。在針砭階級制度上，少年小說的少年主角們都具有突破重圍、打破階級制度的勇氣與毅力，來凸顯他們的獨立性與啟蒙歷程。因為有突破重圍的精神，所以最後都能成功的躍升更高一層級，這可以鼓勵少年讀者打開心胸，不受階級的桎梏，努力向上提升，以改變自己的命運。在開啟族群意識的新途徑方面，能有自覺與覺他的省察功夫，讓少年讀者接觸族群的議題，喚醒內在人性的光輝，沒有種族的歧視，懂得去愛不同族群的手足同胞，讓世界趨向於自由平等的境界。在昇華權力意志的另類表現方面，傳達出作者們捍衛平等的形式是一樣的，讓少年讀者有智慧的思考判斷，能閱讀小說中所要傳達的深遠意義，昇華內心純潔的情操，來面對人生的許多困境。最後以武力／暴力、破壞／犯罪的現象提出討論，則可以看出社會的許多面向及作者所要傳達的「喻意」。同樣的，這些關注性別的教育、針砭階級制度、開啟族群意識的新途徑、昇華權力意志的另類表現和武力／暴力、破壞／犯罪等現象的刻劃，也因為涉及人物社會向度的「整體」性且內裡都有同一文化系統的資源在被「驅遣運用」，以致彼此就會有所相涉或相通而不再如表面那樣的「剖判分明」（但也基於論說的方便，必須如前幾節的處理方式將它們個別處理，以便讀者「進取依循」）。

　　綜合以上所有社會向度的特色，可見人物社會向度的刻劃是少年小說出色的重要因素之一，也是能榮獲紐伯瑞兒童文學獎的關鍵之一。而從這些代表作品中，我發現有濃厚的創造觀型文化的印記在裡面；這種文化印記的遠播深入，甚至影響到東方氣化觀型文化及緣起觀型文化在現代的轉化，這也是我建構少年小說人物刻劃理論的另一重要層面。

第八章　少年小說中人物文化性格的刻劃

第一節　創造觀型文化：深具詩性智慧的創造力

　　本研究以紐伯瑞兒童文學獎得獎代表作品為主要的探討對象（包括《碎瓷片》、《納梭河上的女孩》、《畫室小助手》、《鯨眼》、《六十個父親》、《龍翼》等六本作品），來印證我所建構的少年小說人物刻劃理論，分別以生理形象、心理特徵、社會向度等來討論，而文化性格就蘊含於其中，它們的獨特性要透過異系統的比較才能顯現出來。在此把屬於創造觀型文化的少年小說人物刻劃在生理、心理、社會等三個面向所析論出來的要點列表說明，讓此理論更「清晰明瞭」：

表 8-1-1　少年小說人物刻劃要點表

要點 生理／心理 社會等面向	少年小說人物刻劃	
生理形象	人物的出場	人物的出場方式很吸引人，帶出故事的第一個小高潮點，少年主角的身分及生活的環境背景很多元豐富。
	人物的外形	人物的外形方面，少年小說的少年主角們是活潑健壯、充滿自信。

	人物的語言	人物的語言方面,是經過理性介入的藝術表現,因為理性介入的語藝,使得整部小說邏輯性強、合情合理、具流暢性又富含哲理。
	人物的動作	人物的動作方面,少年主角們率性的表露出來,動作乾脆俐落、不忸怩作態,讓青少年讀者有同體歸屬感。
	其他	在人物的服飾、妝扮上,則可以看出人物的身分地位及心理狀態。
心理特徵	人物的情緒	小說裡各個重要角色的情緒處理都要拿捏得當,恰如其分,人物所流露出的喜怒哀懼愛惡欲等情緒描寫要很寫實,反映出現實生活中形形色色的人物心理,帶出故事情節的許多高潮點。
	人物的信念	人物的信念上,少年小說的少年主角們具有啟蒙創新的價值選擇,來凸顯他的主體性與啟蒙歷程,因為堅持好的信念,所以達到圓滿的結局,引發少年讀者內在的思維、信念,得到他們的認同與共鳴。
	人物的性格	人物的性格方面,有顯性的扁圓人物或其他類形的人物穿梭期間,讓讀者隨著人物的性格,深入探索心靈世界的變幻,使得整部小說生動有趣又感人。
	反成長的意識	人物反成長意識的呈現,傳達出反規範與重建規範的意義,讓少年讀者用智慧的判斷力和理性的批判力,來閱讀小說中所要傳達的喻意及旨意,拓展自己的思路,拉高生命的視野,來面對人生的許多難題。
	其他	從人物的潛意識、才藝的展現、自虐的意識中去分析,則可以看出人物的心理狀態及作者所要表達的意識。

	關注性別的教育	小說裡對於兩性關係的處理得當,把關注性別的教育融入,讓少年讀者有性別平等的觀念,懂得兩性之間應互信互諒,互相尊重體貼包容,沒有性別不平等的待遇,沒有偏執的觀念。
社會向度	針砭階級制度	針砭階級制度上,少年小說的少年主角們都具有突破重圍、打破階級制度的勇氣與毅力,來凸顯他們的獨立性與啟蒙歷程。因為有突破重圍的精神,所以最後都能成功的躍升更高一層級,這可以鼓勵少年讀者打開心胸,不受階級的桎梏,努力向上提升,以改變自己的命運。
	開啟族群意識的新途徑	開啟族群意識的新途徑方面,能有自覺與覺他的省察功夫,讓少年讀者接觸族群的議題,喚醒內在人性的光輝,沒有種族的歧視,懂得去愛不同族群的手足同胞,讓世界趨向於自由平等的境界。
	昇華權力意志的另類表現	昇華權力意志的另類表現方面,傳達出作者們捍衛平等的形式是一樣的,讓少年讀者有智慧的思考判斷,能閱讀小說中所要傳達的深遠意義,昇華內心純潔的情操,來面對人生的許多困境。
	其他	以武力／暴力、破壞／犯罪的現象提出討論,則可以看出社會的許多面向及作者所要傳達的「喻意」。

　　從以上第五、六、七章的重點歸納表可以看出:紐伯瑞兒童文學獎的得獎作品都有以上的共同特色,都深受西方創造觀型文化系統的影響,以此文化系統來析論紐伯瑞兒童文學獎的代表作品,建構少年小說人物刻劃在生理、心理、社會等面向的理論;而此理論架構當然也可以運用來衡量其他紐伯瑞兒童文學獎得獎的作品〔阿

瑟‧寶維‧克里斯門（Arthur Bowie chrisman），1995；達恩‧默克奇（Dhan Gopal Mmukerji），1995；埃里克‧菲爾布魯克‧凱利（Eric Phibrook Kelly），1995；芮歇爾‧菲爾德（Rachel Field），1995；蘿拉‧亞當斯‧亞默（Laura Adams Armer），1995；伊莉莎白‧路易斯（Elizabeth Llewis），1995；貝芙莉‧克萊瑞（Beverly Cleary），1995a、1995b、2003；卡羅‧布林克（Carol Ryrie Brink），1995；伊莉莎白‧恩賴特（Elizabeth Enright），1995；阿姆斯壯‧斯佩里（Armstorng Sperry），1995；伊莉莎白‧葉慈（Elizabeth Yates），1995；瑪德林‧恩格（Madeleine L'Engle），1995；威廉‧阿姆斯壯（William H. Armstrong），1995；密爾德瑞‧泰勒（Mildred D. Taylor），1995；辛西亞‧富格特（Cynthia Voigt），1995；傑瑞‧史賓尼利（Jerry Spinelli），1995、1998；菲琳絲‧那勒（Phyllis Reynolds Naylor），1995；瑪麗‧斯托爾茲（Mary Stolz），1995；沃爾特‧迪安‧邁爾斯（Walter Dean Myers），1995；尤漢娜‧雷斯（Johanna Reiss），1995；史達琳‧娜絲（Sterling North），1995；貝特‧格林（Bette Greene），1995；威廉‧斯泰格（William Steig），1995；珍妮‧蘭葛東（Jane Langton），1995；維吉尼亞‧漢密爾頓（Virginia Hamilton），1995；比爾‧布林頓（Bill Brittain），1995；勞倫斯‧葉（Laurence Yep），1995a、1995b；柯尼斯伯格（E. L. Konigsburg），1995、2003；密爾德瑞‧泰勒（Beverly Cleary），1995；邁德特‧狄楊（Meindert Dejong），1995a、1995b、1995c；艾菲（Avi），1998；露絲‧懷特（Ruth White），1998；露絲‧索耶（Ruth Sawyer），1999；奧黛莉‧克倫畢絲（Audrey Couloumbis），2000；凱倫‧海瑟（Karen Hesse），2000；瑞奇‧派克（Richard Peck），2000、2001；艾倫‧艾科特（Allan W. Eckert），2001；凱特‧迪卡密歐（Kate Dicamillo），2001、2005；貝茲‧拜阿爾斯（Betsy Byars），2002；娜塔莉‧卡森（Natalie Savage Carlson），

2002；珍・克雷賀德・喬治（Jean Craighead George），2002；席德・弗雷希門（Sid Fleischman），2002；喬治・塞爾登（George Selden），2002；辛西亞・賴藍特（Cynthia Rylant），2002；露薏絲・勞瑞（Lois Lowry），2002、2007；珍妮芙・賀牡（Jennifer L. Holm），2002、2007；艾倫・拉斯金（Ellen Raskin），2003；傑克・甘圖斯（Jack Gantos），2003；珍・萊絲莉・康禮（Jane Leslie Conly），2003；伊莉莎白・喬治・斯匹爾（Elizabeth George Speare），2003、2005；安・馬汀（Ann .M.Martin），2003；凱瑟琳・佩特森（Katherine Paterson），2003、2005；史考特・歐代爾（Scott O'Dell），2003、2005；南茜・法墨（Nancy Farmer），2003a、2003b；派翠西亞・萊利・吉夫（Patricia Reill Giff），2004；懷特（E. B. White），2004；蘇珊・費雪・史戴伯斯（Suzanne Fisher Staples），2004；瓊・包爾（Joan Bauer），2004；佩特莉霞・麥拉克倫（Patricia MacLachlan），2005；凱文・漢克斯（Kevin Henkes），2005；史蒂芬妮・司・托蘭（Stephanle S. Tolan），2005；蓋瑞・伯森（Gary Paulsen），2005；蓋瑞・施密特（Gary D.Schmidt），2006；湯米・狄波拉（Tomie de Paola），2006；貞妮佛・邱丹柯（Gennifer Choldenko），2006；珊寧・海爾（Shannon Hale），2006；辛西亞・角火田（Cynthia Kadohata），2006；吉爾法・祁特麗・史奈德（Zilpha Keatley Snyder），2007；波莉・霍維斯（Polly Horvath），2007；路易斯・薩奇爾（Louis Sachar），2007；吉兒・卡森・樂文（Gail Carson Levine），2007；莎朗・克里奇（Sharon Creech），2007；蘇珊・派特隆（Susan Patron），2007；辛西亞・洛德（Cythia Lord），2007〕，只是限於體例和篇幅，無法逐一舉例說明。

　　此外，上述的理論架構，同樣也可以運用來衡量同一系統內而非紐伯瑞兒童文學獎的作品。由前三章的分析中可看出：紐伯瑞兒童文學獎的徵獎機制背後有其自訂的規範，而非此獎的西方少年小

說，雖然隸屬同一文化系統但因不受徵獎機制的制約，以至在表現上「自由度」較大而有些微的差異。本研究就以《小王子》、《少年小樹之歌》、《牧羊少年奇幻之旅》、《哈利波特 I 神秘的魔法石》等為例，略加舉例說明。

　　首先以生理形象中的人物出場為例，如《牧羊少年奇幻之旅》中的少年主角，作者對於他的出場並沒有特別著墨，而是很快的帶出故事情節：

> 那個男孩名叫聖狄雅各。日落時分他領著一群羊抵達了一座廢棄的教堂。教堂屋頂看起來在很久前就已經坍落了，而曾經是更衣室的地方，如今卻磐立著一株巨大的無花果樹。他決定在此過夜。看著羊兒一一跳進門後，男孩在毀圮的門上橫豎著一些木板，以防羊兒走失。這附近並沒有狼，但若有羊隻脫隊，他可得花上一整天去找回來。（安東尼‧聖艾修伯里，1997：5）

作者一開始就拉開故事的序幕，讓讀者馬上跟著情節的畫面走，而主角除了一開始就說出名字外，其他時候都以「他」或「男孩」來描述，甚至對於他的外形也沒有多加描繪，可是曲折冒險的內容卻深深吸引著讀者的心靈；藉由牧羊少年的啟蒙之旅，引領著讀者對於生命有更深切的體悟！

　　再舉《少年小樹之歌》的例子。主角的出場也是不凸出，作者一開始就進入故事緣由：

> 爸爸去世後才一年，媽媽也跟著離開人間了。當年我才五歲。從那時候開始，我便和爺爺奶奶一起生活。爸爸媽媽的相繼去世，在親戚間引起不小的紛擾，這是奶奶在喪禮後告訴我

的。喪禮結束後，親戚們聚集在後院討論該如何安置我的去處，同時也順道把山坡上家中爸爸媽媽遺留下來的傢俱，作了皆大歡喜的分配。爺爺一直沒表示任何意見，他只是沉默的站在後院旁，和人群隔了段距離。奶奶就站在他的身後。爺爺的身體裡流有一半查拉幾族的血液，而奶奶則是道地的查拉幾族後裔。（佛瑞斯特‧卡特，2000：16）

　　沒有特別的主角出場介紹及外形的特殊描繪，有別於紐伯瑞兒童文學獎得獎作品的人物出場：為了搶機先，博得評審的青睞，必須很吸引人，帶出故事的第一個小高潮點。但是在人物的語言和動作方面，《少年小樹之歌》和《牧羊少年奇幻之旅》、《小王子》和《哈利波特I神秘的魔法石》等書，都有理性的語藝存在，也有率性的動作表現，符應創造觀型文化的精神，在此就不逐一分別引述了。

　　在心理特徵方面，關於人物的信念——啟蒙創新的價值選擇上，紐伯瑞兒童文學獎得獎作品的少年主角們都具有啟蒙創新的價值選擇，來凸顯他的主體性與啟蒙歷程，因為堅持好的信念，所以達到圓滿的結局。但同系統非得獎作品在啟蒙創新的價值選擇上，因為不必「討好」評審，所以就未必要營造很大的張力。以《小王子》為例，主角小王子敘述他在各個星球所接觸到的人、事、物，全書就以這點為主軸，闡述著富含深意的哲理。小王子在啟蒙創新的歷程中，並沒有明顯的高潮迭起的情節，但是藉由他的赤子之心與深富喻意的對話中，對於少年讀者卻有著深層的生命啟蒙意義，所以成為家喻戶曉的世界名著。另外《牧羊少年奇幻之旅》的牧羊男孩，為著一個重複出現的夢，決定橫渡撒哈拉沙漠，到埃及的金字塔中挖掘夢中的寶藏。一年多的尋寶歷險，他遇到各式各樣的人，帶給他不同的心靈衝擊與啟蒙的歷程；但也只是以心靈的啟發為主

體，沒有非常凸顯的情節帶出幾近「旋風」英雄式的啟蒙歷程，因此還是有別於紐伯瑞兒童文學獎得獎作品啟發創新的明顯歷程。但是由於牧羊男孩的堅持信念，所以最後他找到了真正屬於自己的寶藏，也有了圓滿的結局。《小王子》和《牧羊少年奇幻之旅》、《少年小樹之歌》和《哈利波特Ⅰ神秘的魔法石》一樣在人物的情緒上有著揚露的喜怒哀懼愛惡欲等情緒，在人物的性格上也呈現出顯性的扁圓或其他的性格，還有著反規範與重建規範的情節出現，都帶有創造觀型文化的印記，在此就不列舉說明瞭。

　　在社會向度方面，以平等的兩性關係──關注性別的教育來比較同系統裡的差異，較能看出作品的差異點。紐伯瑞兒童文學獎得獎作品裡對於兩性關係的處理要求得當，把關注性別的教育融入，讓少年讀者有性別平等的觀念，懂得兩性之間應互信互諒，互相尊重體貼包容，沒有性別不平等的待遇，沒有偏執的觀念，很有「現實」感。這在非得獎作品如《小王子》、《牧羊少年奇幻之旅》、《少年小樹之歌》、《哈利波特Ⅰ神秘的魔法石》等書裡，並沒有明顯的兩性議題在裡面；但是在小說裡展現出來的兩性關係，是互信互諒、互相尊重與體貼包容等，彼此還是相通的。其他的人物社會向度如針砭階級制度、開啟族群意識的新途徑、昇華權力意志的另類表現等在《小王子》、《牧羊少年奇幻之旅》、《少年小樹之歌》、《哈利波特Ⅰ神秘的魔法石》等書裡，相仿的都可以看到創造觀型文化的印記。其中《哈利波特Ⅰ神秘的魔法石》這部作品，現在是風靡全世界的名著，可是當初作者 J.K 羅琳捧著這部作品到各大出版社時是被拒絕的，更別說是參加紐伯瑞兒童文學獎有機會獲獎了。因為紐伯瑞兒童文學獎的得獎作品，主要人物以寫實為主，《哈利波特》裡的人物都是有魔法的，較不具寫實特徵，但是《哈利波特》系列的作品，對於人物的刻劃仍然非常符合創造觀型文化對於生理、心理、

社會等面向的關注點，只是因為是著重在魔法奇幻，所以即使紅遍世界，也跟紐伯瑞兒童文學獎的「嚴格」要求有所抵觸而不大可能被賞識。

　　歸納前三章所討論的少年小說人物刻劃在生理形象、心理特徵、社會向度的表現，可見「文化性格」已經蘊涵在裡面。而在本研究第四章第四節所引用文化五個次系統的關係圖，將這些理念運用在人物刻劃的分析，就可以將生理形象、心理特徵、社會向度等合而跟文化性格的「表面」差異比較出來。

　　還有為了更「深入」看出創造觀型文化中少年小說人物刻劃的特性，還得取別的文化系統中少年小說的人物刻劃情況來作對比，於是就有本章其他節次的論列；而它將更可見本研究所建構理論在解釋效力上的「廣被」和「深透」。對於這一點，可以再從文化系統「整體」上的審美特色予以對比發微。

　　在本研究的第一章第二節裡曾提過：第八章探討三大文化系統的差異──創造觀型文化：深具詩性智慧的創造力；氣化觀型文化：擁有絪縕人際關係的潛能；緣起觀型文化：傾力於逆緣起解脫。這三大系統差異的文化因緣就要運用到「文化學方法」了。所謂「文化學方法，是評估語文現象或以語文形式存在的事物所具有的文化特徵（價值）的方法……語文現象或以語文形式存在的事物無法脫離歷史文化背景而獨立自主。」（詳見第一章第二節）在第四章裡提到生理形象、心理特徵、社會向度等都隸屬於「行動系統」（當中社會向度還跨向規範系統），而行動系統必須上溯到觀念系統，以世界觀來定位，才能瞭解其深層的意涵，而所謂的文化性格也才能顯現出來。如第四章第四節所提到人物刻劃的生理形象、心理特徵、社會向度等具有集體的文化性，那並不是說人物有明顯的文化性格刻劃，而是說這三個面向內在潛藏著文化性格，作者們不自覺的把自

己的文化印記帶進小說裡，所以稱它為「潛移默化的文化性格」。現在可以把這五個次系統整編出這樣一個關係圖：

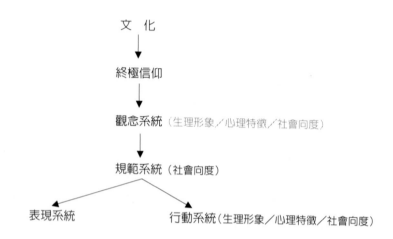

文　化

↓

終極信仰

↓

觀念系統（生理形象／心理特徵／社會向度）

↓

規範系統（社會向度）

↙　　　　　↘

表現系統　　　　　行動系統（生理形象／心理特徵／社會向度）

圖 8-1-2　人物刻劃在文化五個次系統位置圖

　　透過這個關係圖，可以瞭解前三章所說的生理形象、心理特徵和社會向度等都為文化所統攝，但卻還未顯「文化特色」，因為文化特色是要到觀念系統中的世界觀才得到「確定」且可以用來區別異文化系統（所謂創造觀型文化、氣化觀型文化、緣起觀型文化等等，就是以世界觀作為分判標記的）。而由於在內文中都強調紐伯瑞兒童文學獎得獎作品及此地同系非得獎作品是創造觀型文化所塑造的，所以兼用灰階處裡，將生理形象、心理特徵和社會向度等的「表層」位置和「深層」位置標出，以見前後論述的層次性和一貫性。就現存的創造觀型文化、氣化觀型文化和緣起觀型文化等三大文化系統來說，在文學的表現上就分別有漫長的敘事寫實、抒情寫實和解離寫實等取向；他們都各自在模寫所要模寫的形象（敘事寫實是在模

寫人／神衝突的形象；抒情寫實是在模寫內感外應的形象；解離寫
實是在模寫種種逆緣起的形象），而整體文學也因為有這樣的「爭奇
鬥豔」而饒富審美情趣。只是創造觀型文化內部緣於媲美上帝造物
本事的企圖心越見強烈，導致敘事寫實的傳統終於被現代前衛的新
寫實所唾棄；爾後又竄出後現代超前衛的語言遊戲和網路時代超超
前衛的超鏈結等在持續的展現「再開新」的勇氣。而這些可以整合
來加以圖示：

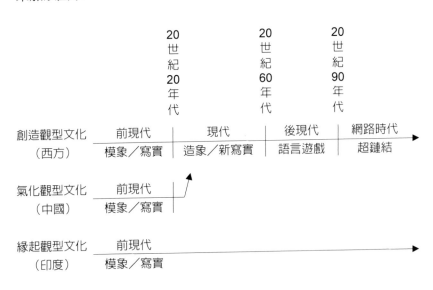

圖 8-1-3　三大文化系統文學表現圖（資料來源：周慶華，2007b：13）

　　當中氣化觀型文化內的文學表現從二十世紀初以來就幾近停頓
而轉向西方取經，從此沒有了「自家面目」；而緣起觀型文化內的文
學表現本來就「不積極」（但以解脫為務，不事華采雕蔚），也無心
他顧，所以雖然略顯素樸卻也還能維持一貫的格調。現存的文學表
現所以會是這樣子，應該還有可以據以辨別的概念架構在。也就是

說，從創造觀到敘事寫實傳統以下或從氣化觀到抒情寫實傳統以下或從緣起觀到解離寫實傳統以下，理當還要有一個仲介的環節去「承上啟下」，才能完滿這一文學的形上的「運思之旅」。這裡就以明顯可以取為對比的中西文學來說，西方傳統深受創造觀的影響而有詩性的思維在揣想人／神的關係；而中國傳統深受氣化觀的影響而有情志的思維在試著綰結人情和諧與自然。詩性的思維，是指非邏輯性的思維（原始的思維或野性的思維）〔揚姆巴蒂斯塔・維柯（Giambattista Vico），1997；路先・列維—布留爾（Lucién Lévy-Brühl），2001；李維－史特勞斯（C.Lévi-Strauss），1998〕，它以隱喻、換喻、借喻和諷喻、等手段來創新事物，從而找到寄寓化解人／神衝突的方式（也就是試圖藉由文學創作來昇華人性終而解決人不能成為神的困窘的「化解」跟神性衝突的一種作法）。〔海登・懷特（Hayden White），2003；茨維坦・托多洛夫（Tzvetan Todorov），2004；周慶華，2007b：13-15〕至於情志的思維，是指純為抒發情志（情性或性靈）的思維，它的目的不在馳騁想像力而在盡可能的「感物應事」。相對於詩性的思維，情志的思維很明顯就少了那麼一點野蠻／強創造的氣勢；它完全從人有內感外應的需求去找著「文學的出路」。而這無應是緣於氣化觀底下以為回應上述的「綰結人情和諧和自然」的文化特色使然（因為氣化成人，大家如「氣」聚般的糾結在一起，必須分親疏遠近才能過有秩序的生活，以至專門致力於經營良好的人際關係或無意世路以為逆向保有人我實存的自在，也就「勢所必趨」；而同樣都是氣化，萬物一體，當然就不會像有受造意識的西方人那樣為達媲美上帝的目的而窮於戮天役物）；它原是自足的，但由於一百多年來敵不過西方文化，從此就「退藏於密」而不再發揮應事的功能。這麼一來，世人就會漸漸淡忘曾經還有一種異質文學的存在。（周慶華，2007b：15-17）

　　如果只就西方文學來說，它所深具詩性智慧的創造力，相較其他文學「無此表現」自然是獨領風騷的關鍵；而我們所見的那些少年小說在人物刻劃上對於外貌言行必須符合受造的旨意、信念性格也得自我完滿、創新旅程的啟示和人際互動、還有貫徹平等理念的回應等，所顯現的高度想像力的運作（也就是那些受造意識、創新啟蒙和平等訴求等，都得運用想像力才能「成形」，雖然它們多有現實經驗作為「參考座標」），的確已經相當凸出且經由傳播而風行世界各地。然而，其他系統中少年小說的人物刻劃縱是在馳騁想像力上有所不及，但它們另有「異質」色彩卻也不好輕易的略過，而可以藉這次論述的機會略為一窺彼此的差異。

第二節　氣化觀型文化：擁有綰合人際關係的潛能

　　承上節所提，世界現存三大文化系統互有差異。興盛於西方的世界觀（包括古希臘時代的「神造」世界觀、中古世紀基督教的「神學綜合」世界觀和十八世紀以來的「機械」世界觀等），可以統稱為「創造觀」（神／上帝創造宇宙萬物觀；底下再分三系，是緣於著重點的不同），長期以來一直支配著西方的人心，並在十九世紀以後逐漸蔓延到全世界。（周慶華，2001：76-78）至於東方的情況，則有兩種較為可觀的世界觀：一種是流行於中國傳統的「自然氣化宇宙萬物觀」；一種是由古印度佛教所開啟而多重轉折的發展著的「因緣和合宇宙萬物觀」（下一節詳談）。前者，以為宇宙萬物為陰陽精氣所化生（自然氣化的過程及其理則，稱為道或理），所謂「道生一，一生二，二生三，三生萬物。萬物負陰而抱陽，沖氣以為和」（王弼，

1978：26-27）、「夫混然未判，則天地一氣，萬物一形。分而為天地，散而為萬物。此蓋離合之殊異，形氣之虛實」（張湛，1978：9）、「無極而太極。太極動而生陽；動極而靜，靜而生陰。靜極復動。一動一靜，互為其根。分陰分陽，兩儀立焉。陽變陰合而生水火木金土，五氣順布，四時行焉。五行一陰陽也，陰陽一太極也，太極本無極也。五行之生也，各一其性。無極之真，二五之精，妙合而凝。乾道成男，坤道成女。二氣交感，化生萬物。萬物生生，而變化無窮焉」（周敦頤，1978：4-14）等，都在說明這個意思（各文中另有陰陽精氣所從來的推測）。中國傳統所見這種世界觀既然以宇宙萬物為陰陽精氣所化生，那麼宇宙萬物的起源演變就在「自然」中進行；這不無暗示了人也該體會這一「自然」價值，不必做出違反自然之理的事。道家向來就是這樣主張的，而儒家所強調的道德形上學〔所謂「夫君子所過者化，所存者神，上下與天地同流」（孫奭，1982：231）、「盡其心者，知其性也；知其性，則知天矣」（同上，228）、「天命之謂性，率性之謂道，修道之謂教」（孔穎達等，1982b：879）等，，可為代表〕，也無不合轍。傳統中國人信守這樣的世界觀，所表現出來的多半是為使自然和人性、個人和社會以及人和人之間達成和諧融通、相互依存境界的行為方式和道德功夫。（周慶華，2007a：165-167）東方人深受氣化觀型文化的影響，擁有綰合人際關係的潛能，尤其在文學的創作裡更可以看出相應的「內感外應」的特質，並藉由人物的刻劃體現出來。

　　西方少年小說家源於創造觀型文化的世界觀的內化，所以深具詩性智慧的創造力；而東方小說傳統則是深受氣化觀型文化的影響而有情志的思維，目的不在馳騁想像力而在儘可能的「感物應事」。近代東方的文學即使受了西方文學的影響，極力要模仿該一詩性智慧，而疊有具「創造性」的作品出現，但跟西方創造觀型文化的受

造意識起源而渾然天成的文化性格相比還是嫌搏塑嵌入不深。倒是在我們這裡受氣化觀型文化的影響，小說家對於人際關係的經營非常重視；而這種擁有綰合人際關係的潛能反映在作品裡，人物刻劃上就會賦予同樣的特性。本研究就以海峽兩岸的作品《我是白癡》、《少年噶瑪蘭》、《紅瓦房》、《懲罰》等四部作品來略作探討。

　　《我是白癡》是描寫一個智障少年彭鐵男和他的家人還有同學，尤其是好朋友「跛腳」，在學校所發生種種喜怒哀樂的故事，從笑中帶淚的三十篇故事中，闡述一個智障少年如何在學校、社會中被排擠被歧視的過生活，但是彭鐵男本身不覺得悲哀難過，反而快樂的活在自己的世界裡，讓讀者去省思聰明與白癡、快樂和不快樂真正的意義。主角彭鐵男和另一位重要的配角人物「跛腳」，他們的出場沒有很特別，在外形上都是有缺陷的，文中沒有特別強調他們有特殊的生活環境背景、為了突破困境而積極奮勉的精神態度，也沒有冒險犯難的情節，當然就沒有成功與否的結局。在紐伯瑞兒童文學獎的小說裡，少年主角的外形都是健康的，只有配角偶有殘缺，好跟主角形成強烈的對比（例如《碎瓷片》裡的少年主角樹耳和跛腳的鶴人就是最好的例子）。以下是對於彭鐵男和「跛腳」兩人的「出場」及「外形」的描繪：

> 「快回啟智班去，你這個白癡。」他們兩個笑起來，我也跟他們笑起來。那是我第一次聽到人家叫我「白癡」。我不知道「白癡」是什麼意思，可是每次有人這麼叫我時，他們總是笑笑的。我也開心的跟著笑。（王淑芬，1997：3）

> 「你就是白癡！以後，要聽我的話，懂不懂？」我點點頭……一個男生跛著腳走過來，氣呼呼的罵捲頭髮男生：「難道聰明人就比較聰明嗎？」捲頭髮男生說：「我們這個放牛班可真精

采。除了白癡，還有跛腳。」……我對跛腳笑了笑，覺得肚
子裡有熱熱的東西在衝。我低聲叫他：「跛腳。」他也低聲叫
我：「白癡。」我們就這樣成了好朋友。（同上，1997：4-5）

沒有特別的人物出場介紹，在外形上作者對於彭鐵男和「跛腳」也
沒有多加描繪，全書都是平鋪直敘的描寫，沒有太大的高潮起伏的
情節。受氣化觀型文化的影響，在少年小說的人物刻劃上，「出場」
沒有製造高潮點，也不著重「外形」的描繪，而以情節帶出小說的
精要，情節又如「氣」般的流動，溫馨而平淡。《懲罰》的例子：十
四篇的短篇小說，篇篇雖然各有特色，但對於人物的出場及外形刻
劃卻沒有特別的著墨；十四篇裡只有一兩篇有對於外形稍加描繪，
也都以故事情節來帶出人物的出場。以其中的一篇小說〈一捆電線〉
為例，內容是敘述一個善良的小男孩在放學的路上，經過一戶人家
看到一些工人在裡頭架電線，他好奇的停下來觀望，結果發現有一
捆嶄新的電線被工人放置在大門口，他好心的進去要提醒工人叔叔
們要收好電線，卻被斥責出來，他心理雖然很難過，但是善良的他
實在非常擔心那捆電線被壞孩子偷去賣錢，於是就一直守候在門
外，直到工人們把電線收走了，他才安心的離開。小說的開場如下：

孩子站在胡同當中的一個門口，已經整整一個小時了。路燈
亮了，它把光線瀉在孩子的身上。於是在他的身後便留下了
一個比他還要矮小的還要瘦弱的影子。春日的白天是暖融融
的，可是一到夜晚便使人回憶起剛剛逝去的冬天。不過那會
兒穿的是棉衣，而現在……孩子使勁的抽了一下鼻子。這不
是自己家的門口，而是他上學經常路過的地方。那扇紅漆有
些剝落的大門總是關得嚴嚴的，裡面是什麼樣子也不知道。
（張之路，2005：48）

主角是這個「孩子」，沒有介紹姓名、沒有外形描述、出場也沒有特別之處，典型的氣化觀型抒情寫實方式，由情節帶出人物；它不像創造觀型文化的敘事寫實方式，由人物帶動情節，以人物為主體，對於人物的生理形象的刻劃非常具體生動。《紅瓦房》這部作品在生理形象的刻劃方面，本研究第四章第一節裡已經舉例討論過，這裡就不再重述。

　　受創造觀型文化的影響，西方人認為人的理性和自由意志是一體的，理性啟蒙強調人不斷地創新、超越極限以媲美上帝，凡事有自己的自主信念，而不受別人的牽制。所以我們可以在紐伯瑞兒童文學獎得獎作品裡看到：有關人物的刻劃，尤其是主角的型塑，在啟蒙的成長過程中，都具備有挑戰命運的意志力，並勇於開創自己的理想前途的信念。受西方文化東傳的影響，我們的少年小說在人物心理的刻劃上，多少也會有一點啟蒙創新的價值選擇的心理特徵，但是在深層次上「一個勇往直前」而「一個瞻前顧後」的差異還是存在，中西方人所信守的世界觀及其體現的美感特徵依然難以融通。以《少年噶瑪蘭》為例，內容運用魔幻技巧，使古代與現代的人物在時空中交錯，有如電影跳接剪輯的鏡頭般，追溯著噶瑪蘭人的歷史文化的根源，以少年主角潘新格穿梭其中為主軸，展開一連串的科幻尋根之旅。潘新格在現實生活中原本非常在意別人說他是平埔族的噶瑪蘭人，也就是「番仔」（現稱原住民）的意思，因為那有被歧視的含意在內，所以誰要是這樣稱呼他，他就大為光火，衝著對方大打出手；可是在一次的陰錯陽差、時空交錯的因緣下，讓他回到了他的祖先時代，讓他深刻的體驗了一番噶瑪蘭人的歷史傳統文化，他有了生命的啟蒙洗禮，所以改變了他的價值觀，再回到現實的剎那，反而以身為噶瑪蘭人為榮了！

其實，潘新格也不是要狠鬥勇的人，但卻沒隔兩個月，就和人大打一架……還是陳威龍細說肇因……「也沒怎樣呀……我笑他，那裡的魚才精哩，他們要是這麼笨，你為什麼不乾脆用書包去撈，你們『噶瑪蘭』不是最會撈魚的嗎？他一下子就翻臉了！」為了一句玩笑話，就六親不認！？人家說他的長相像平埔族的噶瑪蘭人，說說而已，也不是說他真番，何必發火？（李潼，2004：35-36）

加禮遠社的噶瑪蘭人，世代在此燒墾捕獵，也世代傳承避水逃生的族訓……噶瑪蘭的天神眷顧……只要將頭仰起，用力呼吸……總有一個族人，會來到沙丘，將他救起……潘新格回到「一路平安」的石碑凹洞蹲下……想著：「要是能回到家，找一支尖鑽，再刻幾個字，刻上『噶瑪蘭‧潘』。」他蹲坐不動……他要看清楚，這比夢境更真實的一幕，是怎麼來去的？（同上，294-314）

　　這部作品讓讀者看到了作者的創新寫作技巧，在人物的心理特徵上有許多細膩的刻劃，但是內容還是著重在人與人之間、人與家族、宗族之間的情感互動為主，那是因為深受氣化觀型文化的影響；氣化觀型文化講究「諧和自然，綰結人情」，這樣的文化性格還是會透過作者從小說中遞衍出來的。其他作品如《紅瓦房》和《懲罰》在人物心理特徵的刻劃上，也是有著明顯的「綰結人情和諧和自然」的文化特色（因為氣化成人，大家如「氣」聚般的糾結在一起，萬物一體，當然就不會像西方人有受造意識，為媲美上帝而不斷地創新、超越，達到成功的境地而努力所顯現的心理特徵）。《我是白癡》裡人物的心理特徵刻劃平實，作品裡的每個小人物之間的互動，也是帶有典型的氣化觀型文化的印記。

在社會向度的刻劃上，西方創造觀型文化傳統講究平等價值觀，每個人都有獨立生活的自主權，凡事都要靠自己努力獲得，沒有不勞而獲的事；也因為這樣實事求是的務實精神，所以在政治、科學上都發展得非常迅速。反觀氣化觀型文化的傳統思想，認為人天生氣稟不同，所以彼此就有富貴貧賤、賢智愚庸的差異；而大家也必須分親疏遠近才能過有秩序的生活，終身幾乎都在致力於經營良好的人際關係。這樣的文化性格也自然的會顯現在作品裡。如《我是白癡》一書裡有很好的例子可以印證：

> 體育老師說要考試……哨子一吹，我就和「跛腳」開始跑……我衝過一年級教室，衝過司令臺，又衝過體育老師。一下子，又衝過「跛腳」身旁。他還在用力的扭著屁股。我聽到體育老師在背後叫：「跑一圈就好。回來！可以啦！」我還是再衝過一年級教室，衝過司令臺，然後再衝到體育老師面前。「你這個白癡，我不是說跑一圈就好，你跑兩圈做什麼？」老師罵我。我喘著氣，回答老師：「我多跑一圈，是要送給『跛腳』的。」「跛腳」才剛剛跑到鳳凰木那裡。老師忽然笑起來，搖搖頭：「你真是……」他沒有再罵我「白癡」。（同上，1997：35-38）

彭鐵男雖然是弱智少年，但是他的善良想法和作法充滿了純真的赤子之心，讓人看了為之動容！也由此可見作者受氣化觀型文化的影響，才會刻劃出這樣的可愛人物。氣化觀型文化的傳統社會思想，最重視的就是「綰結人情」，人與人之間講究禮尚往來、互通有無，所以為了經營出良好的人際關係，會特別細心去觀察別人所需，適時的予以「錦上添花」或是「雪中送炭」，讓人與人之間的關係更密切、更融洽。這跟創造觀型文化就有很大的差異。因為西方人強

調平等觀，不因外表的殘缺而覺得應有特別待遇，一樣與人公平競爭，不希望別人用異樣的眼光或降低標準來對待他們；反而覺得一視同仁的對待殘障朋友，是一種尊重的作法，所以像彭鐵男這樣「多跑一圈」要送給「跛腳」的情形，在國外幾乎不可能見到。他們會鼓勵「跛腳」跑完全程而非「代替」他跑完全程，因為這兩種的意義是不同的。這也是從作品中去看出作者因為世界觀的不同，所以展現出來的人物刻劃就會有不同的精神意蘊，並且也可以比較出創造觀型文化與氣化觀型文化不同的文化性格。

以東方文學來說，傳統的氣化觀型文化的特色自成一格（抒發情志的思維，目的在盡可能的「感物應事」），雖然近代在形式技巧上已深受創造觀型文化的影響，但實質內蘊的文化性格還是顯露在文學創作裡，如在少年小說的人物刻劃上對於生理形象的著墨在神韻動人，心理特徵所追求的心齋、坐忘等逍遙境界，還有重視倫理、人際關係等價值觀等，都如氣聚般的融合在一起，達到萬物一體；不會像西方人有受造意識，因媲美上帝而不斷地創新、超越，為達成功的境地而努力。這是氣化觀型文化所塑造出的異質色彩，跟創造觀型文化中的人物性格大異其趣，所以本研究特別予以論述對列。

第三節　緣起觀型文化：傾力於逆緣起解脫

以上兩節討論了三大文化系統中的創造觀型文化及氣化觀型文化顯現在少年小說裡的文化性格，此外還有一重要文化觀——緣起觀型文化，融入於小說中，可以看出屬於東方的另一種特有的「傾力於逆緣起解脫」的文化性格。緣起觀型文化的世界觀以為宇宙萬

物的出現和消失，都是因緣和合所致。也就是說，有造成宇宙萬物存在的原因或條件，才能夠促使宇宙萬物的實際存在；反過來說，沒有造成宇宙萬物存在的原因或條件，也就不能夠促使宇宙萬物的實際存在（或者當造成宇宙萬物存在的原因或條件消失了，宇宙萬物也要跟著消失）。而由此「衍生」出人生是一大苦集，最後要以去執滅苦而進入絕對寂靜或不生不滅的涅槃（佛）境界為終極目標。（周慶華，1997；1999a）所謂「若法因緣生，法亦因緣滅。是生滅因緣，佛大沙門說」（施護譯，1974：768 中）、「此有故彼有，此起故彼起……此無故彼無，此滅故彼滅」（求那跋陀羅譯，1974：92 下）、「所謂此有故彼有，此起故彼起。謂緣無明行，乃至純大苦聚集；無明滅則行滅，乃至純大苦聚滅」（同上，18 上）、「是故經中說：若見因緣法，則為能見佛，見苦集滅道」（鳩羅摩什譯，1974a：34 下）等，就是在說明這些道理。佛教這種世界觀的具體顯現普遍流露在講究修鍊冥想、瑜伽術以及其他的心身冶煉等行為而將能量的消耗降到最低限度（周慶華，2001：78-79）。

　　緣起觀型文化傳統在信仰涅槃境界的佛教徒身上所顯現的，他們所關懷的是人的「痛苦」。這是佛教開創者釋迦牟尼從人類實存日日體驗到的無窮盡的身心逼惱（不快不悅的感受）而誓化眾生讓他們永遠脫離生死苦海的悲願所帶出的。佛教對於苦的分類甚繁，最常見的有生老病死苦、愛別離苦、怨憎會苦、求不得苦、五陰盛苦等。而造成這一痛苦的終極真實，主要是「二惑」（見惑和思惑，由無明業力引起）和「十二因緣」（生死輪迴）。最後必定逆緣起以滅一切痛苦和出離輪迴生死海而達到絕對寂靜境界為終極目標。而身為佛教徒所要有的終極承諾，就是由八正道（正見、正思維、正語、正業、正命、正精進、正念、正定）進入涅槃而得解脫。（周慶華，1997：81）

　　所謂的解脫，就是「機緣」，不可能有「恆常如斯」的現象。在這種情況下，人所能以清晰的意識或意志能力運用概念辨知事物的存在，就成了一個可以鬆動或轉移的對象……也就是說，由概念所指涉或對應的事物，都是因概念的創設或應用而生起的，以至事物就不如所見的為「真」，而概念的「任意性」，也全繫於意識或意志的活動。因此，逆緣起就是自我解消概念的束縛，「重返」不知不覺事物存在的狀態。倘若不是這樣，也許就會繼續被概念所困，而看不透概念世界在自己先行設定又受其制約的弔詭「真相」了……逆緣起後的自我解脫，可以透過自我的「修行」或他人的「經驗對照」而悟入成佛之路（一種重新賦予的「仿似」或「非確定」脫苦的成佛之路）。換句話說，解脫是在具體情境或場域中解脫的，只要能自覺「沒有了束縛」就算數。（周慶華，2004c：116-117）

　　東西方三大世界觀，都各自根源於背後的終極信仰（如創造觀就根源於對神／上帝的信仰；而氣化觀和緣起觀就分別根源於對自然氣化過程「道」和絕對寂靜或不生不滅「涅槃」境界的信仰）。而正是這種具有統攝性的世界觀各自塑造了各自的文化特色。這些文化特色表現在文學的創作上，就有「文學佛教化」的產生。所謂「文學佛教化」，相對的是「佛教文學化」。這一組概念的設定，是緣於佛教在傳播義理的過程中，經常運用到一般的文學手法（如敘事技巧、譬喻手段、偈語的格律化、表義的寓言式等等）；而文學在遭遇佛教的衝擊後，也難免要採及變化佛教的題材和汲噢囊括佛教的義理，造成佛教中有文學成分而文學中也有佛教成分的事實。而在沒有更好或更適當的名稱來指涉這種現象前，就不妨暫且將前者稱作「佛教文學化」而將後者稱作「文學佛教化」。（周慶華，1999b：3）前面所提到的「緣起觀型文化內的文學表現本來就『不積極』（但以解脫為務，不事華采雕蔚），也無心他顧，所以雖然略顯素樸卻也還

能維持一貫的格調」，就是針對「佛教文學化」而說的。佛教文學化只是把文學當作筌蹄，重點還是在它所要表達的佛教義理上。對於文學佛教化，就不只是光看它表達了什麼佛教方面的義理，還要看那些形式／技巧是怎樣「配合演出」。而這在中國傳統文學上，已經有不惡的成績。也就是說，中國傳統文學在遭遇佛教東傳的衝擊後，開始多方面的改變體式而有韻律的新發現、小說戲曲的佛理化、禪詩的流行和其他文體的發明教義等表現。（周慶華，1999b：125-184）

　　以中國的文學為例，大體上，中國傳統文學可以漢末佛教東傳為分水嶺而區別出前後兩大韻味類型：

　　　　文學以感嘆人生的有限性為主調：回應以及時行樂
佛教東傳
　　　　文學以領悟人生的虛幻性為主調：回應以去執（尋求解脫）

圖 8-3-1　佛教東傳劃分中國文學兩大類型圖（資料來源：周慶華，2007b：34）

在漢末以前，文學的「抒情」性明顯是以感嘆人生的有限性（短暫）為主調。這是受氣化觀型文化所有的「氣的變異性」觀念的影響而轉生的一種命限情結所致（沒有凡事變動不居觀念的人，就不大可能有這種生命短暫的「強烈意識」）；它在不確定會「如何了結一生」的情況下，自然就會引發「勞生有限」的沉哀！所謂「鬼伯一何相催促，人命不得少踟躕」（郭茂倩編撰，1984：398）、「人生寄一世，奄忽若飆塵」（李善等，1979：536）、「歡樂極兮哀情多，少壯幾時兮奈老何」（郭茂倩編撰，1984：1180）等等，都是同一種情緒。而既然生命短暫「已成定局」，那麼必要的回應就是偏向「及時行樂」。所謂「晝短苦夜長，何不秉燭遊？為樂當及時，何能待來茲」（李善

等，1979：539）、「不如飲美酒，被服紈與素」（同上，539）、「何不
策高足，先據要路津」（同上，536）等等，也都是慨嘆有自。

　　然而，當佛教的緣起思想及其輪迴／解脫的觀念傳來後，填補
了原來氣化觀的人死後不定回復為精氣是否就不在另一個時空再化
生成人的空缺，整個文學格局就開始起了變化；它不再沉迷於哀感
人生的有限性，而是一轉「朗闊」的想及生命的不可久恃。換句話
說，漢末以後，文學的抒情性反而是以領悟人生的虛幻性為主調。
它的逐漸深受「緣起」觀的浸染以及旁及各朝代達官貴人佞佛風氣
的薰習等，終於導致文學內涵也知所回應以「去執」（尋求解脫）來
開啟新路。佛教內部以韻散交錯呈現的講經方式以及出家眾所精蘊
的一些特能藉「矛盾」以達消解執念目的的禪詩如「菩提本無樹，
明鏡亦非臺。本來無一物，何處惹塵埃」（宗寶編，1974：349 上）、
「燄裡寒冰結，楊花九月飛。泥牛吼水面，木馬逐風嘶」（玄契編，
1974：537）、「空手把鋤頭，步行騎水牛。人在橋上過，橋流水不流」
（瞿汝稷集，1967：22 左下）之類，也大量的廣被傳習仿效，影響
所及詩詞曲藝遞相衍變而小說（平話）也跟著力拚佛業。（蔣述卓，
1992；加地哲定，1993；孫昌武，1995）然而，縱是文學佛教化有
這樣「搶眼」的成就，但要說到有那個特定的文本可以掄元驚世，
則又難以取例應景；而這要到《紅樓夢》問世後，一切才有所改觀。
（周慶華，2007b：34-36）

　　《紅樓夢》以賈氏家族的興衰史為經，穿插求功名、攢錢財、
貪愛欲和迷親情等事件的幻滅為緯，來揭示一種倫理抉擇的途徑和
提供全面秩序建構的模式，這就不啻是啟導了一種新的情境及其去
執解離的向度，而為「貞定和開發新實相世界」的規範訴求所准則。
《紅樓夢》這種留下殘夢以「凸顯」佛教空苦解脫旨意的作法，為
中國說部所僅見，已經樹立起一個不可移易的標竿，也為文學和佛

教的結合造就了一個「成功」的典範。（周慶華，2007b：57-59）
《紅樓夢》「明」的把氣化觀型文化的如「氣」變動不居的觀念體
現無遺；氣化觀型文化的「氣化」觀所賦予化生物的「不定性」
特徵，全是因為氣的「周流」性使然。這在《紅樓夢》所鋪排的
人情世故中「觸處可見」。以賈寶玉的「女孩兒未出嫁，是顆無價
之寶珠；出了嫁，不知怎麼就變出許多的不好的毛病出來，雖是顆
珠子，卻沒有光彩寶色，是顆死珠了；再老了，更變的不是珠子，
竟是魚眼睛了。分別一個人，怎麼變出三樣來」（馮其庸等，2000：
920）這一慨嘆女性三階段變化最為傳神。其實，這種無物不變的
觀念很容易被嫁接到緣起觀型文化的「緣起」觀上去作一牢靠的
互證。而中國傳統文學既然有深受佛教東傳的衝擊，那麼相對的
佛教西傳後多少也會影響到西方的文學，所以東西方文學創作就會
部分呈現出緣起觀型文化的印記；少年小說就是其中的一環。本研
究以《十三歲新娘》、《流浪者之歌》、《喜歡生命》這三本代表性作
品來討論有關緣起觀型文化摶塑的人物刻劃所展現出來的「文化
性格」。

　　在第四章已討論過東西方少年小說在人物刻劃的具體生理形
象上的差異性，在本節更深入探討有關生理形象上的特色。緣起觀
型文化社會裡的人，已經當生命是一大苦集而亟欲加以超脫，自然
在生理上無所謂美醜縈心的世俗煩惱。把這一點推到極致，一個人
最後即使必須「割肉餵鷹」或「捨身飼虎」也可以在所不惜。（鳩
摩羅什譯，1974b：314 下；法盛譯，1974：426-427 下）這樣也就
不可能會有以追求體態健美或外貌美醜來示人或成為文化壓迫的
幫兇。先舉《十三歲新娘》的例子，十三歲的印度女孩蔻莉，因為
家裡非常窮苦，才十三歲而已，她的父母就急於把她嫁掉，這樣家
裡就可以減少一個吃飯的人口。而她出嫁到夫家第一天的心情相

當複雜，碰到精明能幹的婆婆便覺得手足無措，甚至希望自己的
外表不要太出色，以免公婆或先生不喜歡她。節錄二段敘述文字
如下：

> 梅沙太太（蔻莉的婆婆）正在裡面等著……她的眼光盯得我
> 很不自在，讓我直為自己那些紮不進辮子裡的亂髮，和那雙
> 被弟弟稱作貓頭鷹眼的特大號眼睛而心慌。我還是一如往
> 常，一見到生人，就慌得手足無措……我不禁胡思亂想，要
> 是自己的眼睛不這麼大，鼻子小一點，或是個子不這麼高，
> 頭髮再直一點，梅沙家說不定就會友善一點。我知道自己雖
> 然有很多缺點，爸媽還是愛我，所以我安慰自己，也許梅沙
> 家跟我相處久了，也會漸漸喜歡上我。就算不喜歡，也至少
> 會習慣我吧！（萵蘿莉亞・魏蘭，2001：24-28）

大眼睛、鬈頭髮、高個子是西方美女的象徵，可是卻成了蔻莉自卑
的外表，這樣的差異性跟東西方的社會背景及文化性格有很大的關
係。還有婆婆挑媳婦是要看她夠不夠強壯，能不能做很多家事？而
不是以美貌來添加夫家的光彩，覺得娶到了美麗的媳婦是一種驕
傲！這就是文化性格明顯不同的地方；不同的文化性格，對於生理
形象的評價就有不同的觀點。

　　再舉《流浪者之歌》的例子。主角悉達多出身是婆羅門之子（印
度階級社會的四姓制度中之首姓，專司祭祀的貴族階級。其他則有
貴族階級「剎帝利」，農工商等百姓階級「吠舍」和土著奴隸階級「首
陀羅」。此即所謂四姓制度），少年時苦修「沙門」（沙門梵：文音譯，
意為遁世者，出家苦修者，森林苦行者，中國有以此名詞稱呼和尚
者，只是它的意義並不確切可靠），苦修勤練冥想、自證涅槃、解脫
痛苦之道，但並沒有讓他真正的達到解脫的境界，直到遇見了佛陀

（釋迦牟尼佛的前生），看見佛陀所示現出來的莊嚴法相後，終於有
了可以讓他心悅誠服而效法的對象了。

> 佛陀靜靜地向前走去，沉湎在深思。他安詳的面容上，沒有
> 歡樂，沒有哀傷。他好像是發著謙和的內心微笑。他安詳地，
> 靜穆地走著，帶著一種隱約的笑意，像一個健康嬰兒臉上的
> 隱約笑意。他穿著長袍，走起路來跟其他僧侶沒有兩樣，但
> 他的面容、他的步履，他那平靜下垂的眼神，他那平靜下垂
> 的雙手，還有他的每一個手指頭，流露出安詳，流露出完美，
> 沒有尋求，沒有做作，只是散發出一種恆久的靜穆，一種不
> 褪的光輝，一種不滅的安詳。迦陀瑪漫步進了村莊，獲得了
> 佈施，這兩位沙門能夠認識了他，只是因為他態度上完美的
> 安詳，形體上的沉靜，在那種沉靜與安詳中，沒有追尋，沒
> 有意欲，沒有努力，沒有虛假，只是光輝與平和。（同上，31-32）

佛陀的莊嚴寶相正是示現佛教教義的最佳印證。佛教開創者釋迦牟
尼從人類時存日日體驗到的無窮盡的身心逼惱（不快不悅的感受）
而誓化眾生讓他們永遠脫離生死苦海。不論是小乘佛教所偏重的「個
人苦」還是大乘佛教所偏重的「社會苦」，都展現出一致的關懷旨趣。
所謂「無念為宗，無相為體，無住為本」（宗寶編，1974：353），佛
教逆緣起觀以滅一切痛苦和出離輪迴生死苦海而達到絕對寂靜為終
極目標，所以佛陀所示現的法相是自如、安詳、高尚、純真的。少年
主角悉達多看到佛陀的莊嚴法相，心生仰慕也想起而效尤！這正是典
型的深受緣起觀型文化影響而不自覺的真情流露，與創造觀型文化的
人物生理形象刻劃差異極大。作者雖是西方人，但所寫的是一個印
度佛教徒的修道歷程，全部內容都是在闡述佛教的教義，所以人物刻
劃所展現出來的生理形象，依然是緣起觀型文化性格的流露範圍。

　　在人物心理特徵的刻劃中，創造觀型文化的人物情緒表現在少年小說的特色是：揚露的喜怒哀懼愛惡欲──小說裡各個重要角色的情緒處理都要拿捏得當，恰如其分，人物所流露出的喜怒哀懼愛惡欲等情緒描寫要很寫實，反映出現實生活中形形色色的人物心理，帶出故事情節的許多高潮點。而緣起觀型文化的小說人物情緒是沉靜的，喜怒不形於色的刻劃。如《流浪者之歌》所提佛陀的法相是：「佛陀靜靜地向前走去，沉湎在深思。他安詳的面容上，沒有歡樂，沒有哀傷。他好像是發著謙和的內心微笑。他安詳地，靜穆地走著，帶著一種隱約的笑意，像一個健康嬰兒臉上的隱約笑意。」佛陀所流露出的外相就是內心情緒的展現，沒有揚露的情緒彰顯，有的是一份安詳恬靜。

　　再舉《喜歡生命》的例子。《喜歡生命》是臺灣宗教文學作品，裡面集結了十九篇得獎短篇小說，其中有幾篇是以少年為主角可以歸屬於少年小說。以其中一篇〈星空的秘密〉來舉例說明：〈星空的秘密〉是描寫一個小男孩歷經了大地震後失去了父母及家園，只有他和奶奶倖存，搬到附近的叔叔家去住。奶奶想到男孩的父母親就很悲慟，可是小男孩卻不曾掉過淚。後來碰到了埋葬他父母親的土公陳仔，與土公陳仔聊天時終於流出了難過的眼淚，土公陳仔決定帶他親自去體會躺在棺材裡的滋味；當男孩從土坑裡看到天空有數不盡的星星、還有躺在土坑裡很舒服時，才克服了對「死亡」的恐懼，對於父母親的死亡才真正的釋懷。以下節錄幾段呈現小男孩情緒的文字：

　　　　「你就是埋我阿爸跟阿母的人……你會害怕嗎……我是說你
　　　會怕天黑，怕人會死掉嗎？」土公陳仔沉默半晌……「總有
　　　一天，你也會埋我的阿嬤？」「人年紀大了，這是早晚的，包

括我自己。」他輕描淡寫地回答。「可是我還是不明白，我阿爸跟阿母都還沒老，他們都很疼我，也沒做什麼壞事，為什麼……」話沒說完，他就紅了眼眶，低下頭，接著逐漸發出低聲的啜泣。土公陳仔坐在他旁邊，看著他不停顫動著的細小肩膀，不發一語茫然地坐在那裡……他在坑裡幾乎呆了，頓時感到一陣頭皮發麻。幾萬顆的星星同時擠在透藍的天空裡……不知不覺的，他的眼角滑下溫溫的淚水，但此時他卻沒有悲傷的感覺，只知道這樣躺著很舒服，且幾乎快睡著了。（同上，142-147）

因為地震而失去雙親的悲慟，有的人會嚎啕大哭悲傷不已，有的人會因驚嚇過度，從此封閉心靈，不再言語與歡笑。從上述的文字敘述裡，發現小男孩沒有把哀懼的心情表現出來，只是茫然空洞的面對人群，直到埋葬父母親的土公陳仔出現，他才發洩了他的情緒，但仍是低聲的啜泣，沒有揚露的情緒表現。這與《納梭河上的女孩》有一段情節描寫玟‧亞曼俐雅親手照顧的雅玟妹妹死了，在葬禮上，被耐心奶奶說是玟‧亞曼俐雅害死的，全家人的表情驚訝不已，不相信耐心奶奶會說出這麼狠毒的話，玟‧亞曼俐雅於是馬上跑走，偉柏哥哥在後面跟著追過去陪她──「我沒有哭，從雅玟寶寶死後到現在都沒流一滴眼淚，可是現在突然決堤了，我趴在偉柏的肩膀上一直哭一直哭，哭到喉頭又痠又痛，我說偉柏我不要回那裡，把我帶走，把我帶走。」（珍妮芙‧賀牧，2002：）一樣是失去至親的人，可是情緒的呈現方式大不同。〈星空的秘密〉裡的小男孩，作者安排他親自躺在土坑裡直接感受被埋葬的滋味，才能解除他對死亡的恐懼，這正符合了緣起觀型文化的「逆緣起解脫」之道，只有去執滅苦，才能達到真正的解脫，正是和創造觀型文化的小說人物刻

劃有著截然不同的處理方式，這由以上的比較就可看出。而〈星空
的秘密〉雖是臺灣作家所寫，但因為是參加「宗教文學徵選」，當然
為了因應得獎機制，內容必須是有宗教色彩的文學作品才能獲獎，
所以小說裡的人物刻劃是符應緣起觀型文化的人物性格。

　　在社會向度的刻劃上，創造觀型文化在小說中人物社會向度的
刻劃，對於兩性關係的平等是非常重視的，在少年小說裡會關注性
別的教育。但是在緣起觀型文化的社會裡，對於女性的歧視和差別
待遇是處處可見的，當然也會呈現在小說裡。如《十三歲新娘》裡
的蔻莉，因為家境貧寒，十三歲就要嫁為人婦了，這在西方創造觀
型文化的社會裡是不可能有的現象，十三歲在父母眼裡還是小孩
子，還正在受法律保障、父母監護的年齡，這樣是違背兒童福利法
的。可是在印度佛教國家，很多貧窮的人口，家裡負擔不起多一個
人吃飯，所以早早把女兒嫁掉，還要貼嫁妝過去，因為對方家庭多
了吃飯人口，要補償他們將來的損失。以緣起觀型的文化傳統認為
嫁女兒是緣滅，而娶媳婦則是緣起；女人死了丈夫後成了寡婦被送
去「寡婦城」又是緣滅，所以緣起緣滅的輪迴觀在佛教國家裡視為
平常，可是看在非緣起觀型文化社會的人士眼裡，覺得這些現象非
常不可思議！而且他們重男輕女的觀念非常深，在作品中可以從多
處顯示出來：

> 哥哥萬寶說：「蔻莉，等你有了老公以後，一切都得聽他的吩
> 咐，就不能像現在這樣，坐在那邊做你的白日夢了。」……
> 弟弟瑞恩也說：「以後，你跟你老公玩牌的時候，千萬不能
> 贏……女生一讀書，頭髮就會掉光光，眼睛也會變成鬥雞眼，
> 再也沒有男生會看她一眼。」（同上，14-15）

> 爸爸回答的斬釘截鐵：「想都別想！你知道如果婚禮沒有按時
> 進行，新娘子就會被邪靈找上的。」……如果，我在這個節
> 骨眼拒婚，就會讓我的家族蒙羞。（同上，27）

> 典禮一結束，宴席隨即展開……可是等男人先吃過，再輪到
> 女人吃的時候，所有的椰子糕早就沒了。我覺得，一個新娘
> 竟然連自己結婚的當天，一塊椰子糕也吃不到，這未免太不
> 公平了！（同上，31-32）

以上的敘述，顯示出印度這個社會對於女性的待遇是不平等的，一
個十三歲的小女孩，對於人生還懵懂無知就要嫁人，還不能有後悔
的餘地，如果在這個節骨眼拒婚，就會讓她的家族蒙羞。「嫁出去的
女兒就像潑出去的水」，這些想法跟傳統中國社會思想（氣化觀型文
化）近似，女人一但嫁出去，如果是拒婚、退婚或是被休了（離婚）
都是家族的一大恥辱，也註定了女人悲情的一生。而婦女死了丈夫
以後變成寡婦，很容易被夫家的人送到「寡婦城」去，好減少家裡
吃飯的人口。蔻莉也被無情的婆婆拋棄在寡婦城了：

> 「我婆婆今天早上帶我來的。可是，我不知道她去哪兒了。
> 也許她還會回來找我。」老婦人搖了搖頭。「別想了！我的情
> 形跟你差不多。我是兩個月前被帶來這裡的。我丈夫死了以
> 後，就沒人要我了。他的那些兄弟一把他的財產瓜分完以後，
> 就把我帶到這兒來。」「他們怎麼可以丟下你不管？」我問：
> 「為什麼不照顧你？」「他們拿到了財產，還要我做什麼。而
> 且，他們說有寡婦在身邊，會為他們帶來厄運。其實，是我
> 年紀大，不能幫他們幹粗活了。」這世界上如果真有如此殘
> 酷的事，我就不能不信，婆婆把我帶到這個寡婦城來，就是
> 要遺棄我。（同上，133-134）

在《世界真有趣》這本書裡就介紹了印度〈寡婦城〉的緣由:「印度
首都新德里附近的維倫達文是一個著名的寡婦城,至今已有四百多
年的歷史,目前至少有五千個寡婦住在這裡,多半是來自西孟加拉
幫的窮寡婦。印度女人死了丈夫之後,不得再婚,不能戴首飾,甚
至不准吃雞、魚和豬肉。窮人家多一個人吃飯就多一份負擔,女人
死去丈夫,便很快被送到寡婦城。」(大慶編輯小組,2002:116)
作者藉由蔻莉描繪出了寡婦城的景象,讓讀者看了不禁大嘆:世間
真有如此殘酷可悲的情景在許多角落裡發生。作者所要闡述的不僅
僅是要關注性別教育,還寫出許多小人物的命運被整個社會制度牽
制著,過著無奈又悲苦的生活。也明顯的看出緣起觀型文化和創造
觀型文化的少年小說人物刻劃在「文化性格」上的差異有多大了。

　　東方文學以氣化觀型文化和緣起觀型文化各具獨特風格,當中
緣起觀型文化也是小說家喜歡涉獵採擷的異質文化,上述的《十三
歲新娘》、《流浪者之歌》、〈星空的秘密〉等,就是明證。雖然在紐
伯瑞兒童文學獎裡主要呈現創造觀型文化的傳統思維在影響著人物
性格的刻劃,但是能以其他兩大文化系統來作比較,彼此的特殊性
就更容易凸顯出來;而對於我所建構的理論架構,也有更趨於「完
整的論述」的保證。

第四節　　其他

　　前三節討論了世界三大文化系統的特質,可見各有其獨特的文
化性格展顯在少年小說人物的刻劃裡,但是因為世界科技文明的互
相衝擊,三大文化系統之間多少都有所相涵化,甚至有的還起了質
變。本研究所建構的理論是架構在三大文化傳統的風貌所搏成的歷

史印記，深烙在各自的人心，而表現在文學作品裡，則從少年小說人物的刻劃中最能明顯印證文化性格的特徵；可是也因為有相涵化的關係，所以這三大文化系統一定有其交集重疊處。本節就是要討論這三大文化系統互相影響的情況是如何體現的？而除了這三大文化系統之外，一定還有其他的文化系統未涉及到，也在本節裡一起探討。

　　首先討論三大文化系統的交集。在人物刻劃上生理、心理、社會等都有一些表淺層次上的交集，而內蘊的文化性格上則有不同處。在前幾章的論述裡因為要針對各個面向作深入的探討，並且將三大文化系統的差異性凸顯出來，所以先不提及它們的交集，留待此節再作一說明。現在以下圖表示（用虛線是為了顯示它們僅為表淺層次的交集）：

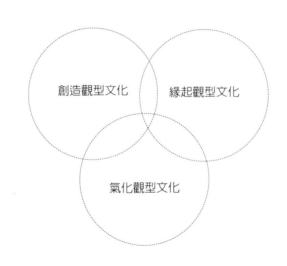

圖 8-4-1　三大文化系統交集圖

　　在前幾章節裡所討論過的作品如《龍翼》是寫中國華裔在美國的奮鬥故事，人物有著氣化觀型文化和創造觀型文化性格的特色融合著；又如《流浪者之歌》和《十三歲新娘》是以印度社會為背景的作品，呈現出的人物則屬於緣起觀型文化性格，但也有著創造觀型文化的印記在裡面。本研究討論系統差異的情況，是為了要凸顯紐伯瑞兒童文學獎得獎作品所顯現出來的各面向是屬於創造觀型文化的人物刻劃，至於作品如果呈現出跨文化的現象，一樣可以套用我所建構的理論架構去處理（只要略為調整各節次的內容就可以了）；但這不是本研究的主軸，所以並未闢題額外予以討論，只好留待日後有餘暇再行著墨了。

　　其次提出第二級次的觀點：文化相涵化。文化交流相互影響的可能結果，可以光譜儀來表示：

創造觀型文化　　　　　　氣化觀型文化　　　　　　緣起觀型文化

圖 8-4-2　三大文化系統相涵化光譜儀

創造觀型文化表現出十足的創造力，以滿足媲美上帝的欲望；而氣化觀型文化是講究淡泊名利，節制欲望；緣起觀型文化則是強調去執滅緣、無欲無我的境界。所以第一組線條箭頭相對表示兩端的創造觀型文化和緣起觀型文化愈靠近，愈趨於中間的氣化觀型文化；也就是當這兩種文化傳進中國時，都可以被吸收融合在一起。創造觀型文化要融進傳統的緣起觀型文化裡很困難，而緣起觀型文化的傳統思想要融入創造觀型文化的社會也不容易；現代西方人會藉由

「瑜珈」或「禪修」的方式來更接近上帝，但是有關緣起觀型文化的內蘊的逆緣起解脫觀念卻不容易在創造觀型文化的社會裡發生作用。因為創造觀型文化中人為了滿足欲望，不斷地發展科學，一方面想藉它來尋求救贖（冀望可以獲得上帝的優先接納而重回天堂）；一方面則是想展現自己的本事而媲美上帝的風采，跟緣起觀型文化的「無欲」是背道而馳的。因此第二組線條箭頭相背所代表的是兩端分別愈開則兩種文化性格愈分明。這種文化相涵化的「分合」情況也可能出現在少年小說的人物刻劃裡，所以順便在此提出說明，以俟異日有機會另行探討。

　　再次這三大文化可能都有相近或全然不同的「其他」類。「其他」類是表示除了三大文化系統外，還有未知數的文化系統存在，因為不在本研究的討論範圍內，所以歸在「其他」類（前面在提到世界現存三大文化系統時，並未預告還有「其他」類，那是為了不干擾論述而權作省略；現在已經快到了尾聲，補上以顯示論述的「完整性」），它們大約有四種可能性，分別以圖來略作說明：

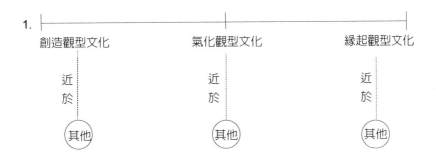

圖 8-4-3　其他文化系統存在情況（一）

這一種的其他型文化，有可能會相近於創造觀型文化或相近於氣化觀型文化或相近於緣起觀型文化。好比全那‧阿奇貝（Chinua Achebe）的《生命中不可承受之重》一書所見的就相近於創造觀型文化（雖然它不是少年小說）。阿奇貝是奈及利亞人，此書是在描寫奈及利亞南部原始部落的故事。作品裡真實的寫出非洲原始部落的風土民情及特有的信仰，但是因為白人宗教（基督教）的介入，產生了極大的衝突，反映出殖民政治給原住民所帶來的衝擊。《生命中不可承受之重》以主角奧康渥來貫穿全書，雖是寫這個強人（部落裡的偉大人物之一）一生所經歷的沉重歷程為主軸，但最重要的是讓讀者看到了原始部落的文化是如何讓西方的創造觀文化強行摧毀，部落的人們如何承受「生命中不可承受之重」。這由下面所節錄的幾段文字可以看出：

> 他抓起放在矮牆上的一根粗棍子，用力地打了他兩、三下。「回答我！」他又吼叫。恩渥耶站在那兒看著他，沒有說一句話。女人們在外面尖叫，害怕走進去……他放開了恩渥耶，恩渥耶走開，不曾再回來。他回到教堂，告訴基亞加先生說，他決定到烏穆菲亞，因為那個白人傳教士已經在那兒設立一間學校，教年輕的基督徒閱讀與寫作。基亞加先生非常高興。「為了我而放棄父親與母親的人有福了，」他吟唱著。「那些聽到我的話語的人是我的父親與母親。」恩渥耶並不充分瞭解。但是他很高興離開父親。他以後會回到母親、兄弟和姊妹那兒，讓他們信仰新教。（全那‧阿奇貝，2006：158-159）

為了讓部落人民能信仰上帝成為忠誠的基督徒，於是讚美著遺棄家庭的人：「為了我而放棄父親與母親的人有福了！」、「那些聽到我的話語的人是我的父親與母親。」這樣的思想鼓勵著離家出走的孩子，

鼓舞著違背部落的傳統信仰而去信仰新教的人，可是卻嚴重的破壞了部落裡最傳統最可貴的倫常，而盲從的人是不會深思這種問題的。可是奧康渥卻憂心的思考著這樣的問題：

> 奧康渥那夜坐在房子之中，凝視圓木所生的火，思考著這件事。他內心忽然升起一股怒氣，很想拿起彎刀，去到教堂，殺死所有那些邪惡的異教徒。但經過三思後，他告訴自己說，恩渥耶不值得他為之而戰。他在內心喊叫著：為什麼偏偏是他，奧康渥，生了這樣一個兒子？他在此事之中清楚看到自己個人神祇的介入……奧康渥想到這種可怕的未來，像是被毀滅的命運，不禁感到一陣寒顫掠過身體。他看到自己和先父們擠在祖先的靈地，等待崇拜與獻祭，卻只發現往日的灰塵，而他的孩子們卻一直對白人的神祇祈禱。如果這樣的事情會發生的話，他，奧康渥，就要把他們從這個地球上消滅掉。（同上，159-160）

奧康渥憂心著新教的入侵，會影響著下一代不再崇拜自己的神祇與祖先，而只向白人的神祇（上帝）祈禱，那麼他和先靈們將情何以堪？他憤怒的想一舉消滅這些異教徒，但是三思後他忍下了衝動的心。但是教會與部落的衝突在日後卻有增無減的演變著：

> 有一次傳教士卻試圖撈過界。三位教徒進入村莊，公開誇口說，所有的神祇都死了，都變得無能了，他們準備要燒毀所有的靈地，表示對這些神祇的挑戰。「去燒毀你們的母親的生殖器吧！」一位祭司說。人們被抓起來，遭受毆打，直到他們全身流著血。之後，教會與部族之間有一段很長的時間相安無事……據說，他們已經在烏穆菲亞設立了一個審判的地

> 方，來保護信仰他們宗教的人。甚至有人說，他們吊死了一
> 個殺死傳教士的人。（同上，161-162）

> 白人很聰明。他們安靜而平和地帶來宗教，我們對於他們的
> 愚蠢行為感到很有趣，就允許他們待下來。現在，他們已贏
> 得我們的兄弟，我們的部族不再能夠同心同德。他們已經切
> 斷了那種把我們聚集在一起的東西，我們已經分裂了。（同
> 上，182-183）

白人的「殖民政府」與「宗教信仰」就是這樣一點一滴的摧毀非洲
的許多原始部落文化，使得他們原來的傳統文化「分崩離析」（這本
書的原書名是《Things Fall Apart》原義是「分崩離析」，取自愛爾蘭
詩人葉慈的詩句「事物分崩離析，中心無法保持」。由於奧康渥最後
因為殺了白人政府的信差後上吊自殺，譯者陳蒼多感受到奧康渥經
歷了沉重的一生，上吊的屍體讓人感覺更加沉重，所以將書名翻譯
為《生命中不可承受之重》）。雖然這些白人美其名是上帝的使者來
傳播福音，但是接下來的就是「統治」與「破壞」。而因為信仰的關
係，西方創造觀型文化的發展早已是一支獨大。「創造觀型文化於今
能獨大且『禍延四鄰』的緣故，自然跟它的整體信仰的『衍變』有
關。倘若要追溯這段歷史，那麼就可以從關鍵性的基督教獨立自希
伯來宗教（猶太教）為廣招徠信徒而新加入『原罪』的觀念談起：
因為『原罪』教條的強為訂定，所以導致必須尋求救贖（以便重回
天堂）而出現明顯的『塵世急迫感』。這種急迫感的『積重難返』，
就是到了十六世紀宗教改革後新教徒（並一起『刺激』帶動舊教徒）
的相關反應的『逾量』表現：新教徒脫離天主教教會後所強調的『因
信稱義』觀念，逐漸演變成要以在塵世累積財富和創造發明（包含
哲學、科學、文學、藝術等等的建樹翻新）來榮耀上帝或當作特能

仰體上帝造人『賜給他無窮潛能』的旨意而不免會躁急蹙迫；尤其
在資本主義和殖民主義隨著矯為成形後，更見這種『過度的煩憂』」
（周慶華，2007a：242-243）。而它可以透過列圖來看出「整體」的
形態：

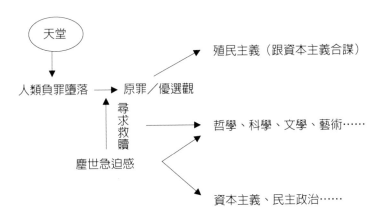

圖 8-4-4　創造觀型文化獨霸世界因緣（資料來源：周慶華，2007a：243）

圖中的「優選觀」，已經先有人加以揭發了，但還不夠「貼近」著講。
換句話說，對新教徒來說，「優選觀」是在他們漸次締造現世巨大成
就以及武力殖民取得支配優勢後才孳生出來的；而這一觀念既然定
型了，相伴的殖民災難就隨後四處蔓延，一直到今天仍未見緩和。（周
慶華，2007a：243-244）這種殖民災難正可以在《生命中不可承受
之重》這部作品裡得到印證。而當中的「西化」現象以及主角奧康
渥以跟殖民者「玉石俱焚」的節烈表現，就很近似於創造觀型文化
中人的膽敢「衝撞體制」。至於東方的氣化觀型文化和緣起觀型文化
自古以來就自成一格，也可能有「其他」類的文化跟它們相近，在
此限於「經驗不及」就不逐次討論了。

2.

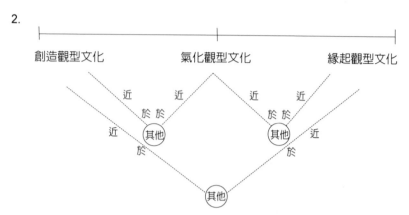

圖 8-4-5　其他文化系統存在情況（二）

這一種的其他型文化，有可能會相近於創造觀型文化和氣化觀型文化的綜合或相近於氣化觀型文化和緣起觀型文化的綜合或相近於創造觀型文化和緣起觀型文化的綜合。只是它同樣不是本研究目前所能介入去討論的；但有興趣的人無妨於運用我所建構的理論架構去發掘驗證。

3.

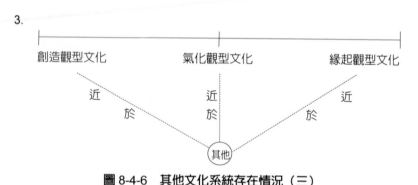

圖 8-4-6　其他文化系統存在情況（三）

這一種的其他型文化，有可能會相近於創造觀型文化和氣化觀型文化及緣起觀型文化的綜合。這裡不便處裡的原因同上。

4.

創造觀型文化　　　　　　　氣化觀型文化　　　　　　緣起觀型文化

圖 8-4-7　其他文化系統存在情況（四）

這一種的其他型文化，則完全獨立，而不跟創造觀型文化或氣化觀型文化或緣起觀型文化有絲毫的相涉。這在理論上成立，而實際上是否存在，則還有待考察。

　　以上所考慮的四種可能的文化系統，或許存在於世界上的其他國家民族中，倘若也有體現於少年小說的人物刻劃，那麼它們所展現的文化性格也一定會有不同的風貌，而這都可以援用我所建立的理論架構去搜尋來作分析討論。

第九章　四類人物刻劃的相互關連性與運用推廣

第一節　四類人物刻劃的相互關連性

　　本研究為了使論述脈絡清晰以及保留所論述眾對象在相當程度上的差異性，從第五章到第八章分別把少年小說裡人物的生理形象、心理特徵、社會向度及文化性格等四個面向的刻劃作了深入的討論，並且以紐伯瑞兒童文學獎得獎作品及相關的小說作品為例予以印證。將這四類人物刻劃的相互關連性及各類人物刻劃的次面向統整出來，更可以看出此理論架構的展布情況。

　　透過以下所統整的關係圖，足夠看出人物刻劃可以分成生理形象、心理特徵、社會向度及文化性格四個面向來處理，而四個面向又可以各自分出幾個次面向來討論，如具體的生理形象可以分為人物的出場（神勇的展現）、人物的外形（形神兼備的外形）、人物的語言（理性的語藝）、人物的動作（率性的表露）及其他等五個面向。在婉轉表達心理特徵上又可以分五個次面向來討論，如人物的情緒（揚露的喜怒哀懼愛惡欲的情緒）、人物的信念（啟蒙創新的價值選擇）、人物的性格（顯性的扁圓或其他的性格）、人物反成長的意識（反規範與重建規範）及其他等次面向。模塑社會向度裡也可以分五個次面向來討論，如關注性別的教育（平等的兩性關係）、針砭階級制度（突破階級的重圍）、開啟族群意識的新途徑（自覺與覺他的精神）、昇華權力意志的另類表現（作者所捍衛的一種形式）及其他

等次面向。最後是潛移默化的文化性格，分別以創造觀型文化（深具詩性智慧的創造力）、氣化觀型文化（擁有綰合人際關係的潛能）、緣起觀型文化（傾力於逆緣起解脫）及其他等四個次面向來討論。

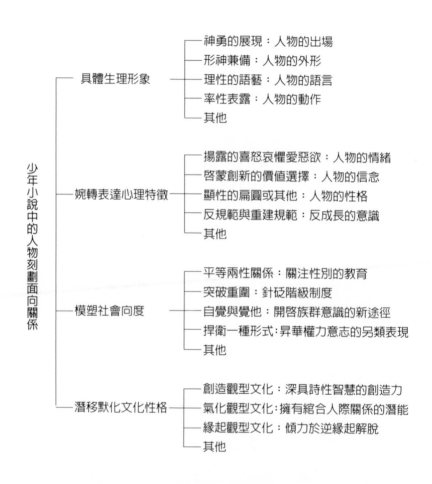

圖 9-1-1　少年小說中的人物刻劃面向關係圖

　　為了讓論述能夠條屢分明，所以必須將人物刻劃的面向細分開來分別討論，但是我們也該知道在小說裡，人物的刻劃是融匯著這四個面向在處理的；它可能同時出現兩種或三種面向、甚至四個面向同時顯現出來也有可能，端看作者的寫作技巧及功力而定。換句話說，人物的刻劃在這四個面向上其實是互相關連的。在這一節裡，就特別要針對前面不便兼顧的這四類人物刻劃的相互關連性稍作討論，讓它們的「另一種」深層關係性得以顯現出來。先圖示如下：

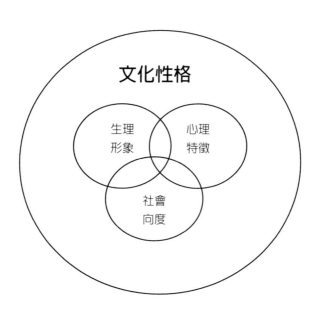

圖 9-1-2　四類人物刻劃相互關連圖

當中生理形象、心理特徵、社會向度是互有交集重疊的，同時也都內蘊著文化性格，所以上面的圖示就以文化性格包涵統攝這三個面向。

　　以下就四類人物刻劃的相互關連性舉實例來說明。在第一章第二節裡提過《十三歲新娘》的例子以外，以紐伯瑞兒童文學獎得獎作品裡的人物為例，在生理形象上跟其他三個面向的關連性，如第五章第二節人物的外形裡提過《畫室小助手》的例子：描述皇宮雜耍班子裡的幾個特別形象的人物，不但點出了侏儒與常人之間生理形象的差異外，還看到侏儒自卑自嘆的心理狀態，雖然在人前是揚露的歡笑（心理特徵──為了博取王室的歡欣，也為了生存不得不把歡樂的一面顯露出來），但是人後卻隱藏著許多痛苦與悲哀的。而璜‧帕雷哈雖是奴隸身分，但是他心裡卻以耶穌也曾受過苦難來自我安慰與砥礪，在他的心理已然接受了社會所賦予他的奴隸身分，並且告訴自己要謙卑，因為主耶穌說「謙卑的人終將獲得報償」；也因為他認真的扮演好奴隸的身分（前因），所以後來獲得到主人的恩賜自由之身（後果），他成功的突破階級制度的重圍（社會向度）。璜‧帕雷哈所表現出來不亢不卑的性格，影響著他的命運，成為他日後成功的墊腳石（後來他獨立進取偷偷的努力學畫，自由後，不但扮演好奴隸的角色，而且私底下也發憤圖強的將畫畫得更好，這種「深具詩性智慧的創造力」，正是典型的「創造觀型文化」性格所在）。從以上這個例子可以看出雖是以生理形象為主要議題，但它同時也蘊含有心理特徵和社會向度以及由文化性格所統包，可以依理再去布論取則。

　　在心理特徵上跟其他三個面向的關連性，在此提出第六章第二節人物的信念裡所舉過《鯨眼》的例子：透納的父親所表現出來的肢體語言──「父親像亞尼斯帶著兩隻長矛站起來，挺立在燃燒的

特洛伊城旁，決心將一切留在背後，迎向更開闊的世界」，猶如看到一個偉大的戰士在眼前，具有強烈的生命力，正是形神兼備的人物外形描繪（生理形象）；透納自覺後也覺醒了他的父親去正視黑人族群的問題，決定一起捍衛馬拉加島的居民（社會向度）；而透納和父親正是上帝的好使徒，想要發揮上帝的慈愛之心來拯救黑人朋友，這樣的使命感也是創造觀型文化特有的性格（文化性格）。以上的例子說明了雖是心理特徵的例子，但它同樣涵括了生理、社會和文化等面向，也可以據此另行衍論探本。

在社會向度上跟其他三個面向的關連性，以第七章第一節裡提及《納梭河上的女孩》的例證，所關連的是社會向度裡的兩性關係議題，作者藉由主角玫‧亞曼俐雅提出重視兩性關係的意見；還有出現有趣的畫面：「每個小孩都笑了起來，偉柏笑得最誇張連椅子都翻了」、「乾乾淨淨這點是我最難做到的，我跟男生一樣一下就弄髒了」；玫‧亞曼俐雅想當水手的想法是非常有創意的，跟一般的女孩有不同凡響的詩性思維。以上的敘述兼具了生理形象的外形描繪和心理特徵的人物揚露的情緒彰顯，是典型的創造觀型文化的性格展現。從這些例子看出人物的社會向度刻劃也會隱含其他三個面向，可以比照著去展論發微。而現在所無暇「岔出去」一併羅列闡述的，不妨等待日後專文再作討論。

此外，在第八章的第一節裡曾討論過生理形象、心理特徵、社會向度等都隸屬於「行動系統」（當中社會向度還跨向規範系統），主要是為了顯示少年小說的人物是「怎麼」運用這些面向刻劃出來的，而在這裡還要更深入的提點「為何」要以這些面向來刻劃人物。以下將文化的五個次系統的關係圖再提出另作說明：

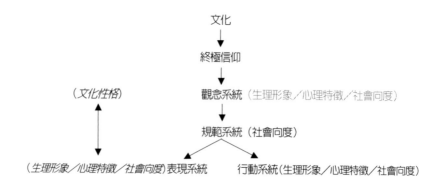

圖 9-1-3　人物刻劃審美特徵在文化五個次系統位置圖

所謂「為何」要以這些面向來刻劃人物，所涉及的是敘事審美的技巧問題。少年小說的人物刻劃將各面向「一體成形」或分別予以「凸顯逞能」，所考慮就是為能達至高度的審美效果。而這一樣不便在前面各章中穿插處理的，就得在這裡順勢點出，容後有機會再詳為鋪展。

　　我們從上面這個關係圖可以清楚的瞭解到：生理形象、心理特徵和社會向度等也得置於表現系統去定位它們的審美特徵；而該審美特徵又由世界觀所發露，以至生理形象、心理特徵和社會向度所內蘊的文化性格，就彼此關連著。圖中以雙箭頭來表示它們蘊涵與被蘊涵的關係；而整體文學也因為有這樣的關連性架構而得以明瞭審美感興的「來龍去脈」。現在就先截取下面一欄，略加提示可以論列的方向。我們知道，少年小說的作者要把這四種人物刻劃的面向同時表現出來，得具有相當的審美技巧；而提到審美技巧就不免要把美學的概念帶出來討論一番。周慶華在《語文教學方法》一書裡，將美學的對象分為「九大美感類型」：

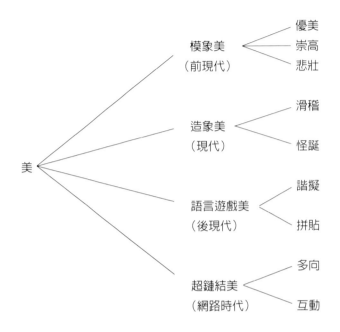

圖 9-1-4　美感類型圖（資料來源：周慶華，2007a：252）

當中優美，指形式的結構和諧、圓滿，可以使人產生純淨的快感；
崇高，指形式的結構龐大、變化劇烈，可以使人的情緒振奮高揚；
悲壯，指形式的結構包含有正面或英雄性格的人物遭到不應有卻又
無法擺脫的失敗、死亡或痛苦，可以激起人的憐憫和恐懼等情緒；
滑稽，指形式的結構含有違背常理或矛盾衝突的事物，可以引起人
的喜悅和發笑；怪誕，指形式的結構盡是異質性事物的並置，可以
使人產生荒誕不經、光怪陸離的感覺；諧擬，指形式的結構顯現出
諧趣模擬的特色，讓人感覺到顛倒錯亂；拼貼，指形式的結構在於
表露高度拼湊異質材料的本事，讓人有如置身在「歧路花園」裡；

多向，指形式的結構鏈結著文字、圖形、聲音、影像、動畫等多種媒體，可以引發人無盡的延異情思；互動，指形式的結構留有接受者呼應、省思和批判的空間，可以引發人參與創作的樂趣。這不論彼此之間是否有衝突（按：在模象美中偶爾也可以見到滑稽和怪誕，但總不及在造象美中所體驗到的那麼強烈和凸出；同樣的，在造象美中偶爾也可以見到諧擬和拼貼，但也總不及在語言遊戲美中所感受到的那麼鮮明和另類），都可以讓我們得到一個架構來權衡去取。（同上，252-253）現在就回到紐伯瑞兒童文學獎得獎作品來看，在第六章第三節人物性格中曾提過的《碎瓷片》的例子：主角樹耳雖然是個孤兒，但他的個性樂觀知足，沒有自卑或自怨自艾，跟隨明師傅當學徒以後，磨練出堅忍、勇敢、負責任的性格，成長以後是個朝著自己的理想奮勇前進的少年（近於優美）。當了明師傅的助手後，他學習陶藝的心更加堅定。後來他自告奮勇的要為明師傅把作品送給皇家特使，在途中遭遇強盜的侵奪、破壞，仍不畏艱難的將碎瓷片交到金特使的手裡，他的堅毅性格感動了特使（近於悲壯）。最後他得到一個家、一個屬於自己的轉盤，但是他不驕傲，反而期許自己以後要製作出色的陶藝品（近於崇高）。以這個例子來證明人物的刻劃在文學創作裡是有美學考量的；它在敘事性的作品中，可以分散到敘述觀點、敘述方式和敘述結構等層面去顯現「敘事美學」特長：

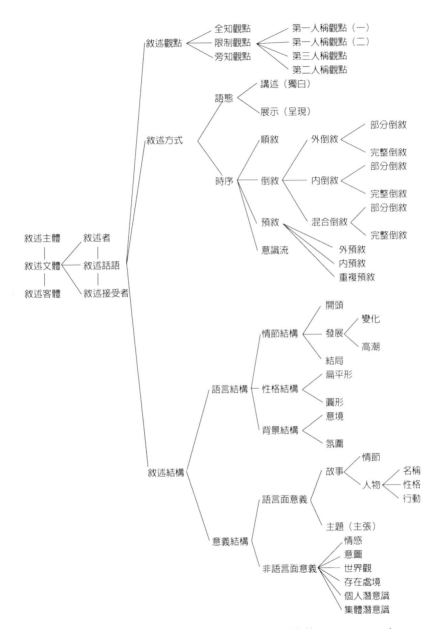

圖 9-1-5　敘事性文體結構圖（資料來源：周慶華，2002：210）

像上面所舉樹耳這個角色的作為，就是從敘述結構中的性格結構切入的，他接近一個「圓形」人物，可以讓讀者多方的玩味且有所感發意志。這樣由美學（優美／悲壯／崇高）包蘊著敘事美學（圓形性格）的發露建樹，自然可以廣為運用到其他人物刻劃向度的審美情趣的掀揭和評估。

第二節　實際的創作及傳播與接受

　　臺灣第一本兒童文學史《臺灣兒童文學史》的作者邱各容在書裡提出他的看法：

> 兒童文學是各種人（兒童文學工作者）、事（出版）、物（兒童讀物）的結合體。如何密切結合這三項要素，在「科際整合」的時代趨勢下，再創新猷，實有賴於大家的共同努力。「科際整合」是學術界和出版界通力合作的明證。學者專家提供專業知識讓讀物內容更具權威性、可讀性，更有公信力；換句話說，學者專家以其專業學術背景為兒童讀物「背書」，讓圖書消費者更加深信內容的正確性。兒童讀物出版社則提供園地吸納學者專家的專業知識，再轉化成適合兒童閱讀的通俗科學讀物。學術界和出版界的結合是相輔相成的，而「科際整合」現象在臺灣兒童讀物出版方面更形彰著。（邱各容，2005：191）

邱各容把兒童文學實際創作（兒童文學工作者／兒童讀物）、傳播（出版界）和接受（圖書消費者／讀者）之間相輔相成的關係合稱為「科際整合」，這三者之間確實有著密不可分的關係，缺一不可。有優秀

的創作者和暢通的傳播管道來推動，還要有接受者（讀者），才能形成一個良善的循環，這正是我這一節所要談論的重點所在。

　　邱各容在他的研究調查中還指出：「近十年來，由於國際觀、全球化、地球村意識的普遍上揚，資訊傳輸可說是無遠弗屆。臺灣各出版公司每年都在相關出版團體策劃下，組團參加德國法蘭克福、日本東京、中國北京、義大利波隆那、香港等各大國際書展，在拓展國際視野，促進文化交流之餘，更重要的是版權交易和國際書訊的直接取得。至於行政院新聞局主辦的臺北國際書展，是臺灣進入世界藝文殿堂的櫥窗，不但為國人提供了豐富、寬廣的閱讀視野，並因其為亞洲第一、世界第四大書展，對文化事業的交流與推動起著深遠的影響。該展覽自 2000 年起，改為一年一度，展覽規模之大，一再受到各國出版業界的重視，也因此使得臺灣逐漸成為世界華文圖書出版的重鎮。以往臺灣的出版無法和國際同步，但由於資源取得日益便捷，透過網際網路，可以迅速獲知國外新書出版資訊，透過國際版權代理機構取得授權出版發行繁體字中文版，使得臺灣讀者可以和外國讀者同步欣賞世界各國作家傑出的兒童文學作品。九○年代臺灣童書出版社約有三十餘家，以兒童文學（童話、少年小說）為主的有九歌、小兵、天衛（小魯）、文經社、民生報、玉山社、國語日報、富春、東方、國際少年村等。以少年文學為主的有幼獅文化。在少年小說方面，先後出版各國現代兒童文學得獎作品。一方面讓讀者欣賞國際級插畫大師的高水準作品；二方面帶動臺灣兒童讀物出版的國際視野，三方面加深閱讀的深度和廣度。像《哈利波特》、《魔戒》等系列作品的中譯，掀起『奇幻文學』的閱讀風潮，同時也證明臺灣的童書出版已經跟得上國際出版的腳步。」（同上，222-224）以上是邱各容在他的《臺灣兒童文學史》的研究內容，讓人眼睛為之一亮，為臺灣的傳播業感到驕傲與喝采！

　　但是在次年 2006 年三月份《出版界》第 77 期的專題報導中，出現了一篇林家成所寫的〈臺灣出版圖書業出了什麼問題〉，文章裡抒發了他對於「第十四屆臺北國際書展」落幕後的感想，道出臺灣出版產業界讓人憂心的一面：「媒體一如往年一樣熱情報導，充滿遠景看好的景象。然而，走一趟書展，除了主題館『閱讀的多元色彩』讓人耳目一新，『國際書區』可以讓人瞭解國外出版狀況以及文化主流以外，『國內書區』其實乏善可陳，最後兩天沒有達到預期的目標，有百年商譽的商務印書館甚至以低於批發給一般書店的價格促銷，不由讓人憂心臺灣的出版產業……出版品的著作權費用是按定價之比例來給付的，某些出版業者為了應付連鎖書店以折扣搶奪市場而抬高定價，還為連鎖書店吹噓銷售量，這種市場亂象在鄰國日本是很難發生的，它們有一套業者都能遵循的促銷規則，每年只有週年慶才可以打折優待，若有業者冒大不韙，其他業者甚至會鬧到國會抗議，而《哈利波特》繁體字版第五集和第六集在臺灣出版時都出現連鎖書店的惡質削價出售。這種情況如果持續下去，國人除了付出更高比例的著作權費用，造成外匯存底的耗損，相對的也讓臺灣淪為次殖民地；而偏遠地區和低收入者只好望書興嘆了，如此一來更會使得貧富差距拉大，降低臺灣的社會力。更何況這幾年臺灣圖書的外銷市場逐步被中國蠶食，已經嚴重的萎縮，甚至邊陲化（以前出口貨櫃數量至少是四比一，近年則低於一比四），這應和臺灣的書價不無關係，近十年來，連鎖書店以文化包裝商業手段，以純商業手法擴張店數，掌握了流通管道之後，姿態擺得很高，三年前以代理圖書為業的農學社由於無法滿足連鎖書店的條件，已經中箭落馬，會不會見到兔死狗烹則見仁見智。」（林家成，2006）看了以上的報導，又為臺灣的出版業界感到憂心。整個出版界都存在著不可預期的隱憂，那麼兒童文學圖書這個領域，更令創作者及接受者擔

憂了：創作者在許多國外翻譯作品流進臺灣的衝擊下，還能有多少伸展的空間？而我們讀者雖然可以接受到多元文化的刺激，但是對於節節升高的書籍費，卻不是人人可以買或是願意買的考量點了，所以只要其中一個環節出了狀況，就可能會產生惡性循環，這其中的關連性值得所有文化工作者深思。

再來談談兒童文學創作者的現況。邱各容在《臺灣兒童文學史》的研究中提出：「臺灣新生代作家幾乎都出自各種兒童文學獎，由於這些獎項的屬性各異，而出現不同文體寫作的新生代作家。參加徵獎是淬煉寫作的法門之一，但不是絕對的途徑。九○年代以來的各種兒童文學獎，有成就獎、新人獎等不一而足。成就獎旨在表彰得獎者在兒童文學創作上的傑出表現，如『中華兒童文學獎』；交流獎旨在表彰得獎者對兒童文學的貢獻，如『楊喚兒童文學獎』；新人獎旨在鼓勵從事兒童文學創作能夠更上一層樓，如『國語日報兒童文學牧笛獎』、『陳國政兒童文學獎』等……這批因為參加徵獎脫穎而出的新生代作家，馳騁在各種兒童文學獎的活動領域，儼然成為臺灣現代兒童文學的代言人它們的出線，承襲了臺灣兒童文學寫作的薪傳，臺灣兒童文學要能夠永續經營於不墜，沛然成軍的新生代作家群，隱然正默默地承接歷史性的任務」。（同上，265-266）創作者參加文學徵獎，雖然不是絕對的途徑，卻是能在文學圈一舉成名的最快方式。在兒童文學的花園裡確實有許多人在默默耕耘，為這片園地的繁華似錦而努力，我們真的要給這些優秀的創作者喝采的掌聲！但是「學如逆水行舟，不進則退」，精進還要更上一層樓，才能媲美享譽國際級的作家。重要的是要有自己特立的寫作風格，尤其在少年小說的人物刻劃上，如能創造出一個屬於東方「氣化觀型文化」的獨特人物，來媲美西方「創造觀型文化」（馳騁想像力）的哈利波特，那麼再多一個兒童文學領域的「臺灣之光」是多麼令人期

待的事！這也是本研究所形塑的理論架構希冀能為少年小說的人物刻劃提供一些可參酌運用的方案，從而激發創作者的靈思，得以提升創作的成效。

　　我所建構的理論架構可以廣為運用在少年小說的創作、傳播和接受上。就以下面幾個例子來說明如何運用。首先在《畫室小助手》裡曾提過的例子：主角璜‧帕雷哈的第一任女主人教他識字寫字的本領，隱含著奴隸主人役使奴隸的心態，並不是真的為他好，而是想利用他為主人做事。這是屬於人物刻劃裡的「生理形象」面向的刻劃，又屬於生理形象刻劃中的「人物的語言──理性的語藝」。我們知道了人物刻劃的面向定位後，還要深透這種人物性格是屬於何種文化系統，才算兼顧到廣度和深度。而它顯然是屬於「創造觀型文化」，因為從書裡面看到了男主角符合我所指出的創造觀型文化的人物性格的條件。此外，還可以由此例來推想跨文化系統的差異性。以氣化觀型文化來說，中國古代至今雖然沒有奴隸制度，但是大戶人家卻有許多奴僕和婢女，可是少有主人會親自教授僕人識字、寫字，因為怕他們變聰明了反過來反抗主子，得不償失！而以緣起觀型文化來說，在印度佛教能興盛，就是因為創始者釋迦牟尼提倡廢除危害人權的階級制度，還給人自由的生命，所以沒有奴隸的存在。由以上的說明，可以看出「文化性格」是人物刻劃中很重要的一環，還可以比較出異系統的文化，可見本理論架構的實用性，可供從事少年小說的創作、傳播和接受的人據以為「考量」、「甄辨」和「悟解」等。

　　其次在《十三歲新娘》裡描述印度的習俗是嫁女兒得陪帶嫁妝過去，從以下的文字敘述可以看出：

> 我知道，女人一旦結了婚，就成了潑出去的水，只能以丈夫的家為家了……我們家為了感謝新郎家接受我，得送一筆嫁

妝過去。媽媽為了籌出這筆錢，賣掉她自己帶過來的嫁妝，包括三個銅瓶，還有一個銅製的喜燈。最慘的是，連那頭乳牛也得賣掉。以後，家裡就再也沒有新鮮充沛的牛奶可以作奶油了。（葛羅莉亞‧魏蘭，2001：14-19）

先從這段文字來研判：這種現像是屬於人物刻劃中的「社會向度」，如果在創造觀型文化傳統裡，那麼該社會向度就又屬於平等的兩性關係議題所「關注性別的教育」的次面向；而現在我們所看到的內容是描寫印度社會的風俗民情，第一印象就會想到它是隸屬於「緣起觀型文化」的傳統社會，而該「關注性別的教育」的類目也同樣可以援用指稱，只是重點已經不在「平等的兩性關係議題」（倘若要全面性論列，則可以再另出相應的副類目）。但是因為作者是美國人，在書裡隱約還可以看到一些屬於創造觀型文化的印記（詳見第四章第三節）。這裡僅就前項來說，根據三大文化系統的架構，我們很容易就可以看出差異系統的文化性格：中國人嫁女兒也是要嫁妝的，但是先生得先付聘金，因為要感謝女方父母把女兒撫養長大，無法在身邊孝敬侍奉父母到老就要嫁人了，所以夫家要準備聘金給女方家長，感謝他們送來一位賢淑的媳婦，以後可以傳宗接代，可以操持家務；而女方家會將聘金去買一些嫁妝讓女兒帶過去，希望夫家能善待他們的女兒，女兒嫁過去能幸福過日子。這跟印度人嫁女兒陪帶嫁妝（夫家不給聘金）的意義迥異；而這在西方創造觀型文化的社會更是沒有的現象。可見本理論架構也很足夠有意從事少年小說的創作、傳播和接受的人據以為同上作用。

再次在《我是白癡》裡，曾提過主角彭鐵男多跑一圈送給「跛腳」的情節，這是屬於人物刻劃的綜合性的「社會向度」，西方創造觀型文化傳統講究平等的價值觀，少有這樣的情節發生，反觀氣化觀型文化的傳統思想，終身幾乎都在致力於經營良好的人際關係，

這樣的文化性格也自然的會顯現在作品裡，看出作者因為世界觀的不同，所展現出來的人物刻劃就會有不同的文化性格。而同樣的，本理論架構可以提供從事少年小說的創作、傳播和接受的人相當有用的參考資源。

以上所舉例，是要證明我所建構的理論架構可以運用推廣到實際的創作和接受時的另一種視野和觀點；傳播者發現作者及讀者的品味走向不同時，也會「適時應機」的給予鼓勵（設獎），能以實際的傳播管道來發揚所甄辨的作品，這是本研究可以自我評估的實質的價值所在！期望有勤耕的少年小說創作者，有專業的傳播通路，有能自我提升閱讀品味、願意消費的接受者，一起來「感應」發用，我們臺灣兒童文學的推廣才會可大可久，也才能真正對文化事業的交流與推動有深遠的影響。

第三節　具體的研究與教學

美國首位獲得國家科學院院士的社會科學家理查・尼茲彼（Richard Nisbett），他在社會、文化心理學研究上都有卓越的貢獻，他的最新學術論著《思維的疆域——東方人與西方人的思考方式為何不同？》旨在探討東西方思想系統有哪些差異？為什麼會有這些差異存在？以及未來相異文化將如何交流等問題，裡面所見的研究成果跟我的研究理論正好有許多相近的地方：

> 古典時期的希臘人，儘管在艱困的情況下，也會歷經多時的長途跋涉，就為了到這歌劇院，一連數天，從早到晚不間斷地觀賞戲劇表演和詩歌朗誦……希臘人視自己為獨特的個體，各人自有其不同的貢獻和目標。在西元前八世紀的荷馬時期，情

況真的是如此。在史詩《奧狄賽》（Odyssey）和《伊里亞德》（Iliad）中，人與神同樣具備完整而鮮明的性格……希臘人對世界的強烈好奇心，就像他們崇尚自由與個人一樣特別…希臘人這種思維特性，造就了許多知識領域的進步（有人說是發明），這些領域包括物理學、天文學、幾何學、形式邏輯、理性哲學、歷史，以及人種論。（理查・尼茲彼，2007：1-4）

　　希臘人享受美的饗宴、追求自由獨立的個人意志，還有充滿智慧的創發力，正是我所探討的西方「創造觀型文化」的傳統思想：深具詩性智慧的創造力（詳見第八章第一節）。也因為有這樣的淵源，所以造就了創造觀型文化的性格；就如我曾舉過阿姆斯壯小時候看月亮的例子，正因為他母親的鼓勵（詩性智慧），所以才會有阿姆斯壯成為第一個踏上月球表面的人類的壯舉。這是我所指出的少年小說人物刻劃的文化性格之一。接著書裡又把東方的中國人的傳統思想拿來和希臘人作比較：

可與希臘「個人意志」相提並論的中國傳統思想是「和諧」。每個中國人的首要之務，是謹守身為團體成員的本分，這同時包括做好家族中的一員，村里中的一分子，尤其是善盡家庭成員的職責……中國人比較少關注如何控制他人或環境的議題，他們反而比較注重在自我的修養上，也因此中國人少有與家人間或村民間的摩擦……在希臘人的花瓶和酒杯上，我們可以看到刻繪著戰爭、運動會，和酒神節裡狂歡的圖畫；然而在中國人的畫軸和瓷器上，我們則可以看到家庭聚會和鄉村生活的樂趣。中國人並不會認為自己是社會上位者或家庭成員中無助的奴隸，消失在集體中而沒有個我，相反地，他們感受到「集體力量」。（同上，5）

　　以上所述中國人的傳統思想，跟本研究所說的「氣化觀型文化」的傳統思想（詳見第八章第二節）正相符合，注重綰合人際關係的潛能顯現在少年小說裡，人物刻劃並不像前者那樣「樣樣鮮明凸出」（但仍可以在自我系統內作為基模），而是跟著情節的起伏出現在相關的情境中。由以上的論點可以印證我所探究的文化性格的差異所在（詳見第四章）。

　　書裡還有闡述東西方的宗教：

> 「輪迴」和「重現」是許多東方宗教所必需部分，然而這在西方宗教卻不普遍。「再生」也是一些東方宗教的觀念，但是在西方宗教卻很罕見。罪過是一種長期的狀況，在許多東方的宗教裡是可以被彌補的（某些程度上，在基督教也可以贖罪）。但是在新教的傳統裡，罪過是很難彌補，或者嚴格地說，是不可根除的。打個比方，某人從印度移向西方，則死後的狀態，各種可能性會急遽減少：如果是信仰印度教或佛教的信徒，死後輪迴的可能幾乎是無限的；如果是基督教的信徒，死後可能居住在多層的煉獄。如果信仰喀爾文教派的信徒，死後可去的只有天堂或地獄。（同上，169）

　　以上所提出的東方宗教觀就是我所探討的「緣起觀型文化」的傳統思想（詳見第八章第三節）：傾力於逆緣起解脫，認為人可以「成佛」，不然死後也可以「輪迴」再生，這是西方社會罕見的觀念。而東西方宗教的差異：「可藉由研究西方人『是非』的心智相對東方人的『兼容』傾向而瞭解。東方宗教的特徵，是容忍其他宗教以及與其他許多宗教概念的互通。在韓國和日本（和在革命前的中國），一個人可以是儒生、佛教徒和基督教徒。宗教戰爭很少發生在東方，而在西方數百年來，常常有地方性的宗教戰爭：例如一神教的教義

就很堅持每個人所信奉的是同一個神。就這點，希臘人應是免於這項責備（畢竟他們有許多神，他們不會在意那個人喜歡哪些神），也許這是真的。而阿拉伯回教常常引發宗教戰爭。」（同上，168）這個論點也可以相通我在第八章第四節裡所提及的「文化相涵化」的觀點，在所繪出的光譜儀中：第一組線條箭頭相對表示兩端的創造觀型文化和緣起觀型文化愈靠近，愈趨於中間的氣化觀型文化，也就是當這兩種文化傳進中國時，都可以被相容並蓄的融合在一起。反過來，就會呈現出像第二組線條箭頭相背，所代表的是兩種文化性格愈分明；在西方一神教的國度裡根本就容不下其他的宗教，他們會為了捍衛自己的信仰而戰。

此書最後的結論裡，理查‧尼茲彼說到：

> 就某種意義而言，由於社會的限制和興趣，所以我們都有「雙重文化」我們瞭解和別人的關係以及我們多麼想要和他人交往，會因時間不同而有所改變……我相信，東西方若朝彼此的方向進行，將會相遇而融合。東西方可能促成一混合的世界，包含兩地具代表性但已轉型的社會和認知特性。這就像一碗烹煮過的食物中每一個別的要素，當他們改變全部時，雖然可以被辨認出來，不過終究改變了。我們迫切希望這碗被烹調的食物將包含各文化的精華。（同上，195-196）

東西方文化經過幾世紀的衝擊融匯，早已有所交集重疊，所以我們都有「雙重文化」的性格，這反應在文學創作上也是理所當然的。正如我在第九章第一節所繪的「四類人物刻劃相互關連圖」一樣，人物在生理、心理、社會及文化等四個面向一定會交集重疊的呈現在人物刻劃中，而且還會有東西文化融合的跡象。如《龍翼》裡所描述的一群中國人在美國奮鬥的歷程，當中東西文化的衝突與

認同，在人物刻劃及情節中表現著，最後因為人物彼此的互助關懷，激盪出很好的友誼；《納梭河上的女孩》裡也有一段是描寫主角玫‧亞曼俐雅在愛司托里亞城認識一個中國小男孩歐託，透過歐託接觸到一些中國人，從作者描繪的這一段小插曲中看到兩個孩子的溫馨互動，讓讀者感受到東西方人的情感交流是沒有文化隔閡的；還有在《六十個父親》裡敘述第二次世界大戰在中國爆發時，一位美國空軍漢森中尉和中國小男孩天寶，在患難中見真情的真摯情感，不因語言文化上的差異而有所阻礙。所以當東方文化遇見西方文化時，正如理查‧尼茲彼所說的：希望是「將包含各文化的精華」。

　　除了以上所陳述的論點可以相互輝映外，我還要將本研究如何具體的在相關的研究和教學上運用推廣作個說明。本研究已探討過三大文化各自的文學表現：創造觀型文化是屬於敘事寫實，具有馳騁想像力的特色；氣化觀型文化是屬於抒情寫實，具有內感外應的特質；緣起觀型文化是屬於解離寫實，具有逆緣起解脫的特性，而它們分別落實在少年小說的人物刻劃上，就如本研究所指出的這樣；相關的研究和教學無妨逕自以此為參考座標，擴大展衍和深為發揮。

　　當中本研究所藉由紐伯瑞兒童文學獎得獎作品鋪展的創造觀型文化中人物刻劃的整體面向，而氣化觀型文化和緣起觀型文化的情況也在第八章討論及其他章節中作了提點，這樣我們在欣賞國外翻譯作品時，就可以將我所建構的理論實際運用在分析探究上；如果是海峽兩岸的作品，那麼就可以放在「氣化觀型文化」系統底下來欣賞、實作（緣起觀型文化的作品也是如此運用類推）。如果是要推及進入創造觀型文化社會中與人競爭創作，以現在我們的創作來看，形式技巧及某些思想觀念已受西方影響至深，不再保有自我所屬傳統的特色，今後除非很努力地把人家的模式學好並予以專精化，刻劃出趨近於創造觀型文化的少年小說人物（本研究理論架構

可以派上用場），否則很難得到西方人的青睞。如果是要跨文化系統的與人平行競爭創作，那麼就要將我們氣化觀型文化的特長發揮的淋漓盡致（如《紅樓夢》的人物刻劃），並且累積足夠的份量，才能在國際上受到矚目。

從西方創造觀型文化的少年小說作品中，我發現它們有的會將異文化色彩的人、事、物納入，但也只是點綴裝飾，增加一點故事的可看性，其餘的仍然維持創造觀型文化中敘事寫實一貫的特性：人物刻劃鮮明凸出，主題架構分明，情節展演宏闊引人入勝，不會被異質文化所同化而模糊創作風格。反觀現在海峽兩岸的少年小說作品，人物的刻劃頗多西方文化的影子，已經失去獨特的風采，既不能與西方的作品並駕齊驅，又無力將傳統的文化特質予以深刻的展現，兩頭落空的結果，就只能在東西方文化的相遇中擺盪，無法有「驚人之作」產生。如果要正視這個問題，那麼就得「自覺地」把我們氣化觀型文化傳統的特色（抒情寫實／內感外應）召喚回來，好好地深入研究並且內化在作品中，創造出自我專屬或不同凡響的小說人物（不論是少年小說或成人小說的人物）。而這一點本研究所形塑的理論架構都有參考援用的實用性，可以在相關的研究和教學中去「擴大效應」。

在理查·尼茲彼的書中有一個小小的，但很具體的文化差異的例子可以舉來發微：

> 在 1930 年最早的版本中，第一頁描寫一個小男孩跑過草坪。前幾句是：「看迪克在跑。看迪克在玩。看迪克在邊跑邊玩。」這本童書中自然地表達出西方人的心理特徵。相對地，在同年代，中國小孩的啟蒙書第一頁的描述是一個小男孩坐在比他大的男孩肩上。「哥哥照顧弟弟，哥哥友愛弟弟，弟弟友愛

哥哥。」中國小孩子第一次接觸課本時，書裡頭強調的不是個人的行動，而是人與人之間的關係。確實，對東亞人而言，西方式的自我概念像是想像虛構的。西方人覺得每位獨特的個體是可以不受限於環境和人際關係的束縛。但對東方人（還有對很多其他的民族）而言，人們是相互關連、流動的，且有條件的。參與在一組關係中的人們，還要能特立獨行，似乎是不可能也不那麼令人嚮往。（同上，41-42）

以上的例子正好印證了我在第四章第二節裡所指出的：東西少年小說在人物刻劃上婉轉表達心理特徵的差異，以及相應於創造觀型文化和氣化觀型文化所顯示出來的文化性格的不同，值得研究者留意「甄辨」；並且它也可以給教學者一個運用本研究理論架構的好時機，勉力從東西文化差異來切入討論，全面性地理解兩本書中的人物刻劃是如何可能的。

綜上所述，可以證明本研究的理論架構是可以廣泛的運用在同類型研究的新的開展上以及相關各種學習領域的教學上。尤其是後者，不管在家庭中、學校中還是社會中（親子說故事或其他有關閱讀的活動等），我們都可以引導孩子如何欣賞少年小說的人物刻劃、如何分析人物刻劃的面向、如何判斷人物的文化性格及其中的文化差異，教他們如何創作出很有文化特色的小說人物，從而深化「相應」或「卓越」的審美涵養。

現在我將本研究的理論架構及其細項整理出來，以便大家可以很清楚地看出：從開始研究概念設定以後，還要建立命題；而命題的方向既定，就開展對於人物刻劃面向的研究分析，並且討論其中的跨文化系統的差異性；最後本研究的成果可以回饋給哪些對象，也都一一詳舉敘明。整體如下圖所示：

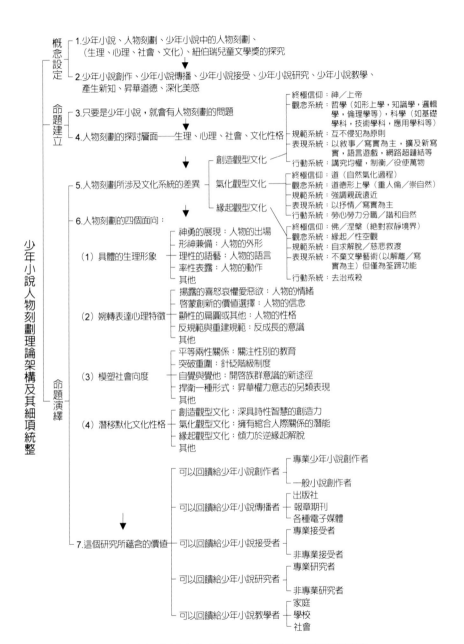

圖 9-3-1　少年小說人物刻劃理論架構及其細項統整圖

第十章　結論

第一節　重點的回顧

　　個人對少年小說的喜愛，從高中時代到現在沒有間斷過，國內到國外有許多非常好的作品，總能讓我一看再看，而且隨著年歲的增長，所欣賞的角度與觀點也有所改變。在教學中，因著學生年齡層次的不同，帶領他們閱讀的方式也不同，從教學的互動中總會啟發我一些靈感與方法，跟學生一起享受閱讀的樂趣。基於自己的愛好，也有鑑於少年小說對於成長中孩子的影響力，尤其是少年小說裡的人物，是孩子最容易模仿的對象，於是興起了我想研究「少年小說中的人物刻劃」的意念，這是最初始的動機，並且設定以紐伯瑞兒童文學獎的得獎作品為研究印證的對象。

　　有了設定的對象和概念後，就開始著手進行命題的建立和命題的演繹。我發現只要是少年小說，就會有人物刻劃的問題（命題一）；而人物刻劃又涉及生理、心理、社會等三個面向（命題二）；除了這三個最常被研究的面向之外，我還發現人物刻劃是會涉及到「文化系統的差異」問題（命題三），於是我以「創造觀型文化」、「氣化觀型文化」、「緣起觀型文化」等世界三大文化系統，來論述區別人物文化性格上的差異，希望我的研究可以回饋給少年小說的創作者、少年小說的傳播者、少年小說的接受者、少年小說的研究者和少年小說的教學者（演繹）。

　　研究問題和目的都確定後，就是運用研究方法來實踐構思。由於「少年小說中的人物刻劃」論述屬於新的開展，是「理論建構」

而非「實證研究」,所以它就大不同於一般的文本分析或作者／讀者
／傳播等論述形態。理論建構在「講究創新,大致上從概念的設定
開始,經由命題的建立到命題的演繹及其相關條件的配置等程式而
完成一套具體系且有創意的論說」(周慶華,2004a:329),本研究
就是據此理念來展開研究的。而實證研究,則在用質性和量化等方
法去探索某些特定的對象,它們「不論是針對作家及其作品,抑或
是對文學流派、文學現象(文學史),以既有的文學理論作為研究取
徑的文學研究,可以說絕大多數都屬質性研究,尤其是以文學作品
作為研究對象⋯⋯以量化方式研究文學——特別是文學現象,可得
到較為客觀的數字依據,以供研究者作正確的瞭解與判斷,不像用
其他質性研究法分析資料,易受研究者個人主觀臆測的影響,以致
做出錯誤的解釋或結論」(陳俊榮,2008),這就跟我建立一套理論
架構來「開新」統攝相關材料的作法迴異其趣。至於我的研究所涉
及相關經驗的整理,還有賴於許多方法,包括現象主義方法、比較
文學方法、美學方法、社會學方法、心理學方法、生理存有學方法、
詮釋學方法和文化學方法等,也都分別在各章節中發用體現了。

　　本研究的範圍設定在:人物刻劃的生理形象、心理特徵、社會
向度及文化性格和三大文化系統的差異比較等,討論印證的對象就
以紐伯瑞兒童文學獎得獎作品為主。因為紐伯瑞兒童文學獎得獎的
作品為數可觀,很可以本研究所要探討的幾個議題去選材取樣:包
括《碎瓷片》、《納梭河上的女孩》、《畫室小助手》、《鯨眼》、《六十
個父親》、《龍翼》等六部作品。而這些雖然是美國作家所寫的得獎
作品(創造觀型文化所屬),但是每一種徵獎機制背後,必有某些特
定意識存在,並不能完全顯示創造觀型文化所有的特徵,其中還是
有一些系統內的差異,所以我另外選擇了西方不同國家區域的四部
作品——《少年小樹之歌》、《小王子》、《牧羊少年奇幻之旅》、《哈

利波特》等，作為同文化系統裡的差異比較依據。另外，東方國家以臺灣、中國大陸（氣化觀型文化所屬）作家的作品為主，分別以海峽兩岸的著名少年小說家的作品如《少年噶瑪蘭》、《我是白癡》、《紅瓦房》、《懲罰》等為例；還有以緣起觀型文化所屬的《十三歲新娘》、《流浪者之歌》、《喜歡生命》等三部作品，來作為跟創造觀型文化的異系統比較的參照系。有了這三種文化系統所屬的作品來比較印證，可以使我的研究不失偏頗；同時也藉由此研究的成果，可以預期廣泛運用於未加討論的其他作品和非得獎的少年小說。

從第二章我就開始著手有關少年小說人物刻劃的文獻探討，我發覺國內針對小說人物刻劃的文獻很有限，範圍鎖定在少年小說的人物刻劃的文獻更少。因為這個領域大多附屬在兒童文學的其中一環被討論，或是研究生拿來研究少年小說現象的其中一小部分，所以在文獻探討的「舉例檢視」上相對就顯得比較薄弱。

第三章是討論少年小說中的人物刻劃所關連的課題，如研究模式的轉變、回饋向度的轉變以及所衍生出來的對於創作者寫作技藝的提升、接受者傳播接受觀念的突破、教學者教學成效的擴展等相關課題作一說明，並將研究人物刻劃所產生的相關課題作一配置論列，呈現出完整的研究面貌。此章節運用到的是比較文學方法、美學方法和社會學方法。

第四章是比較東西少年小說在人物刻劃上的差異性，以三大文化系統來比較東方和西方在少年小說人物刻劃上的差異。根據周慶華所製定三大文化系統圖表來呈現出五個次系統的關係，將這些理念運用在人物刻劃的探討印證，就可將生理、心理、社會、文化性格等面向的差異性凸顯出來（當中文化性格是「總塑」生理、心理、社會等面向而成就的；在分稱時它才會被感知）。生理形象的刻劃表現在人物的出場、人物的外形、人物的語言、人物的動作及其他如

服飾、妝扮等，這些外在的顯現就屬於圖表裡的「行動系統」，而行動系統上溯到觀念系統──三大世界觀（終極信仰已內蘊在其中）以它來定調，才能顯現出其深層的意涵，這樣生理形象也才能比較出不同處。心理特徵則是屬於圖表裡的行動系統、表現系統，上溯到規範系統裡的（觀念系統及終極信仰已內蘊其中）。小說人物的心理特徵可以從他們的情緒、信念、性格、潛意識及其他等行動表現出來，有些是自覺性的呈現，如人物的信念，而大部分是不自覺的流露。社會向度在圖表裡是屬於行動系統，上溯到規範系統裡的，它涉及到性別教育、階級制度、族群意識、權力意志及其他等，這些社會向度也蘊含文化性格在裡面。人物刻劃的生理形象、心理特徵、社會向度具有集體的文化性，不是人物有明顯的文化性格刻劃，而是這三個面向內在潛藏著文化性格，作者們不自覺的把自己的文化印記帶進小說裡，所以稱它為「潛移默化的文化性格」；而這是要透過異系統的比較才容易看出的。此章節所運用到的是心理學方法、社會學方法、生理存有學方法和文化學方法。

　　從第五章到第八章就以我所設定的六本紐伯瑞兒童文學獎得獎作品（創造觀型文化所屬），來分別討論人物刻劃在這四個面向所呈現出來的特點。第五章討論「少年小說中人物生理形象的刻劃」，而生理形象又以（一）人物的出場（神勇的展現）、（二）人物的外形（形神兼備）、（三）人物的語言（理性的語藝）、（四）人物的動作（率性表露）、（五）其他如服飾、妝扮等五個次面向來架構。探究結果發現（一）人物的出場：主角要讓人第一印象就很深刻，主角的身分要很特殊，生活的背景要很多元豐富，這樣的人物一出場，才會吸引讀者的目光繼續往下看。（二）人物的外形上要很活潑健壯，精神煥發，即使在艱困的環境中，仍能保持完好的形象；對於青少年角色的外形刻劃上，多偏重於動態的描寫，而其他長者的角

色大多偏重於靜態的描述。（三）人物的語言是經過理性介入的藝術表現，因為理性介入的語藝，所以富含邏輯思維；又藉著象徵、隱喻的方式呈現出來的語藝推動情節的發展，使小說內容更耐人尋味。（四）人物的動作：少年主角們都具有善良純潔的心，有智愛勇的特色，從動作中率真的表現出來，是充滿自信愉悅的，可成為少年讀者學習模仿的對象。（五）最後還有「其他類」如服飾、妝扮等，從中可以看出人物的身分地位。這五個次面向在人物身上有可能同時或並存的出現，所以把交集重疊的部分也作了說明。此章節運用到生理存有學方法。

　　第六章討論「少年小說中人物心理特徵的刻劃」，心理特徵以（一）人物的情緒（揚露的喜怒哀懼愛惡欲）、（二）人物的信念（啟蒙創新的價值選擇）、（三）人物的性格（顯性的扁圓或其他）、（四）人物反成長的意識（反規範與重建規範）、（五）其他如潛意識、才藝、自虐意識等五個次面向來討論。探究結果發現（一）人物的情緒處理要非常得當，人物所顯露的喜怒哀懼愛惡欲等情緒要很寫實，引起讀者的同理心而獲得認同感。（二）人物的信念：少年主角們要具有啟蒙創新的價值選擇，來凸顯他的主體性與啟蒙歷程，讓少年讀者產生共鳴起而效法。（三）人物的性格方面，有顯性的扁圓人物或其他類型的人物穿梭其間，使得作品更生動有趣。（四）人物反成長的意識：主要討論反規範與重建規範的意義，讓少年讀者懂得用理智去判斷作者所要傳達的喻意和旨意所在。（五）其他方面主要討論如人物的潛意識、才藝、自虐意識等，從作品中去擷取題材討論。當然在人物刻劃上，這些心理特徵一定會同時或並存的出現，所以把交集重疊的部分也提出說明。而本章節所使用的是心理學方法。

　　第七章討論人物的社會向度，分別從五個次面向來討論：（一）關注性別的教育（平等兩性關係）、（二）針砭階級制度（突破重圍）、

（三）開啟族群意識的新途徑（自覺與覺他）、（四）昇華權力意志的另類表現（捍衛一種形式）、（五）其他以武力／暴力、破壞／犯罪等現象來討論。探究結果發現：（一）把關注性別教育的議題融入小說中，作者沒有偏執的觀念寫出兩性關係，能讓少年讀者懂得兩性之間應互相尊重和體貼包容，達到兩性平等的教育意義。（二）針砭階級制度：少年主角們要有突破重圍、打破階級制度的勇氣和毅力，讓少年讀者學習人物的精神，不受階級的桎梏，努力提升自己來改變命運。（三）開啟族群意識的新途徑方面，能有自覺與覺他的領悟，讓少年讀者接觸族群意識，懂得去愛人如己，沒有歧視心態。（四）在昇華權力意志的另類表現上，傳達出作者捍衛平等的形式是一樣的，因為創造觀型文化傳統的特色就是講究獨立、自由、平等的人權。（五）其他方面以武力／暴力、破壞／犯罪等現象提出討論，可以看出社會的許多面向和作者的喻意所在。這些次面向也可能有交集重疊的出現在人物刻劃上，所以也一併提出說明。此章節所用的是社會學方法。

　　第八章將人物所蘊含的文化性格加以闡釋，分別以三大文化觀來討論：深具詩性智慧創造力的創造觀型文化、擁有綰合人際關係潛能的氣化觀型文化、傾力於逆緣起解脫的緣起觀型文化。從第五章到第七章都是以紐伯瑞兒童文學獎得獎作品《碎瓷片》、《納梭河上的女孩》、《畫室小助手》、《鯨眼》、《六十個父親》、《龍翼》等六部代表作品，來印證我所建構的少年小說人物刻劃理論。從五、六、七章的重點歸納表中可以看出這六部作品在生理、心理、社會等面向上都深受創造觀型文化傳統思維的影響，都有共同的特色，所以建構出來的理論，一樣可以運用來探討紐伯瑞兒童文學獎的所有得獎作品，當然也可以運用在同一系統但非得獎的作品上（不受徵獎機制的制約），在此章就以《少年小樹之歌》、《小王子》、《牧羊少年

奇幻之旅》、《哈利波特》等四部作品，拿來作為同文化系統裡的差異比較。

　　西方少年小說家源於創造觀型文化的世界觀的內化，所以深具詩性智慧的創造力；而東方小說傳統則是深受氣化觀型文化的影響而有情志的思維，目的不在馳騁想像力而在盡可能的「感物應事」。在我們這裡受氣化觀型文化的影響，小說家對於人際關係的經營非常重視；這種擁有綰合人際關係的潛能反映在作品裡，人物刻劃上就會賦予同樣的特性。本研究就以海峽兩岸的作品《我是白癡》、《少年噶瑪蘭》、《紅瓦房》、《懲罰》等四部作品來探討印證。而中國傳統文學深受佛教東傳的衝擊，那麼相對的佛教西傳後多少也會影響到西方的文學，所以東西方文學創作就會部分呈現出緣起觀型文化的印記；少年小說就是其中的一環。本研究以《十三歲新娘》、《流浪者之歌》、《喜歡生命》這三本代表性作品來討論有關緣起觀型文化摶塑的人物刻劃所展現出來的「文化性格」。如果只就西方文學來說，它所深具詩性智慧的創造力，相較其他文學「無此表現」自然是獨領風騷的關鍵，其他系統中少年小說的人物刻劃縱是在馳騁想像力上有所不及，但它們另有「異質」色彩，也藉由本研究論述彼此的差異。東方文學以氣化觀型文化和緣起觀型文化各具獨特風格，當中緣起觀型文化也是小說家喜歡涉獵採擷的異質文化。雖然在紐伯瑞兒童文學獎裡主要呈現創造觀型文化的傳統思維在影響著人物性格的刻劃，但是能以其他兩大文化系統來作比較，彼此的特殊性就更容易凸顯出來。

　　在這一章的最後一節還討論了有其他文化系統存在的可能性。因為世界科技文明的互相衝擊，三大文化系統之間多少都有所相涵化，甚至有的還起了質變。本研究所建構的理論是架構在三大文化傳統的風貌所摶成的歷史印記，深烙在各自的人心，而表現在文學

作品裡，則從少年小說人物的刻劃中最能明顯印證文化性格的特徵；可是也因為有相涵化的關係，所以這三大文化系統一定有其交集重疊處。在前幾章的論述裡因為要針對各個面向作深入的探討，並且將三大文化系統的差異性凸顯出來，所以先不提及它們的交集，留待此節再作一說明。首先用虛線表示這三種文化僅為表淺層次的交集；其次以「三大文化系統相涵化」的光譜儀繪出其相互影響的可能結果；再次把其他文化系統可能存在的四種情況圖也繪製出來一併討論，這四種可能的文化系統，或許存在於世界上的其他國家民族中，如果也有體現在少年小說的人物刻劃中，那麼它們所展現的文化性格也一定會有不同的面貌，而這都可以援用我所建立的理論架構去搜尋來作分析討論。此章節所運用的是文化學方法。

　　到了第九章是討論「四類人物刻劃的相互關連性與運用推廣」。為了讓論述能夠條屢分明，所以必須將人物刻劃的面向細分開來分別討論，但是人物的刻劃是融匯著這四個面向在處理的，它可能同時出現兩種、三種甚至四個面向同時顯現出來也有可能，同時也都內蘊著文化性格，所以圖示就以文化性格包涵統攝這三個面向。少年小說的作者要把這四種人物刻劃的面向同時表現出來，得具有相當的審美技巧；而提到審美技巧就不免要把周慶華「九大美感類型」圖帶出來討論一番，來證明人物的刻劃在文學創作裡是有美學考量的；它在敘事性的作品中，可以分散到敘述觀點、敘述方式和敘述結構等層面去顯現「敘事美學」特長，讓讀者多方的玩味且有所感發意志。這樣由美學（優美／悲壯／崇高）包蘊著敘事美學的發露建樹，自然可以廣為運用到其他人物刻劃向度的審美情趣的掀揭和評估；只是限於體例，無法在這方面多加著墨。

　　最後談到本研究的具體理論架構，可以實際的運用推廣到創作、傳播、接受、研究與教學，期望本研究能回饋給專業少年小說

的創作者和一般小說的創作者，提供他們另一個思考的面向；還有回饋給少年小說傳播者，包含出版社、行銷媒體和設獎單位，希望他們獎勵、刺激創作者的創發力，為臺灣兒童文學的紮根工作一起努力；也希望回饋給少年小說的接受者、研究者和教學者，提供他們一種可以參酌運用的理論架構，有助於少年小說的接受、研究和教學成效的提升。此章節所運用的是美學方法、詮釋學方法及社會學方法。

第二節　未來研究的展望

從喜歡少年小說到研究少年小說，我發現作者們在刻劃人物時，不但要保有一定的天真率性的童稚特質，還要注重可能的啟蒙與成長課題，更要兼顧教育與娛樂的需求，實屬不易。換句話說，會喜愛少年小說或從事少年小說創作的大人，勢必得常保一股童心，才能「勝任」接受、傳播、研究和教學或創作兒童文學等工作。戴博拉‧柯根‧賽克（Deborah Cogan Thacker）、珍‧韋伯（Jean Webb）所著的《兒童文學導論——從浪漫主義到後現代主義》裡提及現代的兒童文學現象：

> 藉著介入當代社會中兒童的處境，許多作家運用後現代策略中的趣味性，讓兒童成為擁有主導權的讀者。現在的兒童接收到電視、電影中破碎意象的轟炸；同時，他們在消費文化中的地位也影響了近來的兒童文本。儘管這些市場主力書或許千篇一律、了無新意，但仍有許多作家注重藝術性及中庸性，視童書為雅俗文化的接合劑。（戴博拉‧柯根‧賽克、珍‧韋伯，2005：206）

以上的訊息告訴我們:「作者心中要有讀者」,不可小看兒童讀者的
影響力,也應重視兒童文學的重要性。他們又提出另一個看法:

> 許多評論家指出一個事實:文學作家深受自身孩童時代所閱
> 讀書籍的影響……對兒童的想法一直影響著個人與社會的關
> 係,同時也受這種關係的影響,這或許投射出我們本身想說
> 自己故事的需求;經由說故事,我們才能活著。當對這些故
> 事功能的理解產生變化時,我們對敘述力量改變的體認,也
> 會從確定的作者功能,轉型為讀者有權力去進入。這種作者
> /讀者關係中權力的改變,是建構兒童文學形式的核心,要
> 求我們去理解兒童文本創作的方式,在整個文學史中,兒童
> 都表現出對解放故事的渴望。(同上,2005:217-218)

看了以上的文字心有戚戚焉,我就是從讀者的身分,進入到兒童文
學領域,建構了一套理論,從新的角度來閱讀兒童文學的人。我所
做的研究就是希望能提供一些新的思維,來面對兒童文學。

　　當然本研究不可能面面俱到,力有不逮的地方仍然很多。先前
以世界現存的三大文化系統來建構少年小說人物刻劃的理論,並以
紐伯瑞兒童文學獎得獎作品作為創造觀型文化系統人物刻劃印證的
對象,至於氣化觀型文化系統和緣起觀型文化系統的人物刻劃則只
是隨機的提點比較。當中在同一文化系統內的差異比較作品我只舉
《小王子》、《少年小樹之歌》、《牧羊少年奇幻之旅》、《哈利波特I神
秘的魔法石》等四本書,這是為方便討論所作的選擇,其實創造觀型
文化系統裡的少年小說作品何其多,都可以再取樣繼續探究討論;以
本研究的理論架構為藍圖,逐次的展開廣涵的論述,則異日可待。

　　還有本研究的論述模式,一樣可以放在氣化觀型文化和緣起觀
型文化中的人物刻劃去驗證,只是每一個系統內部所規模的細項會

有所不同，所發展出來的面貌風格也會顯出質上的差異。在氣化觀型文化部分，以海峽兩岸的作品《紅瓦房》、《懲罰》、《我是白癡》、《少年噶瑪蘭》四部作品為代表，也是取樣討論，以後可以再依本研究的理論架構，去探索專屬於氣化觀型文化底下的作品，設計出更多更細緻的次面向來討論，現在因為研究時間及體例關係，無法多加著墨，所以這一部分就等待以後有時間再去鑽研。在緣起觀型文化部分，以《十三歲新娘》、《流浪者之歌》、《喜歡生命》三部作品來討論，因為沒能在有限的時間內找到純屬於緣起觀型文化傳統底下的作家所寫的少年小說，就以上列三部作品內容主題有符合緣起觀型文化傳統的思維，擷取精華略為探討，在此也希望有機會找到更經典的作品來印證。

另外，在文化性格這部分，除了世界現存的三大文化系統之外，可能還有「其他」類的文化系統存在，只是還未伸出觸角去探索，如果有的話，一樣可以援用本研究理論架構去試為「轉化」分析或類推，期許有更多的訊息被發掘出來。

少年小說是兒童文學重要的一環，而少年小說裡的人物是青少年兒童學習的對象之一，所以人物刻劃是一部作品的靈魂和精髓所在，期望在未來有更多人一起在這個領域繼續用心創新，為兒童文學的長遠發展著想；而我所能貢獻己力的和日後可以再圖開展的一切，也但願有助於這一想望的實現。

引用文獻

子璿集（1974），《楞嚴經》，《大正藏》卷 39，臺北：新文豐。

王岫（2006），《迷，戀圖書館》，臺北：九歌。

王弼（1978），《老子道德經注》，新編諸子集成本，臺北：世界。

王谷岩（2000），《了解生命》，新竹：凡異。

王岳川（1993），《後現代主義文化研究》，臺北：淑馨。

王海山主編（1998），《科學方法百科》，臺北：恩楷。

王淑芬（1997），《我是白癡》，臺北：民生報社。

大慶編輯小組（2002），《世界真有趣》，臺北：大慶。

方祖燊（1995），《小說結構》，臺北：東大。

孔穎達（1982a），《毛詩正義》，十三經註疏本，臺北：藝文。

孔穎達（1982b），《禮記正義》，十三經註疏本，臺北：藝文。

《中國時報》（2006.8.31），社論〈臺灣文化創發力正面臨急劇枯萎
    的危機〉，《中國時報》第 A2 版，臺北。

尤漢娜・雷斯著，莫莉譯（1995），《樓上的房間》，臺北：智茂。

玄契編（1974），《曹山本寂禪師語錄》，《大正藏》卷 47，臺北：新
    文豐。

卡倫・伍德渥著，林文琪譯（2004），《身體認同：同一與差異》，臺
    北：韋伯。

卡羅・布林克著，莫莉譯（1995），《紅髮少女》，臺北：智茂。

卡爾・古斯塔夫・榮格著，馮川等譯（1994），《心理學與文學》，臺
    北：久大。

比爾・布林頓著，莫莉譯（1995），《五毛錢的願望》，臺北：智茂。

史考特・歐代爾著，傅定邦譯（2003），《藍色海豚島》，臺北：東方。

史考特・歐代爾著，吳孟恬譯（2005），《黑珍珠》，臺北：小魯。

史蒂芬妮・司・托蘭著，柯倩華譯（2005），《創意學苑歷險》，臺北：東方。

史達琳・娜絲著，莫莉譯（1995），《小淘氣》，臺北：智茂。

弗朗茨・烏克提茨著，萬怡等譯（2001），《惡為什麼這麼吸引我們？》，北京：社會科學文獻。

安・馬汀著，李畹琪譯（2003），《亞當舅舅》，臺北：東方。

安東尼・聖艾修伯里著，李思譯（2000），《小王子》，臺北：商流。

艾菲著，徐詩思譯（1998），《一名女水手的自白》，臺北：小魯。

艾倫・艾科特著，盧相如譯（2001），《大草原的奇蹟》，臺北：小知堂。

艾倫・克萊恩著，劉育珠譯（2001），《天空不藍，仍然可以歡笑》，臺北：張老師。

艾倫・拉斯金著，趙映雪譯（2003），《繼承人遊戲》，臺北：東方。

全那・阿奇貝著，陳蒼多譯（2000），《生命中不可承受之重》，臺北：新雨。

吉兒・卡森・樂文著，趙永芬譯（2007），《魔法灰姑娘》，臺北：小魯。

吉爾法・祁特麗・史奈德著，麥倩宜譯（2007），《埃及遊戲》，臺北：小魯。

西格蒙・佛洛伊德著，賴其萬等譯（1988），《夢的解析》，臺北：志文。

伊莉莎白・恩賴特著，莫莉譯（1995），《銀頂針》，臺北：智茂。

伊莉莎白・喬治・斯匹爾著，傅蓓蒂譯（2003），《海狸的記號》，臺北：東方。

伊莉莎白・喬治・斯匹爾著，趙永芬譯（2005），《黑鳥湖畔的女巫》，臺北：天衛。

伊莉莎白・葉慈著，莫莉譯（1995），《自由人》，臺北：智茂。

伊麗莎白・路易斯著，莫莉譯（1995），《揚子江上游的小傅子》，臺北：智茂。

伊麗莎白‧博爾頓‧德‧特雷維諾著，莫莉譯（1995），《畫室小助手》，臺北：智茂。

多明妮克‧帕奎特著，楊啟嵐譯（1999），《鏡子——美的歷史》，臺北：時報。

吳英長（1986），《從發展觀點論少年小說的適切性與教學應用》，高雄：慈恩。

貝特‧格林著，莫莉譯（1995），《貝絲丫頭》，臺北：智茂。

貝茲‧拜阿爾斯著，鄒嘉容譯（2002），《夏日天鵝》，臺北：東方。

貝芙莉‧克萊瑞著，莫莉譯（1995a），《雷夢拉與爸爸》，臺北：智茂。

貝芙莉‧克萊瑞著，莫莉譯（1995b），《雷夢拉八歲》，臺北：智茂。

貝芙莉‧克萊瑞著，柯倩華譯（2003），《親愛的漢修先生》，臺北：東方。

李喬（1986），《小說入門》，臺北：時報。

李善等（1979），《增補六臣注文選》，臺北：華正。

李潼（1992），《少年噶瑪蘭》，臺北：天衛。

杜明城（2004），〈臺灣兒童文學研究的限制與可能性〉，《兒童文學學刊》第 12 期，40-48，臺東：臺東大學兒童文學研究所。

沈清松（1986），《解除世界魔——咒科技對文化的衝擊與展望》，臺北：時報。

沈清松（1987），《物理之後——形上學的發展》，臺北：牛頓。

佛瑞斯特‧卡特著，姚宏昌譯（2000），《少年小樹之歌》，臺北：小知堂。

辛西亞‧洛德著，趙映雪譯（2007），《大偉的規則》，臺北：東方。

辛西亞‧角火田著，張子樟譯（2006），《閃亮閃亮》，臺北：東方。

辛西亞‧富格特著，莫莉譯（1995），《孤女悲歌》，臺北：智茂。

辛西亞‧賴藍特著，周惠玲譯（2002），《想念五月》，臺北：東方。

求那跋陀羅譯（1974），《雜阿含經》，《大正藏》卷 2，臺北：新文豐。

克林斯‧布魯克斯、羅伯特‧潘‧沃倫著，王秋榮譯（2006），《小說鑑賞》，北京：世界。

克瑞斯‧巴克著，許夢芸譯（2007），《文化研究智典》，臺北：韋伯。

沃爾特‧迪安‧邁爾斯著，莫莉譯（1995），《陌生爸爸》，臺北：智茂。

法盛譯（1974），《佛說菩薩投身飴餓虎起塔因緣經》，《大正藏》卷3，臺北：新文豐。

孟樊（2002），《臺灣出版文化讀本》，臺北：唐山。

宗寶編（1974），《六祖法寶壇經》，《大正藏》卷48，臺北：新文豐。

宗教文學獎編輯委員會總企劃（2006），《喜歡生命──宗教文學獎得獎作品精選》，臺北：九歌。

林文寶（1993），《兒童文學故事體寫作論》，臺北：富春。

林立樹（2007），《現代思潮──西方文化研究之通路》，臺北：五南。

林守為（1988），《兒童文學》，臺北：五南。

林家成（2006），〈臺灣出版圖書業出了什麼問題〉，《出版界》77期，22-24，臺北。

林新倫（2007），〈傳統圖書出版產業與電子出版文化事業的接軌〉，《全國新書資訊月刊》5月號，16，臺北。

邱各容（2005），《臺灣兒童文學史》，臺北：五南。

周敦頤（1978），《周子全書》，臺北：商務。

周慶華（1997），《佛學新視野》，臺北：東大。

周慶華（1999a），《新時代的宗教》，臺北：揚智。

周慶華（1999b），《佛教與文學的系譜》，臺北：里仁。

周慶華（2001），《作文指導》，臺北：五南。

周慶華（2002），《故事學》，臺北：五南。

周慶華（2004a），《語文研究法》，臺北：洪葉。

周慶華（2004b），《創造性寫作教學》，臺北：萬卷樓。

周慶華（2004c），《後佛學》，臺北：里仁。

周慶華（2005），《身體權力學》，臺北：弘智。

周慶華（2006），《語用符號學》，臺北：唐山。

周慶華（2007a），《語文教學方法》，臺北：里仁。

周慶華（2007b），《紅樓搖夢》，臺北：里仁。

肯恩・威爾伯著，龔卓軍譯（2000），《靈性復興——科學與宗教的整合道路》，臺北：張老師。

彼得・布魯克著，王志宏等譯（2003），《文化理論詞彙》，臺北：巨流。

波莉・霍維斯著，聞若婷譯（2007），《異想鬆餅屋》，臺北：哈佛人。

芮歇爾・菲爾德著，莫莉譯（1995），《木頭娃娃奇遇記》，臺北：智茂。

阿姆斯壯・斯佩里著，莫莉譯（1995），《海上小勇士》，臺北：智茂。

阿瑟・寶維・克里斯門著，莫莉譯（1995），《海中仙》，臺北：智茂。

佩特莉霞・麥拉克倫著，林良譯（2005），《又醜又高的莎拉》，臺北：三之三。

傑羅姆・布魯納傑羅姆・布魯納著，宋文里譯（2001），《教育的文化——文化心理學的觀點》，臺北：遠流。

法蘭斯瓦・戴豐泰特著，王若壁譯（1990），《種族歧視》，臺北：遠流。

奇摩新聞，〈http://tw.news.yahoo.com/article/url/d/a/070722/17/hn2n.html〉，2007/08/20。

東方出版社網站，〈http://www.1945.com.tw/series.php?name〉，2007/08/22

東方出版社網站，〈http://www.1945.com.tw/product.php?name=聖經故事(上)〉，2007/08/22

施護譯（1974），《初分說經》，《大正藏》卷 14，臺北：新文豐。

柯尼斯伯格著，莫莉譯（1995），《小巫婆求仙記》，臺北：智茂。

柯尼斯伯格著，鄭清榮譯（2003），《天使雕像》，臺北：東方。

南茜・法墨著，劉喬譯（2003a），《蠍子之家(上)》，臺北：東方。

南茜・法墨著，劉喬譯（2003b），《蠍子之家(下)》，臺北：東方。

珊寧・海爾著，趙映雪譯（2006），《誰來當王妃》，臺北：東方。

珍・克雷賀德・喬治著，傅蓓蒂譯（2002），《山居歲月》，臺北：
　　東方。

珍・萊絲莉・康禮著，胡芳慈譯（2003），《瘋婆子》，臺北：東方。

珍妮・蘭葛東著，莫莉譯（1995），《雛雁新飛》，臺北：智茂。

珍妮芙・賀牡著，趙映雪譯（2002），《納梭河上的女孩》，臺北：
　　東方。

珍妮芙・賀牡著，李婉琪譯（2007），《幸運小銅板》，臺北：東方。

香港聖經公會（1995），《聖經》，新標點和合本，香港：香港聖經
　　公會。

威廉・斯泰格著，莫莉譯（1995），《小老鼠漂流記》，臺北：智茂。

威廉・阿姆斯壯著，莫莉譯（1995），《大嗓門傳奇》，臺北：智茂。

保羅・科爾賀著，周惠玲譯（1997），《牧羊少年奇幻之旅》，臺北：
　　時報。

派翠西亞・萊利・吉夫著，劉清彥譯（2004），《菁菁的畫》，臺北：
　　東方。

約翰・布睿格、大衛・彼得著，姜靜繪譯（2000），《亂中求序——
　　混沌理論的永恆智慧》，臺北：先覺。

貞妮佛・邱丹柯著，李婉琪譯（2006），《卡彭老大幫我洗襯衫》，臺
　　北：東方。

徐岱（1992），《小說敘事學》，北京：中國社會科學。

孫奭（1982），《孟子註疏》，十三經註疏本，臺北：藝文。

馬景賢編（1986），《認識少年小說》，臺北：中華民國兒童文學學會。

馬景賢編（1996），《認識少年小說》，臺北：天衛。

席德・弗雷希門著，吳榮惠譯（2002），《挨鞭童》，臺北：東方。

埃里克・菲爾布魯克・凱利著，莫莉譯（1995），《波蘭吹號手》，臺
　　北：智茂。

娜塔莉・卡森著，陳小奇譯（2002），《橋下人家》，臺北：東方。

張湛（1978），《列子注》，新編諸子集成本，臺北：世界。

張之路（2005），《懲罰》，臺北：民生報。

張子樟（1999），《少年小說大家讀──啟蒙與成長的探索》，臺北：天衛。

張子樟（2000），《青春記憶的書寫──少兒文學賞析》，臺北：幼獅。

張子樟（2002），〈臺灣少年小說中的文化現象〉，《兒童文學學刊》第 8 期，314，臺東。

張清榮（2002），《少年小說研究》，臺北：萬卷樓。

郭一帆編（2007），《思路決定財路》，臺北：大利。

郭茂倩編撰（1984），《樂府詩集》，臺北：里仁。

曹文軒（2000），《紅瓦房》，臺北：小魯。

盛子潮（1993），《小說形態學》，福建：海峽文藝。

陳希林（2004.2.18），〈臺灣出版介面臨大崩盤？〉，《中國時報》第 C8 版，臺北。

陳柔姝（2003），《「高僧小說系列」之人物刻劃研究》，臺東：國立臺東大學兒童文學研究所碩士論文。

陳俊榮（2008），〈現代文學研究的方法問題〉，《國立臺北教育大學語文集刊》第 13 期，136-137，臺北。

陳秋錦（2002），《論李潼少年小說的人物刻劃以《博士・布都與我》、《少年噶瑪蘭》、《我們的秘魔岩》三本作品為例》，屏東：屏東屏東師範學院國民教育研究所碩士論文。

陳毓華（2004），《寫中國・讀中國──從紐伯瑞得獎作品談起》，臺東：國立臺東大學兒童文學研究所碩士論文。

理查・尼茲彼著，劉世南譯（2007），《思維的疆域：東方人與西方人的思考方式》，臺北：聯經。

莎朗・克里奇著，王玲月譯（2007），《印地安人的麂皮靴》，臺北：維京。

密爾德瑞・泰勒著，莫莉譯（1995），《黑色棉花田》，臺北：智茂。

喬治・塞爾登著，鄒嘉容譯（2002），《時報廣場的蟋蟀》，臺北：東方。

馮其庸等（2000），《紅樓夢校注》，臺北：里仁。

傅林統（1998），《兒童文學的思想與技巧》，臺北：富春。

勞思光（1984），《新編中國哲學史》，臺北：三民。

勞倫斯・葉著，莫莉譯（1995a），《龍翼》，臺北：智茂。

勞倫斯・葉著，莫莉譯（1995b），《龍門》，臺北：智茂。

黃莉娟（2003），《從少年小說中看性別意識的啟蒙——以紐伯瑞文學獎得獎作品為例》，屏東：屏東師範學院國民教育研究所碩士論文。

黃錦樹、紀大偉等（1996），《世界華文成長小說徵文得獎作品集》，臺北：幼獅。

凱文・漢克斯著，趙永芬譯（2005），《奧莉的海洋》，臺北：小魯。

凱倫・海瑟著，廖佳華譯（2000），《風兒不要來》，臺北：維京。

凱特・迪卡密歐著，傅蓓蒂譯（2001），《傻狗溫迪客》，臺北：東方。

凱特・迪卡密歐著，趙映雪譯（2005），《雙鼠記》，臺北：東方。

凱瑟琳・佩特森著，鄭嘉容譯（2003），《孿生姊妹》，臺北：東方。

凱瑟琳・佩特森著，陳詩紘譯（2005），《吉莉的選擇》，臺北：新苗。

提姆・喬登著，江靜之譯（2001），《網際權力：網際空間與網際網路的文化與政治》，臺北：韋伯。

提姆・歐蘇利文等著，楊祖珺譯（1997），《傳播及文化研究主要概念》，臺北：遠流。

湯米・狄波拉著，袁佳妤譯（2006），《繁夢大街 26 號》，臺北：哈佛人。

傑克・甘圖斯著，陳蕙慧譯（2003），《喬伊失控了》，臺北：東方。

傑瑞・史賓尼利著，莫莉譯（1995），《馬尼亞克傳奇》，臺北：智茂。

傑瑞・史賓尼利著，趙永芬譯（1998），《小殺手》，臺北：小魯。

琳達・蘇・帕克著，陳蕙慧譯（2003），《碎瓷片》，臺北：東方。

菲琳絲・那勒著，莫莉譯（1995），《喜樂與我》，臺北：智茂。

楊寶山（2003），《臺灣少年小說人物刻劃技巧之研究——以九歌現代兒童文學獎得獎作品為例》，臺東：國立臺東大學兒童文學研究所碩士論文。

奧黛莉・克倫畢絲著，劉清彥譯（2000），《屋頂上的小孩》，臺北：三之三。

瑞奇・派克著，趙映雪譯（2000），《我那特異的奶奶》，臺北：東方。

瑞奇・派克著，趙映雪譯（2001），《那一年在奶奶家》，臺北：東方。

鳩摩羅什譯（1974a），《大智度論》，《大正藏》卷 25，臺北：新文豐。

鳩摩羅什譯（1974b），《中論》，《大正藏》卷 30，臺北：新文豐。

達恩・默克奇著，莫莉譯（1995），《花頸鴿》，臺北：智茂。

路易斯・薩奇爾著，趙永芬譯（2007），《洞》，臺北：小魯。

愛德華・希爾斯著，傅鏗等譯（2004），《知識份子與當權者》，臺北：桂冠。

愛德華・摩根・佛斯特著，李文彬譯（1993），《小說面面觀》，臺北：志文。

葛羅莉亞・魏蘭著，鄒嘉容譯（2001），《十三歲新娘》，臺北：東方。

瑪德林・恩格著，莫莉譯（1995），《及時的呼喚》，臺北：智茂。

瑪麗・斯托爾茲著，莫莉譯（1995），《正午的朋友》，臺北：智茂。

趙天儀等著（1999），《少年小說論文集》，臺北：富春。

廖炳惠（1990），《形式與意識形態》，臺北：聯經。

赫曼・赫塞著，陳明誠譯（1990），《流浪者之歌》，臺北：金楓。

蓋瑞・伯森著，黃小萍、蔡美玲譯（2006），《手斧男孩》，臺北：野人。

蓋瑞・施密特著，鄒嘉容譯（2006），《鯨眼》，臺北：東方。

維吉尼亞・漢密爾頓著，莫莉譯（1995），《手足情深》，臺北：智茂。

劉鳳芯主編（2000），《擺盪在感性與理性之間──兒童文學論述選集》，臺北：幼獅。寫作天下編委會（2007），《大家來寫酷作文2》，臺北：新潮社。

戴博拉・柯根・塞克、珍・韋伯著，楊雅捷、林盈蕙譯（2005），《兒童文學導論──從浪漫主義到後現代主義》，臺北：天衛。

邁德特・狄楊著，莫莉譯（1995a），《小黑兔沙得拉》，臺北：智茂。

邁德特・狄楊著，莫莉譯（1995b），《小糖果回家吧》，臺北：智茂。

邁德特・狄楊著，莫莉譯（1995c），《六十個父親》，臺北：智茂。

瞿汝稷集（1967），《指月錄》，《卍續藏》卷 143，臺北：中國佛教會。

瞿曇僧伽提婆譯（1974），《增壹阿含經》，《大正藏》卷 2，臺北：新文豐。

顏元叔（1976），《何謂文學》，臺北：學生。

瓊・包爾著，趙永芬譯（2004），《希望在這裡》，臺北：小魯。

蘇珊・派特隆著，鄒嘉容譯（2007），《樂琦的神奇力量》，臺北：東方。

蘇珊・費雪・史戴伯斯著，陳宏淑譯（2004），《風的女兒》，臺北：東方。

露絲・索耶著，林秋平譯（1999），《滑輪女孩露欣達》臺北：小魯。

露絲・懷特著，莫莉譯，趙永芬譯（1998），《一個愛的故事》，臺北：小魯。

露薏絲・勞瑞著，鄭榮珍譯（2002），《記憶傳授人》，臺北：東方。

露薏絲・勞瑞著，史茵茵譯（2007），《細數繁星》，臺北：哈佛人。

蘿拉・亞當斯・亞默著，莫莉譯（1995），《荒泉山》，臺北：智茂。

E.B 懷特著，黃可凡譯（2004），《夏綠蒂的網》，臺北：聯經。

J.K 羅琳著，彭倩文譯（2000），《哈利波特——神秘的魔法石》，臺北：皇冠。

國家圖書館出版品預行編目

少年小說中的人物刻劃：以紐伯瑞兒童文學獎
　　得獎作品為例 / 林明玉著. -- 一版. -- 臺
北市：秀威資訊科技, 2009.1
　　面；　公分. --(語言文學類；AG0104)
(東大學術；4)
　BOD 版
　參考書目：面
　ISBN 978-986-221-131-1(平裝)

1. 兒童小說　2.兒童故事　3. 文學評論

812.89　　　　　　　　　　　　　　97023325

語言文學類　AG0104

東大學術④

少年小說中的人物刻劃
——以紐伯瑞兒童文學獎得獎作品為例

作　　者 / 林明玉
發 行 人 / 宋政坤
執行編輯 / 黃姣潔
圖文排版 / 張慧雯
封面設計 / 莊芯媚
數位轉譯 / 徐真玉　沈裕閔
圖書銷售 / 林怡君
法律顧問 / 毛國樑　律師
出版印製 / 秀威資訊科技股份有限公司
　　　　　台北市內湖區瑞光路 583 巷 25 號 1 樓
　　　　　電話：02-2657-9211　　傳真：02-2657-9106
　　　　　E-mail：service@showwe.com.tw
經 銷 商 / 紅螞蟻圖書有限公司
　　　　　台北市內湖區舊宗路二段 121 巷 28、32 號 4 樓
　　　　　電話：02-2795-3656　　傳真：02-2795-4100
　　　　　http://www.e-redant.com

2009 年 1 月 BOD 一版
定價：370 元

讀　者　回　函　卡

感謝您購買本書，為提升服務品質，煩請填寫以下問卷，收到您的寶貴意見後，我們會仔細收藏記錄並回贈紀念品，謝謝！

1. 您購買的書名：＿＿＿＿＿＿＿＿＿＿＿＿＿＿＿＿

2. 您從何得知本書的消息？

　□網路書店　□部落格　□資料庫搜尋　□書訊　□電子報　□書店

　□平面媒體　□ 朋友推薦　□網站推薦　□其他＿＿＿＿＿

3. 您對本書的評價：(請填代號　1.非常滿意 2.滿意 3.尚可 4.再改進)

　封面設計＿＿　版面編排＿＿　內容＿＿　文/譯筆＿＿　價格＿＿

4. 讀完書後您覺得：

　□很有收獲　□有收獲　□收獲不多　□沒收獲

5. 您會推薦本書給朋友嗎？

　□會　□不會，為什麼？＿＿＿＿＿＿＿＿＿＿＿＿＿＿

6. 其他寶貴的意見：＿＿＿＿＿＿＿＿＿＿＿＿＿＿＿＿

＿＿＿＿＿＿＿＿＿＿＿＿＿＿＿＿＿＿＿＿＿＿＿＿＿

＿＿＿＿＿＿＿＿＿＿＿＿＿＿＿＿＿＿＿＿＿＿＿＿＿

＿＿＿＿＿＿＿＿＿＿＿＿＿＿＿＿＿＿＿＿＿＿＿＿＿

讀者基本資料

姓名：＿＿＿＿＿＿＿＿＿　年齡：＿＿＿　性別：□女 □男

聯絡電話：＿＿＿＿＿＿＿　E-mail：＿＿＿＿＿＿＿＿

地址：＿＿＿＿＿＿＿＿＿＿＿＿＿＿＿＿＿＿＿＿＿＿

學歷：□高中(含)以下　□高中　□專科學校　□大學

　　　□研究所(含)以上 □其他＿＿＿＿＿＿＿

職業：□製造業 □金融業 □資訊業 □軍警 □傳播業 □自由業

　　　□服務業 □公務員 □教職　□學生 □其他＿＿＿＿

秀威與 BOD

BOD（Books On Demand）是數位出版的大趨勢，秀威資訊率先運用 POD 數位印刷設備來生產書籍，並提供作者全程數位出版服務，致使書籍產銷零庫存，知識傳承不絕版，目前已開闢以下書系：

一、BOD 學術著作—專業論述的閱讀延伸
二、BOD 個人著作—分享生命的心路歷程
三、BOD 旅遊著作—個人深度旅遊文學創作
四、BOD 大陸學者—大陸專業學者學術出版
五、POD 獨家經銷—數位產製的代發行書籍

BOD 秀威網路書店：www.showwe.com.tw
政府出版品網路書店：www.govbooks.com.tw

　　永不絕版的故事・自己寫・永不休止的音符・自己唱